Andreas Gruber

CODE GENESIS

Sie werden dich jagen

ANDREAS GRUBER

CODE GENESIS

SIE WERDEN DICH JAGEN

cbj

Sollte diese Publikation Links auf Webseiten Dritter enthalten, so übernehmen wir für deren Inhalte keine Haftung, da wir uns diese nicht zu eigen machen, sondern lediglich auf deren Stand zum Zeitpunkt der Erstveröffentlichung verweisen.

Dieses Buch ist auch als E-Book erhältlich

Verlagsgruppe Random House FSC® N001967

1. Auflage 2019

Umschlaggestaltung und Artwork: Isabelle Hirtz
Umschlagmotiv: Isabelle Hirtz
Karte und U-Boot-Plan: © 2019 Melanie Korte
TP · Herstellung: AJ
Satz: Buch-Werkstatt GmbH, Bad Aibling
Druck: CPI books GmbH, Leck
ISBN 978-3-570-16536-2
Printed in Germany

www.cbj-verlag.de

für Manfred Rauchberger,
zur Erinnerung an unsere fantastische Kindheit

Ob unser Boot aus Lego
mit den Heuschrecken an Bord
wohl immer noch im
Bermudadreieck verschollen ist?

»Hoffe auf das Beste,
aber rechne mit dem Schlimmsten.«

– altes Sprichwort –

PROLOG – ZEHN JAHRE ZUVOR ...

An diesem Morgen im Juli war die Sonne noch nicht aufgegangen. Im Yachthafen von Miami stand ein Mann an dem Landesteg, wo sich die privaten Wasserflugzeuge befanden. Er trug einen Maßanzug, hatte kurze dunkle Haare, Spitzbart, pockennarbiges Gesicht und sah nicht so aus, als wäre er hier, um die Fische zu füttern. Vorsorglich hatte er die Steg-Beleuchtung abmontiert, damit ihn niemand sehen konnte.

Das letzte Flugzeug am Ende des Stegs, eine DHC-3 Otter, schwankte sanft im Wasser auf und ab. Über Funk hatte er erfahren, dass die Startgenehmigung für diese Maschine bereits erteilt worden war. Dr. Amanda West war schon im Anmarsch. Sie würde innerhalb der nächsten zehn Minuten hier eintreffen und abheben.

Er hantierte im Motorgehäuse. Ein paar Handgriffe, danach steckte er die Zünddrähte in die graue Plastikmasse. Ein letzter Blick auf die Armbanduhr. Er stellte den Timer auf 130 Minuten, legte den Schalter um.

Die Bombe war scharf.

Gute Reise, Darling!

Er schloss die Klappe des Gehäuses, sprang vom Schwimmer auf den Steg, knöpfte sein Sakko zu, richtete die Krawatte und verließ den Hafen, als wäre nichts gewesen.

Zwei Stunden später war Amanda immer noch in der Luft. Seit ihrem Start im Hafen von Miami flog sie mit ihrem Wasserflugzeug über das offene Meer, der Sonne entgegen.

Sie warf einen Blick auf die Anzeigen der Instrumente im Armaturenbrett. Höhe, Geschwindigkeit, Propellerumdrehungen, Luftdruck- sowie Öl- und Treibstoffanzeigen waren in Ordnung. Seit fünfzig Minuten befand sie sich bereits über dem Bermudadreieck und flog immer wieder über kleinere Inseln. Das Wetter wurde zusehends trüber. Nach dem Start war die Sonne zwar strahlend aufgegangen, doch mittlerweile war der Himmel grau. Nebelfelder zogen übers Wasser und wurden von Minute zu Minute dichter. Die Sonne verschwand hinter den Wolken, und durch die Nebelsuppe fiel nur noch ein merkwürdiges Zwielicht, das die Schwaden orange färbte.

Amanda griff zum Funkgerät und drehte am Frequenzregler, bis sie die richtige Einstellung gefunden hatte. »DHC-3 Otter, hier spricht Amanda West, erbitte Meldung vom Tower in Miami. Over.«

Im Lautsprecher knackte es. Amanda wiederholte die Kennung ihrer Propellermaschine, eine *de Havilland Canada Otter*, und gab ihren Kurs durch.

Endlich meldete sich jemand. »Hier spricht der Kontrollturm d … Flughafens Miami …«, drang eine kaum hörbare weibliche Stimme aus dem Lautsprecher. »… was ist … Problem, DHC-3 Otter? Over.«

»Ich durchfliege soeben eine dichte Nebelbank«, erklärte Amanda. »Wollte mich nach der Wettervorhersage erkundigen. Over.«

Es knisterte im Lautsprecher. »... Wetter hervorragend ... keine Störungen ... aus ... Gegend gemel... die Sie ... durchfliegen ... Sonnenschein ... klarer Himmel ... Over.«

Klarer Himmel! Pah! Amanda schaute aus dem Seitenfenster ihres Cockpits. Obwohl sie auf eine Höhe von dreihundert Meter heruntergegangen war, war die Meeresoberfläche nicht mehr zu sehen. Der Nebel wurde so dicht, dass sie nur noch mit den Geräten an Bord ihrer Maschine navigieren konnte – im Blindflug sozusagen.

»Tatsächlich?«, rief Amanda frustriert. »Aber meine Sicht ist gleich null.« Sie starrte angestrengt durch die Cockpitscheibe und spürte nun, wie das Flugzeug von einer Böe herumgerissen wurde. »Jetzt kommt auch noch Sturm auf. Erbitte einen *aktuellen* Wetterbericht.« Sie gab noch einmal ihre genaue Position durch und schloss mit dem Wort *Over*.

Es knackte in der Funkverbindung. Aus dem Rauschen und Zirpen drang die verzerrte weibliche Stimme, als käme sie vom anderen Ende der Welt. »... klarer Hi... ...onnenschein ... keine Stö...«

Verflucht! Dieses Gespräch war absolut sinnlos. Außerdem wurde die Verbindung immer schlechter. »Danke, over and out«, beendete Amanda das Gespräch und klemmte das Funkgerät wieder in die Halterung.

Die Maschine wurde stärker vom Wind herumgeschleudert. Das geringelte Kabel des Funkgeräts schwang hin und her.

Amanda zog den Flieger höher, in der Hoffnung, durch die Nebeldecke zu brechen. Womöglich gab es darüber vielleicht tatsächlich klaren Himmel und Sonnenschein.

Doch je höher sie stieg, umso dichter wurde der Nebel. Bald hatte sie das Gefühl, durch einen kompakten Berg aus Watte zu fliegen.

Und der Wind nahm zu. Die Maschine wurde durchgerüttelt, Amandas Getränkebecher flog aus der Halterung, der heiße Kaffee ergoss sich über ihre Hose. *Mist!* Außerdem knallte die Thermoskanne auf den Boden, der Deckel sprang ab. Dann stürzte sie in ein Luftloch, und obwohl die Schnauze des Flugzeugs steil abwärts zeigte, floss der Kaffee über das Bodenblech nach oben. *Wie kann das sein?* Amandas Herzschlag setzte für einen Moment aus. Befand sie sich in einer verkehrten Welt oder hatte sie sich einfach nur getäuscht?

Kurz darauf spielten die Anzeigen im Armaturenbrett verrückt. Das Zahlenrad des Höhenmessers drehte sich wie irre, zeigte mal dreihundert Meter an, im nächsten Augenblick neunhundert und dann wieder minus siebzig Meter – was gar nicht sein konnte, da sich die Propellermaschine dafür ja *unter* Wasser befinden müsste.

Auch die Kompassnadel wirbelte im Kreis und zeigte abwechselnd in alle Himmelsrichtungen.

Jetzt bloß keine Panik!

Amanda versuchte die Maschine auf Kurs zu halten. Doch einige Minuten später, in denen sie mit schweißnassen Händen den Steuerhebel umklammert hielt, wusste sie weder, wie hoch sie war, noch in welche Richtung sie flog.

Bloß raus aus dem Nebel! Aber wie?

Nun spielten auch noch die Öl- und Treibstoffanzeigen verrückt. Die Nadel zuckte herum, zeigte ein voll aufgetanktes Flugzeug und im nächsten Moment wieder einen Stand von null, als wäre ein Leck im Tank. Amanda klopfte gegen das Glas, ohne etwas zu bewirken.

Im selben Augenblick wurde das Flugzeug erneut herumgerissen, der Motor des Propellers heulte auf und Amanda hob es den Magen. *Verflucht! Die Maschine stürzt ab!*

Amanda versuchte den Flieger gerade zu halten und zog den Steuerhebel zu sich, damit sich die Nase der Otter hob. Außerdem stabilisierte sie das Querruder. Einen Atemzug später fiel die komplette Elektronik aus. *Das gibt es doch nicht!*

Obwohl das Funkgerät nicht eingeschaltet war, drangen plötzlich merkwürdige Geräusche aus dem Lautsprecher. Zwischen Knistern, Knacken, Rauschen und Zischeln klang so etwas wie Musik. Dann hörte sie wieder bruchstückhafte Fetzen fremder SOS-Meldungen. *Wo kommen die plötzlich her? Verdammtes Bermudadreieck!*

Schließlich griff sie zum Funkgerät. »SOS! Hier spricht Amanda West, bin mit einer DHC-3 Otter auf dem Weg von Miami nach Wreck Island. Rufe die Küstenwache Miami!« Sie gab die letzte ihr bekannte Position durch. »Ein Notfall, bin vom Kurs abgekommen«, fügte sie hinzu. »Meine Instrumente sind ausgefallen. Navigiere im Blindflug!«

Ein greller Blitz zuckte aus dem Gehäuse des Propellers, unmittelbar gefolgt vom Krach einer Explosion, die das Flugzeug durchschüttelte. Amanda schlug eine Rauchwolke entgegen, der Motor hustete und der Propeller hörte auf sich zu drehen.

Verdammter Mist!

Die Maschine war gerade erst überholt worden. Jemand musste den Motor manipuliert haben. Und ihr fiel nur eine Person ein: Finn!

Dass der Mistkerl tatsächlich so weit gehen würde?

Hitze stieg in ihr auf. Das bestätigte ihr wieder einmal,

dass ihre Forschung mittlerweile zu gefährlich geworden war – und zwar für ihr eigenes Leben.

Ihre Gedanken stoppten jäh, als der Flieger die Nebelwand durchbrach. Binnen Sekunden zerrissen die Schwaden und verschwanden links und rechts aus ihrem Blickfeld. Durch das Cockpit hatte sie nun freie Sicht aufs Meer. Der Himmel war trüb, dunkle Wolken verdeckten den Horizont und ein heftiger Sturm peitschte die See auf. Amanda befand sich im Sturzflug auf die Wasseroberfläche. Nur noch wenige Hundert Meter trennten sie vom Aufprall.

Sie musste die Maschine im Gleichgewicht halten und im Gleitflug auf dem Wasser notlanden. Pierre hatte ihr beigebracht, wie das ging, und ihre *de Havilland Canada Otter* war ein Wasserflugzeug mit zwei großen Schwimmern. Allerdings kam sie viel zu steil herunter. Da sich der Propeller mittlerweile gar nicht mehr drehte, würde die Landung auf den Wellen hart werden.

»Mayday! Mayday! Befinde mich im Sturzflug. Triebwerk ausgefallen, alle Geräte defekt!« Sie gab noch einmal ihre Position durch, dann warf sie das Funkgerät weg. Unmittelbar vor dem Aufprall zurrte sie den Sicherheitsgurt fester.

Die Maschine schlug auf der Wasseroberfläche auf, die hart war wie Beton. Amanda wurde in den Gurt geschleudert. Alles, was nicht festgemacht war, flog durchs Cockpit. Irgendwas knallte gegen ihre Schläfe. Das Flugzeug verlor beim Aufprall einen Schwimmer. Durch den Schwung stieg es wieder einige Meter auf, neigte sich im Flug und donnerte seitlich erneut auf die Wasseroberfläche. Die rechte Tragfläche wurde mit einem Krach abgerissen und ein Wasserschwall spritzte auf die Cockpitscheibe.

Durchs Seitenfenster konnte Amanda nur tatenlos zusehen, wie einige Verstrebungen des zweiten Schwimmers abrissen. Eine lose Eisenstange schlug gegen die Cockpitscheibe, woraufhin ein Spinnennetz aus Splittern das Glas überzog.

Nun schlitterte der Rumpf übers Wasser und kam wenige Sekunden später zum Stillstand. Amanda hing seitlich im Gurt. Der verstümmelte Flieger kippte, trieb schräg im Ozean, und Amanda sah, wie die Wasseroberfläche über die Cockpitscheibe stieg. Wasser drang durchs Seitenfenster und spritzte durch die Splitter der Cockpitscheibe ins Innere. Amanda wurde nass, spürte Salzwasser auf den Lippen. Sie wollte das Funkgerät am Kabel aus dem Wasser ziehen, um einen weiteren SOS-Spruch und ein Mayday abzusetzen, doch Funken schlugen aus den Armaturen. Sie schützte die Augen mit dem Arm und hörte, wie es um sie herum knisterte und brutzelte. Es stank nach Kabelbrand.

Nur raus hier!

Rasch löste sie den Sicherheitsgurt, zog die Schwimmweste unter dem Sitz hervor und kämpfte sich leicht benommen aus dem Cockpit in den Frachtraum. Dort stand sie bereits wadentief im Wasser. Sie riss die Schwimmweste auseinander und tauchte sie kurz ins Wasser, damit sich die Seenotleuchte mit einem Blinken aktivierte und automatisch ein GPS-Positionssignal von ihrem Standort aus sendete. Dann legte sie die Weste an und zog die Gurte straff. Nun war sie zwar in ihrer Bewegungsfreiheit eingeschränkt, aber besser so, als ohne Schwimmweste zu ertrinken.

Als Nächstes musste sie die Frachtluke aufsprengen, denn wenn das Flugzeug weiter sank, würde sie die Luke nicht mehr aufbekommen. Also zog sie am Nothebel.

Mit einem Krachen lösten sich die Scharniere aus den Angeln, und die Frachtluke sprang einen Spaltbreit auf. Nun drang das Wasser zwar rascher in den Frachtraum, aber sie hatte zumindest ihren Fluchtweg nach draußen gesichert.

Sie sah sich im Frachtraum um. Laptop, Computer, Fotoapparat konnte sie vergessen. Das würde alles mit der Maschine auf den Meeresgrund sinken und binnen Minuten unwiederbringlich zerstört werden. *Verschwende keinen Gedanken daran! Denk nach!*

Deine Unterlagen!

Richtig. Die kannst du retten!

Rasch kramte sie ihre Mappe mit den Dokumenten und Aufzeichnungen aus ihrer Tasche, die bereits auf dem Wasser schwamm. Sie stopfte die Unterlagen in wasserdichte Hüllen, die normalerweise für Handys, Brieftasche und Reisepass dienten. Hastig zog sie die Klebestreifen ab und verschweißte die Hüllen. *Aber wohin damit?*

Das Wasser stand ihr bis zur Hüfte. Das Flugzeug sank viel zu rasch.

In die Gepäckfächer? Nein, blöde Idee!

Da sah sie die Holzkiste, in der sich Jerichos Splitter befand. *Natürlich!* In dieser Truhe war noch Platz.

Während sie sich durch das kalte Wasser zur Truhe kämpfte, fingerte sie den Schlüssel für das Vorhängeschloss aus der Jackentasche. Die Wellen schlugen nun heftiger gegen das Flugzeug. Es schaukelte auf und ab und sank dabei unaufhörlich. Amanda reichte das Wasser bereits bis zur Brust, und die Kälte des Ozeans drückte ihre Lunge zu.

Die Kiste schwamm im Wasser zwar auf, wurde aber von den Plastikriemen, die sie festzurrten, gehalten. Außerdem füllte sie sich bereits mit Wasser.

Amanda schloss die Truhe auf, öffnete den Deckel und stopfte die fünf Hüllen mit ihren Unterlagen hinein. Mit klammen Fingern zog sie das Vorhängeschloss wieder durch die Eisenringe und ließ es zuschnappen. *Geschafft! Später kannst du das alles rauftauchen.*

Jetzt aber raus!

Sie ließ die Truhe hinter sich und wollte sich zum Spalt der Frachtluke durchkämpfen, als sich der Flugzeugrumpf neigte. Amanda wurde zurückgeworfen und tauchte für einen Moment unter Wasser. Die Schwimmweste zog sie wieder nach oben, aber der augenblickliche Kälteschock ließ sie erstarren.

Die rechte Seite des Rumpfs war schon völlig unter Wasser. Nur noch die Seite mit der Frachtluke befand sich über Wasser. Amanda schwamm zur Luke, doch das Wasser drang mit einer so starken Strömung in die Kabine, dass sie sich gar nicht bis zur Luke vorkämpfen konnte.

Scheiße!

Panik erfasste sie. Sie hätte das Flugzeug gleich verlassen und von dem sinkenden Wrack wegschwimmen sollen. Jetzt wurde sie womöglich mit ihm in die Tiefe gerissen.

Sie griff nach dem Gepäcksnetz an der Decke und versuchte sich zur Luke zu hangeln, doch das Netz riss. *Verdammt!* Sie wischte sich das Wasser aus den Augen.

Nun befand sich nur noch eine Handbreit Luft unter der Decke. Die Schwimmweste drückte sie nach oben. Amanda presste ihr Gesicht an die Oberfläche, um weiterhin nach Luft zu schnappen. Sie spürte das Salzwasser auf den Lippen, dann schlugen die Wellen über ihrer Nase zusammen und sie befand sich völlig unter Wasser.

Die Strömung im Frachtraum hörte schlagartig auf. Nun schwamm Amanda rasch zur Luke, presste die Finger durch den Spalt und drückte ihn weiter auf. Nur langsam ließ sich die Metalltür aufschieben. Der Druck in ihren Ohren nahm zu, da das Flugzeug im immer dunkler werdenden Blau des Meeres nach unten sank. Durch die Anstrengung presste sie die Luft aus ihrer Lunge, die in einem Schwall aus Luftblasen nach oben sprudelte.

Der Spalt war nun groß genug, dass sie hindurchschlüpfen konnte. Sie quetschte sich durch, blieb aber mit der Schwimmweste stecken. *Verflucht!*

Sie hing im Spalt fest, konnte weder nach draußen noch zurück in den Frachtraum. Und der Flieger sank mit ihr in die Tiefe.

Da packte sie eine Hand.

Im Strudel der Luftblasen sah sie nicht, wer sie da erfasst hatte. Sie spürte nur den harten Griff und dass sie nach draußen gezogen wurde.

Instinktiv zog sie den Bauch ein, rutschte mit der Schwimmweste durch den Spalt. Sie merkte, wie sie einen Turnschuh verlor, dann war sie draußen.

Die Schwimmweste drückte sie automatisch nach oben. Im nächsten Moment durchstieß sie die Wasseroberfläche und atmete gierig ein. Sie schluckte Salzwasser, hustete, prustete, rang nach Luft.

Der Himmel war grau, die See aufgepeitscht, sie schaukelte auf und ab und Wellen schlugen ihr ins Gesicht. Sie war am Leben! Aber es war kein großartiges Gefühl. Jemand hatte versucht, sie umzubringen.

»Alles okay?«, drang eine Stimme zu ihr.

Pierre! Er schwamm neben ihr, ohne Schwimmweste, nur mit Hose und T-Shirt. Mit einer Handbewegung wischte er sich die langen blonden Rastalocken aus dem Gesicht.

»Ja«, keuchte sie. »Woher kommst du?«

»Habe dein Mayday über meine Funkanlage hereinbekommen. Bin sofort hergefahren«, prustete er, löste eine

Leine von seinem Gürtel und warf ihr das Ende zu. »Halt dich daran fest!« Er deutete übers Wasser. »Wir müssen dorthin! Beeil dich!« Er schwamm an der Leine entlang voraus.

Sie kraulte neben ihm her, wurde in ein Wellental geworfen, und als sie wieder oben war, sah sie Pierres Motorboot. Es schaukelte nur wenige Meter von ihnen entfernt auf und ab.

Pierre erreichte es als Erster und hievte sich über die Leiter hinein, dann zog er Amanda an der Leine zu sich und reichte ihr schließlich die Hand. Mit letzter Kraft krabbelte sie ins Boot und blieb keuchend auf den Planken liegen. *Endlich!* Erschöpft starrte sie zum grauen Himmel. Jenseits der Wolken erhellte ein Blitz den Horizont.

Pierre startete den Motor und steuerte das Boot durch die tosenden Wellen. Sie rappelte sich hoch und setzte sich neben ihn. Das Boot sprang übers Wasser und die Gischt stach ihr wie mit feinen Nadeln ins Gesicht.

»Bist du verrückt, bei diesem Wetter loszufliegen?«, rief er gegen den Wind an. »Wenn ich nicht zufällig mit dem Boot in der Nähe gewesen wäre ...«

»In Miami war Sonnenschein«, murmelte sie kraftlos.

»Ich sagte dir doch, während dieser Jahreszeit herzufliegen, ist purer Wahnsinn!«

Es wäre purer Wahnsinn, weiter an diesem Projekt zu forschen!

Du musst deine Ergebnisse vernichten, sagte eine Stimme tief in ihr drinnen.

Ja, das war der einzige Weg. Ihre Entscheidung stand fest.

Und dann musst du verschwinden.

Aber was ist mit Terry?

»Alles okay?«, fragte Pierre.

»Ja, merk dir die Absturzstelle! Wir müssen noch mal herkommen, um den Inhalt der Kiste zu vernichten«, keuchte sie. Diese Unterlagen mussten weg, das war ihr mittlerweile klar. Und zwar schnell. Sie hätte gar nicht erst versuchen sollen, sie zu retten.

Pierre warf ihr einen verständnislosen Blick zu. »Vernichten? Wozu? Diese Stelle findet kein Mensch.« Er wischte sich die Haare aus dem Gesicht. »Ein schlimmer Sturm kommt auf und das Wrack könnte weiß Gott wohin abgetrieben werden.«

Hoffentlich, dachte sie.

1. TEIL

VENEDIG

HEUTE …

1. KAPITEL

Mitten in der Nacht ließen wir den Atlantik in unserem Unterseeboot hinter uns und erreichten die Straße von Gibraltar. Nahezu lautlos drang Onkel Simons U-Boot, die Kopernikus, durch die Meerenge in das Mittelmeer ein, wo es seine Fahrt fortsetzte.

Ich konnte nicht schlafen. Zu viele Gedanken gingen mir durch den Kopf. Eigentlich hätten wir ja längst auf Forschungsreise nach Grönland unterwegs sein sollen, aber dank meiner Neugierde war alles anders gekommen: Unsere Flucht aus dem Hafen von Miami, der Mord an Ethans Mutter in New York, unser Unterschlupf bei den Niagarafällen und schließlich unser Aufenthalt auf Wreck Island mitten im Bermudadreieck. Das war ziemlich viel für eine Woche – und da wir mittlerweile international gesucht wurden, würde es für Simon und die Kopernikus keine Forschungsaufträge mehr geben. *Gut gemacht, Terry!*

Die halbe Nacht lag ich abwechselnd in meiner Kajüte wach und starrte durchs Bullauge in das dunkle Blau, oder saß, in eine Decke gehüllt und an einem Müsliriegel kauend, auf der Kommandobrücke und glotzte auf die Armaturen. Die tiefsten Stellen, die uns das Echolot anzeigte, reichten bis zu 900 Meter hinunter. Wir bewegten uns jedoch nur fünfzig Meter unter der Wasseroberfläche und kamen dank Onkel Simons genialem Kavitationsantrieb zügig voran.

In dieser Tiefe konnte uns niemand ausmachen, und selbst auf dem Sonar eines anderen U-Bootes hätte die Wasserdampfblase, die die Kopernikus umhüllte, niemanden misstrauisch gemacht. Mit unserer hohen Geschwindigkeit von achtzig Knoten hätte man uns sowieso nicht für ein U-Boot gehalten, sondern höchstens für einen Schwarm Schwertfische. Und bei diesem Gedanken schlief ich dann doch irgendwann auf der Brücke ein.

In den frühen Morgenstunden tauchten wir bereits an der sizilianischen Küste entlang, erreichten die Adria und fuhren nach Norden. Unser Ziel war Venedig.

Meine Mutter war vor zehn Jahren kurz vor ihrem Tod mit ihrem Wasserflugzeug im Bermudadreieck fünf Seemeilen westlich von Wreck Island während eines Sturms abgestürzt, und mit ihr alle Ergebnisse ihrer Forschung. Doch Pierre und ich hatten vor einigen Tagen eine Holztruhe mit ihren Unterlagen aus dem Wrack getaucht.

Abgesehen von einem unterarmgroßen, gebogenen, abgesplitterten, grauen Horn unbekannten Ursprungs namens *Jerichos Splitter*, hatten sich in der Truhe jede Menge biologische, medizinische und genetische Analysen in wasserdichten Folien befunden. Unterlagen, aus denen wir nicht schlau wurden, obwohl mein Onkel, genauso wie meine Mutter, Meeresbiologe war. Wir wussten lediglich, dass meine Mutter auf Wreck Island mit Delfinen geforscht hatte und kurz vor ihrem Tod auf eine Formel gestoßen war. Hinter dieser Formel war offenbar Finn her, der für den Pharmakonzern *Biosyde* arbeitete. Aber bis auf Mutters Unterlagen und dieses merkwürdige Horn, das wir nun an Bord hatten, wussten wir fast nichts über ihre Forschung.

In ihren Unterlagen befanden sich auch Analysen, die offenbar von einem Gen-Labor in Venedig stammten, ausgeführt von einem gewissen Peppe Flavio. Er schien der Einzige zu sein, der uns mehr über die Arbeit meiner Mutter erzählen konnte, und deshalb mussten wir ihn treffen. Zugegeben eine dünne Spur, aber besser als gar keine.

»Terry, wir gehen auf Sehrohrtiefe!«, befahl mein Onkel gegen elf Uhr vormittags.

»Aye, Sir.« Müde betätigte ich die notwendigen Schalter, woraufhin Pressluft das Salzwasser aus unseren Tanks drückte und wir aufstiegen.

»Übernimm kurz das Steuer.«

»Aye, Käpt'n.«

Während Simon verschwand, um über die Funkanlage in seiner Arbeitskoje mit Peppe Flavio die Details unseres Treffens zu besprechen, hielt ich die Kopernikus auf Kurs.

Johann, die helfende Hand meines Onkels an Bord, stand im Ruder- und Steuerraum. Mein rotbraunes Frettchen Charlie saß neben mir, knabberte Trockenfutter aus seiner Schüssel und sah hin und wieder neugierig zu mir auf.

Pierre befand sich in der Kombüse. Heute war er dran mit Küchendienst und räumte gerade das Geschirr vom Frühstück weg. Er hatte auf Wreck Island gelebt, dort ein Flugunternehmen für Touristen geführt, bis Finn und seine Schergen die Bungalows mitsamt Pierres Flugzeug in die Luft gejagt hatten. Seitdem lebte Pierre bei uns an Bord. Da wir jedoch keine eigene Koje für ihn hatten, übernachtete er in der Bibliothek auf einer Luftmatratze. Es war nicht sonderlich bequem, aber Pierre war ein Abenteurer, der schon schlimmere Schlafstätten erlebt hatte. Außerdem war sein Zorn auf Biosyde mindestens genauso groß wie unserer, und wir hatten in ihm einen Verbündeten gefunden. Während der dreitägigen Überfahrt über den Atlantik, vom Bermudadreieck bis ins Mittelmeer, hatte er sich als Bereicherung der Crew erwiesen.

Anfangs waren Simon und mein Cousin Ethan ihm gegenüber noch skeptisch gewesen, doch mittlerweile genoss Pierre unser volles Vertrauen. Er hatte mir während unseres Tauchgangs zum Flugzeugwrack meiner Mutter das Leben gerettet und uns auch geholfen, die Truhe vor Finn in Sicherheit zu bringen.

Tja, und Ethan, mein nerdiger Cousin, hockte vermutlich, wie meistens, in seiner Kabine und reparierte gerade Darwin, unsere Flugdrohne, die während des Sturms auf Wreck Island ziemlich in Mitleidenschaft gezogen worden war.

Mehr waren wir nicht an Bord: mein Onkel, Ethan, Johann, Pierre, mein Frettchen Charlie und ich.

Eine Stunde später kam Simon wieder auf die Brücke. »Peppe Flavio erwartet uns. Er scheint ein netter Kerl zu sein – möglicherweise ein wenig zu nett. Wir sollten vorsichtig sein. Wo sind wir gerade?«

Vorsichtig sind wir doch immer! Ich warf einen Blick auf die Karte. »Fünf Seemeilen vor Venedig. Immer noch Sehrohrtiefe.«

Simon nickte, fuhr das Sehrohr aus, klappte die Griffe auseinander und spähte durch das Periskop. Mit den Linsen zoomte er die Küste so nahe heran, dass ich auf dem Monitor einzelne Details wie Häuser oder Schiffe erkennen konnte. Nach einer Weile klappte er das Sehrohr zu. »Ich übernehme das Steuer«, sagte er knapp.

Ich überließ ihm den Platz auf der Brücke. Durch das Bullauge bemerkte ich, wie das blaue Wasser um uns herum immer heller wurde. Mittlerweile stand die Sonne im Zenit. Es war ein heißer Sommertag und ich war schon auf Venedig gespannt.

Simon griff zum bordinternen Funkgerät und gab einen Befehl über sämtliche Lautsprecher durch. »Alle Mann auf die Brücke. Wir legen in wenigen Minuten in Venedig an.«

»Warum müssen eigentlich *wir* zu Flavio?«, fragte ich. »Wieso kommt er nicht zu uns an Bord?«

»Stimmt, das wäre sicherer für uns.« Simon nickte. »Aber Flavio arbeitet gerade an einem wichtigen Projekt und hat nur kurz während seiner Mittagspause Zeit für uns.«

Na ja, wenigstens das!

Nacheinander versammelte sich die Crew auf der Brücke. Johann hatte es vom Ruderraum gleich gegenüber der Brücke nicht weit. Er sah aus wie immer: von den Schuhen über die Hose und den Gürtel, den Rollkragenpullover komplett in Schwarz, einschließlich der Gürtelschnalle – eine alte Gewohnheit aus seinen Tagen als Einbrecher und Ganove, die er anscheinend nicht so einfach ablegen konnte. Er war groß, hatte eine Glatze, einen kurz gestutzten Schnauzbart, lange Arme und die sportliche Figur eines Boxers. Ein paar Muskeln mehr, und er hätte wie eine ältere Ausgabe von Vin Diesel ausgesehen.

Ethan schlurfte auf die Brücke. »Morgen«, murrte er, wischte mit dem T-Shirt die Gläser seiner Brille sauber und setzte sie auf. Seine Haare standen in alle Richtungen ab.

»Schlecht gelaunt?«, fragte ich ihn. Er war drei Jahre älter als ich und einen Kopf größer.

Er blickte mich mit verschlafenen Augen an. »Wenn ich am Morgen meine Augen öffne und als Erstes dich sehe, wünschte ich, ich hätte mich anders entschieden.«

»Danke, wie nett!«

»Tragt eure Kabbeleien gefälligst woanders aus!«, blaffte Simon. Ihn nervten unsere kleinen Scharmützel, während Ethan und ich sie kaum noch bemerkten.

Als Nächstes tauchte Pierre auf. Da er wegen unserer übereilten Flucht von Wreck Island nichts anderes bei sich gehabt hatte als seine Kleider am Leib, trug er immer noch seine grün gesprenkelte Camouflagehose mit den Seitentaschen, Schnürstiefel, ein T-Shirt und eine speckige Lederjacke.

»*Bonjour*«, murmelte er mit einer Selleriestange im Mund. Seine blonden Rastalocken hatte er sich lässig zu einem Zopf gebunden, und während der Fahrt war aus seinem ursprünglichen Schnurrbart ein Vollbart geworden.

»Wie sieht unser Plan aus, Käpt'n?«, fragte Johann. Er kannte Ethan und mich seit unserer Geburt und meinen Onkel bereits seit dessen Kindheit. Immerhin hatte er schon für unseren Großvater, Admiral Nathan West, auf der kanadischen Halbinsel Nova Scotia als Sekretär gearbeitet. Manchmal konnte ich das selbst kaum glauben, denn obwohl Johann demzufolge eigentlich schon uralt sein musste, sah er kaum älter aus als mein Onkel. Die Seeluft hielt ihn frisch, wie er stets behauptete.

Simon runzelte die Stirn. »Zuerst müssen wir unauffällig unter der italienischen Zoll- und Küstenwache durchtauchen und heimlich vor Venedig anlegen, ohne dass uns die Hafenbehörde bemerkt.« Er sah kurz zu mir. »Terry, die Karte!«

Ich breitete die größte Seekarte, die wir von Venedig besaßen, auf dem Tisch aus. Simon setzte seine schmale Lesebrille auf, die immer in seinen Haaren steckte, und verglich das Kartenmaterial mit dem Sonar, das den Meeresboden und die Felsformationen unter Wasser in einer 3-D-Ansicht auf dem Monitor zeigte.

»Ich habe einen Weg gefunden, wie wir durch die Kanäle bis ins Innere der Stadt gelangen können«, fuhr er fort.

Wir steckten die Köpfe zusammen und beugten uns über die Karte. Venedig war eine Lagunenstadt direkt am Meer, eigentlich sogar mitten *im* Meer. Das Wasser des Ozeans umspülte und durchzog die gesamte Stadt in langen Kanälen. Die Venezianer bewegten sich mit Wassertaxis und Gondeln von einem Haus zum anderen, sodass in den Kanälen dichter Verkehr herrschte.

»Ist es dort tief genug?«, fragte ich.

»Dieser Kanal schon.« Mein Onkel zeigte auf einen Seitenarm des *Canal Grande*, der direkt ins Zentrum in die Nähe des Markusplatzes führte. »Diese Stelle ist sechs Meter tief. Solange Flut ist, so wie jetzt, reicht es knapp, dass unser Turm unter Wasser ist und wir mit dem ausgefahrenen Sehrohr zwischen den Gondeln durchfahren können.«

»Ziemlich riskant«, murmelte Ethan.

»Aber unsere einzige Chance.«

»Warum gehen wir nicht wie alle anderen auch am Fährhafen an Land?«, fragte Pierre. »Ist doch …«

Wir drehten uns um und sahen ihn an.

»Terry wird wegen Einbruchs, Diebstahls und Körperverletzung in Miami gesucht«, erklärte mein Onkel.

»Was ich übrigens nicht begangen habe«, stellte ich richtig. »Außerdem wird Simon wegen Mordes in New York gesucht.«

»Den *ich* nicht begangen habe«, korrigierte Simon. »Und

nach Johann wird gesucht, weil er auf ein Auto geschossen hat.«

»Was ich tatsächlich getan habe«, sagte er, ein wenig stolz.

»Und Biosyde erwartet uns vielleicht sogar in Venedig, denn immerhin haben sie es auch geschafft, uns auf Wreck Island zu finden, wie immer sie es angestellt haben«, fügte Ethan hinzu.

»Und wir haben weder Lust, auf die Polizei noch auf die Killer von Biosyde zu treffen«, ergänzte Johann.

»*Oh, mon Dieu*, schon gut!« Pierre hob entschuldigend die Hände. »War ja nur eine Frage.«

Simon kniff die Augen zusammen, blickte aufs Sonar, drosselte die Geschwindigkeit und ging auf Schleichfahrt. »Terry, Navigation mit Sichtkontakt.«

»Aye, Sir.« Ich warf einen Blick durch das Periskop. Vor mir lagen die ersten Ausläufer der Lagunenstadt. Ziegelrote, altertümliche, zwei- bis dreistöckige Häuser, die entweder auf Stelzen oder einer Kaimauer standen. Die Mittagssonne spiegelte sich auf dem Wasser. An den Holzstegen lagen Gondeln und kleine Motorboote nebeneinander und schwankten auf den Wellen auf und ab.

»Langsamere Fahrt«, schlug ich vor. »Wir wirbeln zu viel Wasser auf.«

»Aye.« Simon reduzierte unsere Geschwindigkeit auf fünf Knoten, was etwa neun km/h entsprach. Langsam tauchten wir durch Venedig. Wir verließen aus südlicher Richtung kommend den breiten *Canal Grande* und drangen in einen etwas schmäleren Seitenarm ein. Hier war schon deutlich weniger los als auf dem überfüllten Hauptwasserweg. Nur hier und da kam uns an der Oberfläche ein Wassertaxi entgegen.

Ich spürte, wie die Kopernikus noch langsamer wurde.

»Freie Fahrt voraus«, informierte ich die anderen. »Es ist kaum etwas los da oben und die Sicht ist trüb.«

»Gut für uns«, sagte Ethan.

Ich nickte. So würde man uns unter Wasser nicht so leicht entdecken können – und falls doch, dann sah die Kopernikus wie der Schatten eines riesigen Wals aus. *Wobei, Wale mitten in Venedig?* Das würde niemand ernsthaft in Erwägung ziehen.

Simon navigierte die Kopernikus durch die Kanäle, und ich sah durch das Periskop, dass der Wasserweg noch ein klein wenig enger wurde. »Wie weit noch?«, fragte ich beunruhigt.

»Keine Sorge, wir sind gleich da.« Simon war hoch konzentriert. »Die Flut hält noch etwas an, es ist tief genug. Und bevor die Ebbe einsetzt sind wir wieder weg.«

Hoffentlich!

»Dein Wort in Gottes Gehörgang«, brummte Johann, aber er klang nicht sehr zuversichtlich.

»Wir sind da«, verkündete Simon nach einer Weile.

»Ein Grad Steuerbord«, sagte ich, »dann wären wir direkt unter einem Holzsteg, der auf Wasserfässern schwimmt.«

»Aye, Terry«, antwortete Simon. »Sehrohr einziehen.«

Ich führte den Befehl aus, und er steuerte die Kopernikus mit sanften Propellerbewegungen unter den Steg. Dann stoppte Ethan die Maschinen und Simon fuhr die Stabilisatoren aus.

»Wassertanks langsam leer pumpen.«

Johann betätigte einige Schalter und die Pressluft drückte Wasser aus den Tanks. Wir stiegen auf. Ich hielt den Atem an.

»Stopp!«, rief Simon.

Im nächsten Moment hörte ich das Rasseln der Ankerkette. Die Kopernikus klebte beinahe wie ein Kaugummi unter dem Steg fest. Ich atmete erleichtert aus.

»Gehen wir sicherheitshalber auf Nachtlicht.«

»Aye, Käpt'n.« Johann schaltete das Licht aus und schlagartig herrschte ein dunkelblaues Licht an Bord, das durch die Bullaugen nicht gesehen werden konnte, wenn man vom Steg aus ins trübe Wasser blickte.

»Ein exzellentes Anlegemanöver.« Simon steckte sich die Lesebrille ins Haar. »Aber nun kommt der schwierige Teil. Ich bleibe an Bord an den Geräten und am Funkgerät, falls das Boot entdeckt wird und ich es aus Venedig rausmanövrieren muss.« Er sah uns an. Keiner widersprach. »Das Treffen mit Signor Flavio findet in zwanzig Minuten statt. Wer meldet sich freiwillig für einen Landgang?«

»Ich schlage vor, ich bleibe ebenfalls an Bord und schicke Darwin raus, um die Umgebung zu beobachten«, murmelte Ethan.

Feigling!

Simon nickte, dann sah er uns an.

Johann, Pierre und ich hoben gleichzeitig die Hand.

»Gut.« Simon fischte einen Stadtplan von Venedig aus der Schublade des Kartentisches. »Ich habe den Standort von Signor Flavios Labor bereits markiert. Hier liegen wir vor Anker … dort ist das Labor. Zu Fuß kann man es in einer Viertelstunde erreichen.«

Ich betrachtete die Karte und prägte mir den Weg ein. Dann faltete ich die Mappe zusammen und steckte sie in die Gesäßtasche meiner Shorts.

»Ich nehme diese Unterlagen mit.« Johann zog eine Klarsichtfolie hinter seinem Rücken hervor. Darin waren

Signor Flavios DNA-Analysen und Aufzeichnungen über Jerichos Splitter enthalten.

Simon nickte. »Aber gebt gut darauf acht. Ich habe die Dokumente zwar eingescannt, aber das sind die Originale.« Dann drückte er Johann und Pierre jeweils ein Funkgerät in die Hand.

»Berühmte letzte Worte?«, fragte ich.

Simon sah mich streng an. »Sei nicht übermütig und komm gesund wieder zurück. Johann, du bist für die Kleine verantwortlich.«

Die Kleine! Ich war fast so groß wie er.

Johann zwinkerte mir zu. »Aye, Käpt'n!« Er packte mich an der Schulter und wollte mich bereits zur Luke schieben.

Doch Simon hob die Hand. »Und wenn ihr Finn oder einen seiner Leute seht …«

»Nehmen wir die Füße in die Hand und rennen!«, antworteten wir wie aus einem Mund.

Mein Onkel fand das gar nicht lustig.

»Bitte um Erlaubnis, von Bord gehen zu dürfen«, sagte ich schließlich.

»Okay, ab mit euch.«

Ich blickte zu Charlie und stieß einen Pfiff aus. Der kletterte sogleich an mir hoch und legte sich auf meine Schulter. Dann stieg ich die Leiter im Turm hoch und öffnete vorsichtig mit der Hydraulik die Luke.

Sogleich schlug mir der Gestank brackigen Wassers entgegen, gemischt mit dem Geruch von altem, morschem Holz. Ich hatte davon gehört, dass die Kanäle Venedigs einen üblen Geruch verbreiteten – besonders im Hochsommer. Daran würde ich mich schon gewöhnen.

Die Luke ließ sich nicht ganz öffnen, da sie an die Unterseite des Holzstegs stieß, aber es war genug Platz, um bequem herauszukommen. Flink kletterte ich aus dem Spalt, zog mich am Rand der Bretter seitlich hoch und setzte mich auf den Steg. Sogleich hüpfte Charlie von mir herunter, wälzte sich in der Sonne, streckte alle viere von sich und gickerte.

Gik-gik-gik-gik!

Als er die Tauben entdeckte, die über den Steg hüpften, und sein Hals lang wurde, packte ich ihn im Genick am Fell. »Keine Tauben jagen!«, schärfte ich ihm ein.

Ich sah mich um und entdeckte an einer Häuserecke eine gut besuchte Eisdiele mit rot-weiß gestreifter Markise. Etwa fünf Meter davon entfernt stand ein Gondoliere mit seinem Stab am hinteren Ende einer Gondel. Ich wartete, bis er einen Pfiff ausstieß, eine Leine zum Steg warf, alle Touristen in dem Eissalon zu ihm herübersahen und beobachteten, wie seine Gäste an Land gingen. Dann zischte ich: »Jetzt! Schnell!«

Ich reichte Pierre die Hand, danach Johann, und Sekunden später saßen wir nebeneinander auf dem Steg.

Wir waren in Venedig!

2. KAPITEL

Der Weg zu Signor Flavios Labor war leicht zu finden. Zum Glück konnten wir zu Fuß durch die engen Gassen laufen und brauchten bloß zwei Brücken überqueren.

Wie Simon gesagt hatte, waren wir in einer Viertelstunde dort. Das Labor befand sich in der Via Gambetti an einem kleinen Platz, auf dem ein Campanile mit rotem Spitzdach emporragte.

Die Sonne stand hoch am Himmel und brannte herunter. Bis auf eine japanische Reisegruppe war außer uns niemand auf der Straße. Sogar die Tauben verkrochen sich in den Nischen, weil ihnen zu heiß war. Einige ältere Venezianer saßen im Schatten einer Markise vor den Lokalen und unterhielten sich lautstark beim Kartenspiel. Gläser klirrten, irgendwo kläffte ein Hund und aus einem offenen Fenster drang ein kitschiger italienischer Schlager.

L'Amore!

Das Haus mit der Nummer acht war Signor Flavios Labor. Es war offensichtlich renoviert worden, da die Fassade nicht wie die Nachbargebäude aus roten Ziegeln bestand, sondern neue Fenster hatte und weiß verputzt war. Auf einem Schild stand *IGR – Instituto per la genetica ricombinante*.

Institut für rekombinante Genetik.

Während ich auf die Gegensprechanlage drückte, sahen sich Johann und Pierre unauffällig um, ob uns jemand gefolgt war. Die Luft war rein.

»*Buongiorno!*«, meldete sich eine männliche Stimme.

»*Buongiorno, io sono Terry West*«, sagte ich auf Italienisch und wechselte danach – als gebürtige Kanadierin – in meine Muttersprache Englisch. »Ich würde gern mit Signor Flavio sprechen.«

»Ah, ja, Dr. West hat mir deine Besuch bereits vor über eine Stunde angekündigt«, sagte der Mann mit starkem italienischem Akzent. »Komm rauf in die zweite Stock.« Der Türöffner summte und das Tor sprang auf. Sogleich strich kühle klimatisierte Luft aus dem Gebäude über meine Wangen. Im selben Moment sprang Charlie von meiner Schulter und hüpfte die enge Treppe nach oben. Anscheinend konnte er es kaum erwarten, ins Kühle zu flüchten.

Ich sah Johann an, dieser nickte. In seiner schwarzen Kluft und mit der Spiegelsonnenbrille sah er wie ein astreiner Mafioso aus. Dann nahm er die Brille ab und wir schoben uns nacheinander in das Haus.

Pierre blieb draußen stehen. »Ich warte sicherheitshalber hier, kleiner Kolibri.« Sein französischer Akzent brachte mich jedes Mal zum Grinsen. Es klang wie *Isch warte sischer'eits'alber* … Er klopfte auf das Funkgerät an seinem Gürtel. »Bleibt erreichbar. Ich melde mich, falls sich Finn oder andere finstere Gestalten nähern sollten.«

Soeben kamen zwei junge braun gebrannte Italienerinnen mit Minirock, bunter Bluse, Strohhut und Fotoapparat vorbei.

»*Ciao, Bella*«, sagte Pierre mit gespieltem italienischen Akzent und zwinkerte ihnen zu.

»Bist du auch wirklich bei der Sache?«, fragte ich.

Er sah mich an. »*Bien sûr que oui*, natürlich.«

»Gut, halt die Augen offen.« Wie ich an einem Schild erkennen konnte, erstreckte sich das Institut über das gesamte Gebäude – unten lagen die großen Labors hinter einer verglasten Sicherheitsschleuse, oben die Büros und kleinen Lagerräume.

Ich lief die Treppe in den zweiten Stock. Johann folgte mir. Als wir oben ankamen, stand bereits eine Tür offen. Charlie saß auf dem Schuhabstreifer und blickte mit neugierig zuckendem Näschen durch den Spalt in den Vorraum. Wir traten ein, und ein kleiner älterer Herr im weißen Anzug mit schwarz glänzenden, pomadisierten Locken erwartete uns bereits. Er grinste mich mit ausgestreckten Armen freundlich an.

»*Buongiorno*, Terry.« Er reichte mir die Hand. »Ich bin Flavio.« Er legte die Hand mit einem bescheidenen Lächeln auf seine Brust, wo ein rotes Tuch in der Tasche seines Sakkos steckte. Anschließend strich er sich über den langen dünnen Schnauzbart und zwirbelte das Ende auf.

Nachdem auch Johann sich vorgestellt hatte, bat uns Signor Flavio herein. »Kommt weiter, in meine Büro.« Als er Charlie bemerkte, trat er erschrocken zur Seite. »Ah, deine kleine rote haarige Freund darf hier natürlich nicht …«

Aber Charlie war bereits im Flur und beschnupperte den Parkettboden. Signor Flavio hob seufzend die Schultern, sagte aber nichts, sondern schloss die Tür. Wir folgten ihm durch einen langen verwinkelten Korridor, von dem mehrere Glastüren in einzelne Büros führten, die jedoch alle wie ausgestorben waren. Außer uns war niemand in diesem

Stockwerk, zumindest sah ich keine Menschenseele. Kein Telefonläuten, kein Gemurmel, ja nicht einmal das Summen eines Kopiergeräts oder Druckers.

Seltsam!

»Wir sind hergekommen, um …«, begann ich, doch Signor Flavio brachte mich mit einer Geste zum Verstummen.

»In meine Büro sind wir ungestört.« Er öffnete eine Tür, ließ uns herein und schloss sie hinter uns wieder. »Kleine oder große Espresso? Wasser?«

Johann und ich lehnten dankend ab.

»Bitte nehmt Platz.« Er deutete auf eine Couch vor einem großen Fenster, aus dem man die Via Gambetti und den Platz mit dem Campanile sehen konnte.

Ich blickte kurz durch die Scheibe. Unten stand Pierre und hielt Wache. Danach setzten wir uns mit dem Rücken zur Wand auf die Couch und Signor Flavio ließ sich uns gegenüber in einen Sessel fallen.

Charlie stand neben dem Tisch, setzte an, sein Hinterbein zu heben, doch ich zischte ein lautes »Aus!«, woraufhin er mit einem Satz auf meinen Schoß sprang, sich hinlegte und zusammenrollte. Ich streichelte ihn und er begann laut zu schnurren.

Signor Flavio tat so, als betrachtete er das Frettchen, aber ich spürte, wie sein Blick mich dabei taxierte, mein offenes Hemd, das ich über dem Bauchnabel verknotet, und meine ausgefransten Jeans, die ich mir selbst auf Höhe der Oberschenkel abgeschnitten hatte. Für meinen Geschmack ruhte sein Blick etwas zu lang auf mir.

Auch Johann war es aufgefallen, er wurde unruhig. »Können wir jetzt reden?«

»Ja.« Flavio senkte die Stimme zu einem Flüstern. »Du hast Nerven, hierher zu kommen.«

Ich sah ihn fragend an.

Er breitete die Arme zu einer großzügigen Geste aus. »Du musst wissen, ich war eine gute Freund von deine Mutter.«

Wie war sie so?, platzte es beinah aus mir heraus, doch ich verkniff es mir. Aus einem Grund, den ich nicht genau bestimmen konnte, erschien mir Signor Flavio nicht vertrauenswürdig. Vielleicht lag es an seinem Akzent oder den tief liegenden dunklen Augen. Ich wusste es selbst nicht. Er war mir einfach unsympathisch, obwohl er uns freundlich empfangen und uns sogar Kaffee angeboten hatte. Aber trotzdem wurde ich den Eindruck nicht los, dass er mit Vorsicht zu genießen war – egal, ob er nun *eine gute Freund* meiner Mutter gewesen war oder nicht.

»Wie meinen Sie das?«, fragte ich stattdessen.

»Nun …« Er lächelte. »… du und deine Onkel werdet überall wegen eine Mord gesucht, und da kommst du ausgerechnet hierher anstatt zu tauchen unter?«

Ich war sprachlos. Auch Johann sah den Signore mit zusammengekniffenen Augen an. Ich merkte, wie er die Papiere in seinen Händen zu einer Rolle zusammendrehte.

»Dieser Mord war eine Falle für uns«, versuchte ich mich zu rechtfertigen. »Wir haben nichts Schlimmes getan. Aber genau deshalb müssen wir herausfinden, wer aus welchem Grund hinter den Anschuldigungen gegen uns steckt.«

»Und die *Carabinieri*?«, fragte der Signore.

»Die würden uns ins Gefängnis stecken, aber ich fürchte, selbst da wären wir nicht vor Valerie De Boes' Handlangern sicher.«

»Valerie De Boes?«, wiederholte Flavio und schob die Unterlippe nach vorne. »Von Biosyde, diese Pharmakonzern?«

Ich nickte. »Es scheint so, als verfolgten sie uns auf Schritt und Tritt.«

»Da habt ihr es aber mit eine mächtige Gegner zu tun.« Signor Flavio wurde nachdenklich. »Gut, dass euch in diese *Laboratorio* niemand gesehen hat. Die Kollege sind zum Glück gerade alle auf … äh …«, er schnippte mit den Fingern, »… Mittagspause. Aber sie kommen bald zurück, also erzähl mir lieber *presto*, warum euch die *Carabinieri* und diese Pharmakonzern suchen.«

»Wir …«, setzte ich an, doch Johann hob die Hand.

»Wir sollten besser nicht zu viel darüber erzählen«, warnte er mich.

Johann hatte recht! Andererseits hätte Flavio schon längst die Polizei verständigen können. Dann säßen wir nicht mehr unbehelligt in seinem klimatisierten Labor, sondern in einem venezianischen Kittchen mit massiven Gitterstäben vor dem Fenster und Aussicht auf die grauen Kanäle. Vielleicht sollten wir ihm doch zumindest ein wenig Vertrauen schenken.

»Also aus welche Grund seid ihr hier?«, wollte der Signore wissen.

»Johann?«, fragte ich unsicher, woraufhin er schließlich nickte und ich Signor Flavio in knappen Worten von Mutters Geheimlabor in Miami erzählte und wie wir schließlich Wreck Island und das Flugzeugwrack meiner Mutter gefunden hatten.

»Und wo liegt die Kopernikus jetzt?«, fragte Flavio besorgt, nachdem ich geendet hatte.

»Nicht allzu weit entfernt«, sagte ich und beschrieb ihm den Platz, doch aus dem Augenwinkel sah ich, dass Johann unmerklich den Kopf schüttelte.

»Ah.« Flavio hob die Augenbrauen und nickte erleichtert. »Ja, das ist eine gute Platz, dort ist die U-Boot in Sicherheit. Und ich hoffe, du hast deine Fund aus die Wrack dort sicher aufbewahrt?«

Die Frage kam mir seltsam vor, trotzdem nickte ich. »Ja, haben wir.«

Signor Flavio lächelte zufrieden.

3. KAPITEL

Nachdem ich Signor Flavio in wenigen Worten erzählt hatte, dass wir aus dem gesunkenen Flugzeugwrack eine Holztruhe heraufgetaucht und darin jede Menge merkwürdige Unterlagen und Jerichos Splitter gefunden hatten, sah er mich fragend an.

Johann reichte ihm die Papiere.

Der Wissenschaftler nahm die Blätter aus der Klarsichthülle. »Ah!« Er hob eine Augenbraue, dann verzog er das Gesicht und schüttelte den Kopf, während er las. »*Diese* Jerichos Splitter meinst du also. Ja, ich erinnere mich, tz, tz, tz …«

»Was meinen Sie damit?« Ich rutschte an die Kante der Couch, denn offenbar wusste Flavio, worum es sich bei dem Horn handelte. »Woran hat meine Mutter geforscht? Und was ist dieses *Horn*? Woher stammt es? Wir konnten nicht einmal herausfinden, aus welchem Material es ist.«

Flavio machte eine bedauernde Miene. »Deswegen bist du extra hergekommen? Diese Horn ist völlig wertlos.« Er zuckte mit den Achseln.

Charlie hob den Kopf, reckte den Hals ganz lang und

lauschte, als hätte er ein Geräusch gehört, aber ich drückte seinen Kopf wieder hinunter, da ich keine Lust hatte, ihm durch das Büro hinterherzujagen. »Worum handelt es sich dabei?«

»Eine mit deine Mutter befreundete Archäologe hat diese Knochen in die syrische Wüste in die Nähe von Damaskus gefunden«, erklärte Flavio. »Bei Ausgrabungen freigelegt.«

»Also ist es ein … *Knochen*?«

»Ja, eine alte hässliche Knochen.«

Enttäuscht blickte ich auf die Unterlagen, in denen sich ein Foto des Horns befand. Ich hätte mir mehr erhofft, wenigstens irgendeine Enthüllung. »Es sieht aus wie das Horn eines Nashorns, oder eines gewaltigen Stiers oder … oder eines Einhorns!« Im gleichen Moment wurde mir klar, wie blöd meine Aussage in Signor Flavios Ohren klingen musste.

Dementsprechend laut lachte er auf. »Nein, ist nur eine gewöhnliche Horn von eine ausgestorbene Tier, das viele Tausend Jahre in die Sand gelegen ist.«

»Und worum *genau* hat Amanda West Sie gebeten?«, mischte sich nun Johann in das Gespräch, wobei ich am Klang seiner Stimme bereits erkannte, dass er etwas ungeduldig wurde.

»Nun, ich sollte die DNA-Struktur von diese Fund für Dr. West untersuchen, um das Alter von diese Artefakt herauszufinden. Ja, sie hat diese Ding immer *Artefakt* genannt, als wäre diese Fund etwas Besonderes.« Er lächelte nachsichtig. »Aber es war nur eine alte Knochen. Mehr gibt es darüber nicht zu erzählen.«

Enttäuscht ließ ich die Schultern sinken. Deswegen waren wir den weiten Weg über den Atlantik hergekommen, nur um zu erfahren, dass meine Mutter einen alten

Knochen in ihrer Maschine von Miami nach Wreck Island geflogen hatte? Aber warum war Biosyde hinter diesem Knochen her, wenn er so unbedeutend war? Meine Kiefermuskeln mahlten. In der erdrückenden Stille hatte Charlie wieder den Kopf gehoben und den Hals lang gemacht. Diesmal stellte er sogar die Ohren auf und blickte zur Tür. Ich lauschte ebenfalls, aber dort war nichts zu hören.

Gedankenverloren streichelte ich Charlie, um ihn zu beruhigen. »Kennen Sie den genauen Fundort in der syrischen Wüste?«

Flavio schüttelte den Kopf.

»Den Namen des Archäologen, der den Splitter entdeckt hat?«

Flavio hob bedauernd die Schultern. »Aber warum fragst du deine Mutter nicht selbst danach?«

Nun sah ich ihn überrascht an. »Das wussten Sie gar nicht? Sie ist …«

Da beugte sich Johann nach vorn. »Woher genau kennen Sie Amanda West eigentlich?«

Flavio setzte ein beleidigtes Gesicht auf. »*Amico mio*, ich war nicht nur eine gute Freund von ihr, sondern habe an die Universität unterrichtet, wo Amanda Medizin studiert hat. Ich war eine von ihre Dozenten. Später wurden wir Arbeitskollegen, aber dann bin ich wieder zurückgegangen nach *bella Italia*.«

»Und *wo* genau war das?«, fragte Johann nach.

»Äh … an die McGill Universität in die kanadische Montreal.«

»Aha …« Johanns Funkgerät knackte. »Entschuldigen Sie mich bitte.« Er erhob sich, ging zum Fenster und presste das Gerät ans Ohr. »Ja?«

Ich hörte Pierres verzerrte Stimme aus dem Walkie-Talkie. »Alles in Ordnung bei euch da oben?«

»Ja, warum?«, fragte Johann und warf mir einen fragenden Blick zu.

Indessen sprang Charlie von mir herunter, lief zur Tür, stellte sich auf die Hinterbeine und kratzte am Holz.

»Aus!«, zischte ich, doch das sture Frettchen ließ sich nicht bremsen. *Dickschädel!*

Signor Flavio erhob sich ebenfalls und straffte die Ärmel seines weißen Sakkos und drehte an den Manschettenknöpfen.

»Hier unten auf der Straße stehen einige Leute«, drang Pierres Stimme krächzend aus dem Walkie-Talkie. »So viel ich mitbekommen habe, warten sie darauf, dass die Angestellten aus dem Labor rauskommen. Sie wollen gemeinsam Mittagessen gehen und haben schon ein paarmal angerufen, doch anscheinend geht niemand ans Telefon.«

»Danke, over and out«, sagte Johann knapp, schaltete das Funkgerät aus und klemmte es sich an den Gürtel.

Aus dem Augenwinkel sah ich, wie Signor Flavio das Ende seines Schnauzbartes zwirbelte und sich um einen freundlichen Ton bemühte. »Nun, ich fürchte, ich muss wieder zu meine Arbeit. Danke für die Besuch. Ich wünsche euch viele Glück.«

Ich starrte Signor Flavio an. Hatte er nicht vorhin behauptet, dass das Gebäude leer sei, weil alle seine Mitarbeiter bereits auf Mittagspause wären? Ich musterte ihn. »Sagten Sie nicht, dass …?«

Da stand Johann bereits neben Signor Flavio und schlug ihm ansatzlos den Handballen an die Schläfe.

»Johann!«, rief ich entsetzt und schnappte nach Luft.

Signor Flavio fiel wie ein Brett um, doch bevor er auf den

Boden knallen konnte, fing Johann ihn auf und bettete ihn der Länge nach auf die Couch. Unterdessen kratzte Charlie immer noch wie verrückt an der Tür. Was war bloß mit diesem Frettchen los?

»Was verdammt noch mal sollte das eben?«, zischte ich leise, obwohl wir allein in dem Stockwerk waren.

»Terry«, antwortete Johann mit ernster Miene. »Er ist nicht der, der er vorgibt zu sein.«

4. KAPITEL

Wir standen nebeneinander und sahen zu Signor Flavio hinunter, der regungslos vor uns auf der Couch lag. Nur sein voluminöser Bauch hob und senkte sich mit gleichmäßigen Atemzügen, während seine Schläfe rot anschwoll.

»Er ist nur bewusstlos«, beruhigte Johann mich.

»Na toll!«, rief ich, »andernfalls hätten wir nämlich zur Abwechslung mal einen *echten* Mord am Hals.« Schließlich entspannte ich mich wieder. »Wie kommst du darauf, dass das nicht Peppe Flavio ist?«

»Als Pierre mich angefunkt hat, hat Flavio gar nicht danach gefragt, wer das ist. Anscheinend wusste er schon Bescheid.«

»Was? Das ist alles? Vielleicht hat es ihn gar nicht interessiert«, konterte ich.

»Außerdem sagte er zuvor, er hätte dich bereits erwartet, Terry, da dein Onkel deinen Besuch vor einer Stunde angekündigt hätte. Aber das kann nicht sein, denn Simon hat bis vor Kurzem noch gar nicht gewusst, wer von uns an Land gehen würde.«

Das stimmt allerdings. Ich nickte langsam.

»Und außerdem behauptete dieser Mann, alle seine Mitarbeiter wären bereits in der Pause. Aber von Pierre wissen wir, dass offenbar noch niemand das Gebäude verlassen hat. Ich frage mich, wo die sind.«

Ja, das war mir auch aufgefallen. Trotzdem blickte ich Johann skeptisch an. »Aber …«

»Und der echte Peppe Flavio war ein guter Arbeitskollege deiner Mutter«, redete Johann weiter. »Er hätte wissen müssen, dass sie vor zehn Jahren ums Leben gekommen ist. Und falls dich das alles noch nicht überzeugt, Terry …«, fügte er hinzu, »… dann vielleicht die Tatsache, dass deine Mutter nie Medizin an der McGill Universität in Montreal studiert hat, sondern Meeresbiologie am ozeanografischen Institut Bedford im über tausend Kilometer entfernten kanadischen Halifax – und *das* hätte der echte Peppe Flavio garantiert gewusst.«

»Okay, okay, du hast mich ja überzeugt«, gab ich zu. »Der Mistkerl war anscheinend schlecht vorbereitet. Und was jetzt?«

Johann rieb sich nachdenklich das Kinn. »Ich vermute, dass man den echten Signor Flavio genauso hat verschwinden lassen wie die restlichen Angestellten dieses Labors.«

»Was für ein Schwach…«, wollte ich sagen, stockte jedoch, da ich unwillkürlich an den falschen Portier damals im New Yorker Hochhaus denken musste, der uns auch mit frechen Lügen hinters Licht geführt hatte. Mit einem Mal klang Johanns Theorie gar nicht so weit hergeholt. Es konnte nur Biosyde dahinterstecken!

Während ich noch darüber nachdachte, hatte sich Johann bereits neben den bewusstlosen Italiener hingekniet und damit begonnen, seine Taschen zu durchwühlen.

»Johann, wir sollten …«

Mit erhobener Hand brachte er mich zum Verstummen. Er legte den Finger auf die Lippen. Danach fischte er aus Signor Flavios Brusttasche einen fingernagelgroßen schwarzen Knopf, von dem ein winziger Draht abstand, der wie eine Antenne wirkte. Darwin, unsere Drohne, hatte ähnliche Antennen, die zur Funkübertragung verwendet wurden.

Johann erhob sich, warf den Knopf auf den Boden und zertrat ihn.

»Wurden wir damit abgehört?«, fragte ich.

Johann nickte düster. »Und du hast vorhin den Standort der Kopernikus verraten. Du solltest in Zukunft vorsichtiger sein.«

»Wie sollte ich ahnen, dass uns der Kerl aushorchen wollte?« Sogleich griff ich an Johanns Gürtel zum Walkie-Talkie und funkte Pierre an.

»'allo?«, meldete er sich sofort mit seinem französischen Akzent.

»Pierre, wir wurden in eine Falle gelockt«, sagte ich und erklärte mit knappen Worten, was passiert war. »Funke Simon an. Er soll die Luke verriegeln und sofort untertauchen.«

»Und den Standort wechseln«, rief Johann in das Funkgerät.

»Den Standort? Aber *pourquoi*?«, fragte Pierre.

»Finn und die Leute von Biosyde sind hinter Jerichos Splitter her, und sie wissen jetzt, wo die Kopernikus vor Anker liegt.« Das musste vorerst als Antwort genügen. Ich unterbrach die Verbindung, klemmte mir das Funkgerät an den Gürtel und sah Johann fragend an.

Er raffte unsere Unterlagen zusammen. »Wir müssen verschwinden.«

Wir liefen zur Tür, vor der Charlie immer noch saß und stur, wie er nun mal war, am Holz kratzte. Johann öffnete die Tür und Charlie hetzte sogleich in den Gang. Allerdings rannte er nicht zum Treppenhaus, von wo wir gekommen waren, sondern in die andere Richtung bis zum Ende des Flurs. Neben einem Fenster mit Ausblick auf die Hausdächer der Nebengebäude befand sich eine massive Tür, an der ein Schild hing. *Zutritt verboten* stand dort in mehreren Sprachen.

»Charlie, komm!«, rief Johann und schnalzte mit der Zunge, damit das Frettchen auf ihn aufmerksam wurde. Doch Charlie ignorierte ihn und kratzte an der Tür mit dem Schild.

»Da stimmt etwas nicht«, murmelte ich und ging zu Charlie.

»Terry, wir sollten jetzt wirklich von hier verschwinden. Die Leute von Biosyde haben garantiert mitgehört und wissen, dass wir ihren Schwindel entdeckt haben.«

»Die haben auch sicher längst bemerkt, dass du die Funkverbindung unterbrochen hast – aber trotzdem … einen Moment noch.« Ich schob Charlie sanft mit dem Fuß zur Seite und drehte den Schlüssel, der außen an der Tür im Schloss steckte. Dann drückte ich sie auf, griff ins Dunkle und tastete an der Wand entlang, bis ich einen Lichtschalter fand. Sogleich aktivierte sich eine Leuchtstoffröhre, die den Raum in flackerndes gelbes Licht tauchte. Es war ein gekühlter Lagerraum mit jeder Menge Regale bis an die Decke, in denen sich Reagenzgläser stapelten.

Verwundert sah ich zu Charlie hinunter. »Da wolltest du rein?«

Charlie rannte in das Lager und hielt vor einer weiteren Tür. Nun hörte ich es auch. Ein leises Stöhnen drang aus dem Raum.

»Terry!«, rief Johann vom Gang.

»Johann, komm her, hier ist etwas faul.«

Ich lief zur Tür, an der ebenfalls ein Schlüssel steckte, und öffnete sie. Dahinter verbarg sich ein fensterloser Raum, der vermutlich ebenfalls als Lager verwendet wurde. Im schwachen Lichtschein konnte ich auf dem Boden kauernde Menschen erkennen. Zwei von ihnen lagen reglos da und waren hoffentlich nur bewusstlos, die anderen fünf saßen im Schneidersitz mit dem Rücken zur Wand. Alle waren offenbar gefesselt, die Hände auf dem Rücken und an Regalen fixiert. Außerdem waren sie mit Tüchern geknebelt. Außerhalb ihrer Reichweite lagen Handys und Tablets auf einem Haufen.

»Ich habe die Mitarbeiter gefunden!«, rief ich.

Doch Johann stand bereits neben mir. »Verdammte Scheiße, ich hab es geahnt!«, fluchte er und half mir mit einem Taschenmesser, die Fesseln und Knebel der Männer und Frauen zu lösen.

Nachdem wir fertig waren, streichelte ich Charlie über den Kopf. »Gut gemacht.«

Einer der Männer ergriff sogleich das Wort. »Danke«, sagte er auf Englisch und räusperte sich. Er war etwas älter, grauhaarig, ein wenig beleibt und hatte einen schmalen Schnauzbart. Bis auf die Tatsache, dass er keinen weißen Anzug trug, sondern einen weißen Laborkittel, sah er dem falschen Signor Flavio sogar etwas ähnlich.

Er rieb sich die Handgelenke, wo ihn die Kabelbinder ins Fleisch eingeschnitten hatten. »Du musst Dr. Amanda Wests Tochter sein, nicht wahr?«, stellte er fest.

Ich bemerkte, dass er ohne den abgehackten italienischen Akzent sprach. »Ich … äh … ja, woher wissen Sie das?«

Er musterte mich mit einem traurigen Lächeln. »Du siehst ihr sehr ähnlich. Der Tod deiner Mutter tut mir so leid.«

5. KAPITEL

Valerie De Boes hatte ihren Mittagsspaziergang zum Gipfel des Felsens von Gibraltar beendet und kehrte soeben über den Waldweg zum *Biosyde Hills Asylum* zurück, einem Sanatorium, das sich in ihrem Privatbesitz befand.

Vor dem prächtigen Treppenaufgang, wo die britische Fahne im Wind flatterte und zwei Löwenköpfe aus Marmor von dem schmiedeeisernen doppelflügeligen Tor heruntersahen, blieb sie stehen und nahm das Headset ab. Alle wichtigen Telefonate waren erledigt.

Sie wandte sich Richtung Meer und genoss die Aussicht. Von hier oben, der Südspitze Spaniens, konnte man an einem so prächtigen Tag wie heute meilenweit sehen. Der Ozean lag ruhig da, nur einige Schiffe fuhren durch die Straße von Gibraltar aufs offene Meer in den Atlantik. Wenn Valerie die Augen zusammenkniff, konnte sie sogar die Küste Marokkos als schmalen Streifen am Horizont erkennen.

Möwen kreischten über ihr, als von fern das satte Brummen eines PS-starken Motors die idyllische Atmosphäre zerriss. Ein schwarzer Lieferwagen kam die engen Serpentinen der Privatzufahrt zum Sanatorium herauf. Zufrieden betrachtete Valerie das Auto. Sie wusste, was sich im Heck des Transporters befand. *Das zweite Paket!*

Ein Blick auf die Armbanduhr bestätigte ihr, dass es jetzt ein Uhr – und somit in London genau zwölf Uhr mittags war. Valerie schaltete das Internet-Radio auf ihrem Handy ein. Auf BBC liefen gerade die englischen Nachrichten. Während sie den Ton lauter stellte, beobachtete sie, wie der Wagen eine enge Kurve nach der anderen nahm.

Der Nachrichtensprecher erzählte belangloses Zeug, doch dann kam die Meldung, auf die Valerie gewartet hatte.

»... die Entführungsserie um die vermissten Nobelpreisträger und Wissenschaftler scheint nicht abzureißen. Soeben wurde bekannt, dass in England zwei weitere Biologen und eine Genetikerin spurlos verschwunden sind. Die Anzahl der unauffindbaren Personen hat sich somit auf sieben erhöht. Scotland Yard ermittelt bereits und hat Kontakt zu FBI und Interpol aufgenommen, um eine weltweit agierende Task Force zu gründen. Was die Ermittlungen erschwert, ist die Tatsache, dass weder ein Bekennerschreiben noch eine Lösegeldforderung vorliegen.«

Und die werdet ihr auch nicht bekommen!

Valerie schaltete das Radio aus. Die Ermittler würden weiterhin im Dunkeln tappen – und das war gut so.

Mittlerweile war der Lieferwagen oben angekommen und hielt unmittelbar vor dem Eingang des Sanatoriums. Der schwarze Lack glänzte in der Sonne. Der Fahrer sprang sogleich aus dem Wagen und lief zur Rückseite, wo er die Hecktüren öffnete. Zwei grobschlächtige Männer mit Pistolen im Schulterholster stiegen aus und zerrten drei weitere Personen aus dem Wagen. Sie trugen schwarze Kapuzen über dem Kopf, ihre Arme waren auf dem Rücken gefesselt. Eine stürzte und wurde brutal hochgezerrt.

Die bewaffneten Kerle nickten Valerie kurz zu, dann trieben sie die drei Menschen vor sich her zum Eingang des Sanatoriums, während der Fahrer vorauslief und das Tor öffnete. Obwohl sie sich auf Valerie De Boes' Privatgrundstück befanden, beeilten sich die Männer, den Transfer vom Lieferwagen ins Sanatorium so kurz wie möglich zu gestalten. Man konnte nie wissen, ob sie nicht zufällig doch jemand beobachtete.

Eine nächtliche Überstellung wäre natürlich unauffälliger gewesen, aber Valerie hatte angeordnet, dass der Transport so rasch wie möglich erfolgen sollte. Der Fahrer hatte immerhin diplomatische Immunität und der Lieferwagen ein diplomatisches englisches Kennzeichen, was bedeutete, dass er weder an einem Grenzposten angehalten noch bei Polizeikontrollen durchsucht werden durfte. Und so war er in den letzten Tagen durch halb Europa gefahren. Zum Glück hatte bis jetzt alles ohne Zwischenfälle geklappt und »Paket Nr. 2« war unbeschadet in Gibraltar angekommen. Damit hatte Biosyde einen entscheidenden Vorteil gegenüber Valeries einzigem Konkurrenten, dem Milliardär Benedict Thorn. Es war nur eine Frage der Zeit, wie lange Thorns *Genetical Group* noch der größte Pharmakonzern weltweit sein würde, bevor Biosyde diesen Platz einnahm.

Bald, dachte Valerie zufrieden. *Dann spielen* wir *die erste Geige, mit einer Entdeckung, die uns die Reichen dieser Welt für Milliarden von Dollars aus der Hand reißen werden.*

Die Tür zum Sanatorium fiel ins Schloss und Valerie stand allein auf dem Vorplatz. Da öffnete sich die Beifahrertür des Lieferwagens. Finn stieg aus. Zwanzig Jahre jünger als sie selbst, sehnig, mit kurzen dunklen Haaren und pockennarbigem Gesicht. Zudem zierte ein Spitzbart sein Kinn, um eine Narbe zu verdecken. Allerdings hatte er mittlerweile eine neue Narbe auf der Wange. Mit konzentriertem Blick und dem Handy am Ohr kam er auf sie zu.

»Hat alles geklappt?«, fragte sie.

Er sah kurz auf. »Siehst du nicht, dass ich telefoniere?«, knurrte er.

Sie schwieg. Niemand durfte in diesem Ton mit ihr sprechen. Nur bei Finn machte sie gelegentlich eine Ausnahme. Neben Sidney Stone, ihrer Sekretärin, war er die zweite Person, der sie blindlings vertrauen konnte. Er war ihr Stellvertreter, ihre rechte Hand und ihr Mann fürs Grobe. Finn stellte keine Fragen und war ihr loyal ergeben – immer und überall, egal, was sie von ihm verlangte.

»Ja, verstehe, danke.« Finn beendete das Gespräch und steckte das Handy in die Hosentasche seiner schwarzen Designerhose. Wie immer war er makellos gekleidet, maßgefertigtes Hemd mit der Stickerei *fdb* am Kragen, glänzend polierte Lackschuhe. Valerie bestand darauf. Niemand sollte ihr nachsagen, ihr Assistent und Bodyguard wäre ein grobschlächtiger ungehobelter Kerl, der nicht wusste, wie er sich zu kleiden hätte.

»Und?«, fragte sie.

»Hat alles geklappt«, antwortete er kurz angebunden. »Aber wir haben ein anderes Problem.«

Sie hob eine Augenbraue. »Ein Problem, das du hoffentlich lösen kannst.«

»Ich hasse diesen Blick«, knurrte er. »Ich hatte gerade ein Gespräch mit unseren Leuten in Venedig.«

Venedig.

Valerie nickte. Ihren Technikern war es gelungen, den Empfang jenes Signals zu verstärken, das der Stein in Terry Wests Medaillon seit mehreren Tagen sendete. Nun konnten sie die Omikronwellen auch empfangen, wenn sich die Kopernikus zwei Meter *unter* Wasser befand. So waren sie dahintergekommen, dass Dr. Simon West Venedig ansteuerte. Die Antwort auf die Frage nach dem Warum war nicht schwierig. Valerie wusste, dass Amanda West mit Peppe Flavios Labor zusammengearbeitet hatte. Terry, Simon West und der Rest der Truppe konnten also nur zu Signor Flavio wollen, denn an Pizza, dem Dogenpalast oder der Seufzerbrücke waren sie garantiert nicht interessiert. Daraufhin hatte Valerie rasch gehandelt und mit ihren Leuten von der venezianischen Niederlassung von Biosyde eine kleine Farce für die Besatzung der Kopernikus inszeniert.

»Venedig«, wiederholte Valerie. »Hat unser Täuschungsmanöver geklappt?«

Finn schüttelte verbissen den Kopf. »Wir sind aufgeflogen. Die kleine Kröte und dieser verfluchte Schweinehund Johann haben die Abhörwanze entdeckt.«

»Wie konnte das passieren?«, rief Valerie. »Haben sie dem Doppelgänger das Hemd vom Leib gerissen?«

»Ich kenne die Details nicht. Ich weiß nur, dass die Übertragung der Wanze plötzlich unterbrochen wurde. Seitdem ist das Signal tot.«

»Kennen wir wenigstens den Standort der Kopernikus?«

Finn nickte, für einen Moment blitzte sein Goldzahn auf. »Den hat das Gör verraten.«

»Wo liegt dann das Problem?«, fragte Valerie. »Ein Team soll sofort hin, das U-Boot durchsuchen und alles von Bord schaffen, was mit Amanda Wests Forschung zu tun hat.

Und ich will endlich Jerichos Splitter haben, ist das klar?« Sie knirschte mit den Zähnen.

Finn nickte. »Und der Knastbruder und die Kröte?«

»Ein zweites Team soll Peppe Flavios Labor stürmen und Johann töten – aber das Häschen sicherheitshalber mitnehmen, damit wir ein Druckmittel in der Hand haben, falls wir im U-Boot nichts finden.«

6. KAPITEL

Nachdem wir den echten Signor Flavio und seine Mitarbeiter im Lagerraum befreit hatten, verständigten einige sogleich die Polizei.

Indessen erzählte Flavio, dass sie eine halbe Stunde zuvor von seinem Doppelgänger, der immer noch bewusstlos im Büro auf der Couch lag, sowie drei weiteren bewaffneten Komplizen überfallen, gefesselt, geknebelt und im Lagerraum eingesperrt worden waren. Mehr wusste er nicht.

Jedenfalls waren die drei Männer jetzt nicht mehr da. Aber das bedeutete nicht, dass sie nicht jeden Moment hier auftauchen konnten. Und ich war sicher, das würden sie.

Automatisch kam mir Finn in den Sinn. »Hatte einer der bewaffneten Männer eine hässliche Narbe auf dem Handrücken? Haben ihm zwei Finger gefehlt, und hatte er einen Goldzahn?«, fragte ich.

»*No.*« Signor Flavio schüttelte den Kopf. »Dieser Mann wäre mir aufgefallen.«

Auch wenn keiner von ihnen Finn gewesen war, steckte Biosyde dahinter, davon war ich überzeugt. *Finn kann jeden Moment hier auftauchen!*

»Wir sollten schleunigst verschwinden«, drängte Johann. »Die Polizei wird bald hier sein, und du weißt, was *das* bedeutet.«

Ich spürte, wie ich blass um die Nase wurde. Schlagartig wurden meine Hände eiskalt. *Die Polizei! Natürlich!* Finn war nur *ein* Teil unseres Problems. Wir wurden schließlich wegen verschiedenster Verbrechen gesucht, die man uns in die Schuhe geschoben hatte. Falls die italienischen Carabinieri uns erkennen oder unsere Pässe überprüfen würden, säßen wir schneller im Kittchen, als wir *Piep* sagen konnten.

Ich sah Signor Flavio an, der während des Gesprächs abwechselnd Johann und mich verdattert angestarrt hatte.

»Woran hat meine Mutter geforscht?«, fragte ich rasch.

»Deine Mutter«, wiederholte er mit einem plötzlichen Strahlen im Gesicht. »Sie war eine so fantastische Frau, voller Energie und Tatendrang und …«

»Woran hat sie geforscht? Es ist wirklich *dringend*!«

»Ja, verstehe. Nun, sie …«, Flavio atmete tief durch, » … sie war in der Stammzellenforschung tätig und hat zufällig ein Serum entdeckt, das kranke Zellen im Körper schneller als gewöhnlich repariert.«

»Ein Serum?«, wiederholte ich. »Hatte das mit ihrer Forschung an Delfinen zu tun? Und wie passt dieser Knochen ins Bild? Jerichos Splitter?«

In diesem Moment griff Johann nach meinem Arm. Er nickte zur Eingangstür. Dahinter waren Schritte im Treppenhaus zu hören, die von den Wänden widerhallten. Jemand stürmte in das obere Stockwerk!

»Die Polizei?«, entfuhr es mir.

Signor Flavio schüttelte den Kopf. »*Ma no!* Die *Carabinieri* sind nicht so schnell da.«

»Dann können es nur die Leute von Biosyde sein«,

schlussfolgerte Johann. »Wir müssen von hier verschwinden. Gibt es einen Hinterausgang?«

Flavio nickte zum anderen Ende des Gangs, in Richtung Kühlkammer. »Durch das Fenster kommt ihr aufs Dach des Nachbarhauses – und auf der anderen Seite führt eine Feuerleiter hinunter.«

»Terry, lauf!«, rief Johann.

»Und du?«, fragte ich entsetzt.

»Ich versuche die Männer aufzuhalten.«

»Nein, Johann! Komm mit!«

Er legte mir die Hand auf die Schulter und beugte sich zu mir hinunter. »Terry«, sagte er eindringlich. »Jetzt ist kein guter Zeitpunkt, um mit mir darüber zu streiten. Dein Leben ist im Moment wichtiger! Außerdem sind die Leute in diesem Labor in Gefahr, und ich kann sie nicht allein lassen. Lauf zur Kopernikus, während ich versuche, die Typen aufzuhalten!« Er drückte mir die Folie mit den Forschungsunterlagen in die Hand. »Bring das in Sicherheit.« Dann rannte er zur Eingangstür, drängte eine Laborantin zur Seite, sperrte die Tür ab und stemmte sich dagegen.

Im nächsten Moment wurde bereits von außen an der Klinke gerüttelt, und kurz darauf krachte ein Schuss. Das Holz im Rahmen splitterte.

Ich schrie auf.

Die verlieren keine Zeit!

Ich stand wie gelähmt da, doch Signor Flavio packte mich und schob mich im Gang um die Ecke zum Fenster. Während ich durch den Korridor stolperte, stieß ich einen Pfiff aus. Sogleich kam Charlie angerannt, sprang mit einem Satz über meine Hose und klammerte sich an meiner Schulter fest. Anscheinend spürte er, dass uns Gefahr drohte.

Wir erreichten das Fenster. Signor Flavio riss es auf. Ich musste nur einen Meter hinunterspringen, um auf dem Dach des Nebengebäudes zu landen. Es war nur wenig geneigt, fast flach, trotzdem zögerte ich.

Unentschlossen blickte ich zurück, konnte aber nicht sehen, wie es Johann erging. Ich hörte nur das Knarren der Eingangstür und das Kreischen einer Frau. Dann faltete ich die Unterlagen zusammen, stopfte sie mir in die Gesäßtasche und schob mich über das Fensterbrett nach draußen.

Signor Flavio sah sich gehetzt um, dann packte er mich am Arm. »Wer immer diese Männer sind, von denen Johann gesprochen hat, sie haben vermutlich das Gebäude umstellt.«

Ich blickte übers Dach. »Und was bedeutet das?«

»Du darfst nicht die Feuerleiter nehmen! Die könnten unten auf dich warten.«

»Und jetzt?«, rief ich panisch.

Flavio deutete zur Mitte des Dachs. »Siehst du das Loch dort? In der Mitte des Gebäudes ist ein kleiner Innenhof. Klettere diesen Schacht hinunter. Auf dem Boden findest du eine Falltür. Sie führt zu einem unterirdischen Gang.«

»Unterirdisch?«, wiederholte ich. »In Venedig?« Diese Stadt stand doch im Wasser.

»Ja, in die Kanalisation«, flüsterte Flavio. »Diesen Geheimgang haben Schmuggler in den 30er-Jahren benutzt und die Mafia in den 50ern. Folge im Geheimgang immer dem Lauf des Wassers, dann kommst du bei einer alten Steinbrücke heraus. Dort ist es dann sicher.«

»Signor Flavio, warum helfen Sie uns?«, fragte ich.

Er sah mich mit einem väterlichen Blick an. »Weil du Amandas Tochter bist und ich deine Mutter …«

Da hörten wir beide das Krachen der Tür, gefolgt von

lautem Kampfgeschrei. Mein Herz blieb für einen Moment stehen. *Johann!* Zum Glück fiel kein weiterer Schuss.

Ich wollte bereits auf das Dach springen, hielt jedoch inne. Eine Sache musste ich noch wissen, bevor ich verschwand und Flavio das Fenster hinter mir schließen würde. Vielleicht hatte ich danach nie wieder die Gelegenheit, mit ihm zu sprechen. »Wie heißt der Archäologe, der den Knochen in der syrischen Wüste in die Nähe von Damaskus gefunden hat?«

»Knochen?«

»Jerichos Splitter!«, drängte ich.

»Oh!« Er hob die Augenbrauen. »Jerichos Splitter ist kein Knochen.«

»Nein?« Ich war verwirrt. »Was dann?«

»Dieser Splitter ist aus einem uns unbekannten Material«, erklärte Flavio. »Aber er wurde nicht in Syrien gefunden.«

»Wo dann?«, rief ich, da ich hörte, wie ein Mann in den Gang trampelte und alle Türen aufriss.

»Ein Paläontologe namens Milo Pakalidis hat den Splitter bei Ausgrabungen auf der griechischen Insel Santorin gefunden.«

Griechenland also! Der falsche Signor Flavio hatte uns entweder belogen oder er kannte – was viel wahrscheinlicher war – den wahren Fundort selbst nicht.

»Verschwinde jetzt!«, zischte Flavio.

Ich presste eine Hand auf Charlie, der auf meiner Schulter saß, hielt ihn fest und sprang.

7. KAPITEL

Obwohl es nur einen Meter hinunterging, war der Aufprall hart, und ich schlug mir das Knie auf den roten Dachschindeln an. Eine ging sogar zu Bruch und roter Staub wirbelte auf.

Die Sonne knallte herunter und brachte die Luft über dem Dach zum Flimmern. Hier oben gab es nichts weiter als Satellitenschüsseln, Antennen und Kamine. Nichts, wo man sich verstecken konnte. Von mir aus gesehen reichte das Dach in alle Richtungen etwa gleich weit. Dahinter ging es hinunter auf die Straße und zu den Kanälen. Allerdings war die Schlucht zu breit, um von hier auf das nächste Dach zu springen. Aber ich hatte ohnehin anderes vor.

Charlie hopste von meiner Schulter und lief irritiert über die Schindeln. Er quiekte gequält auf, denn die Schindeln waren so heiß, dass man Spiegeleier darauf hätte braten können. Rasch lief ich zur Mitte des Dachs, wo tatsächlich eine Öffnung zu einem Innenhof führt. Allerdings war diese Bezeichnung reichlich übertrieben. Der Schacht war lächerlich eng und bot gerade mal so viel Platz, dass ich an einer rostigen Metallleiter, die in der Mauer einbetoniert war, hinuntersteigen konnte.

Ich stieß einen leisen Pfiff aus. Das ließ sich Charlie nicht zweimal sagen. Er hüpfte auf meine Schulter und hastig kletterten wir hinunter. Bevor ich jedoch vollends im Schacht verschwinden konnte, hörte ich, wie das Fenster des Labors splitterte. Ich sah nicht hin, sondern nahm die nächste Sprosse.

»Halt! Stehen bleiben!«, rief jemand.

Mir plumpste das Herz in die Hose. Ohne gesehen zu haben, wer da gerufen hatte, wusste ich, dass es garantiert kein Polizist gewesen war, da der Mann perfektes Englisch ohne italienischen Akzent sprach.

Im nächsten Moment tauchten Charlie und ich in den Schatten ein. Tiefer unten im Schacht war es kühl, aber die Luft stickig. Feuchter Moosgeruch stieg vom Boden herauf.

Wir kletterten an mehreren Fenstern vorbei. Alle mit verschlossenen Vorhängen. Ich beschleunigte, als ich hörte, wie jemand übers Dach auf den Schacht zulief.

Den letzten Meter sprang ich, schürfte mir beim Aufprall an der rauen Mauer die Schulter und einen Handballen auf. Ich rappelte mich hoch und stand auf einer Falltür aus Eisen.

Charlie hüpfte von mir herunter und lief panisch auf dem Boden des quadratischen Schachts um mich herum. Eng an die Mauer gepresst, zog ich die Luke an einem Eisenring auf. Die rostigen Scharniere quietschen, als wollten sie jeden Moment zerbrechen.

O Gott!

Von unten drang jetzt erst so richtig muffiger Gestank nach oben.

»Bleib stehen!«, dröhnte die Stimme von oben herunter.

Ich sprang durch die Öffnung und landete wadentief in einer stinkenden Brühe. Das Wasser spritzte mir bis zum Hals und ins Gesicht. Mich ekelte. Gleichzeitig spürte ich einen stechenden Schmerz in meinem Fuß. Ich musste auf irgendetwas draufgetreten sein, einen Ziegelstein oder ein Unterwasserrohr. Mein Fuß kippte um.

Verfluchter Dreck! Ich biss die Zähne zusammen und schluckte den Schmerz hinunter. Bestimmt hatte ich mir den Knöchel verstaucht.

Noch bevor ich mir das Schmutzwasser aus den Augen wischen konnte, kletterte Charlie quiekend über meinen Kopf auf meine Schulter. Da ich keinen Rucksack dabeihatte, musste er sich mit seinen spitzen Krallen an mein Hemd klammern. *Auch das noch!* Ich versuchte auch diesen Schmerz zu ignorieren, da Charlie sich panisch an mich klammerte, um nicht ins Wasser zu fallen.

»Zum letzten Mal! Bleib stehen!«

Da ließ mich ein ohrenbetäubender Knall zusammenfahren. Neben mir spritzte eine Wasserfontäne hoch. *Schlimmer geht immer. Dieser Mistkerl schießt tatsächlich auf uns!*

Instinktiv richtete ich mich auf, griff durch die Öffnung und zog die Luke zu, sodass sie scheppernd über meinem Kopf zufiel. Schlagartig wurde es dunkel. Charlie und ich saßen buchstäblich in der Scheiße!

Der nächste Schuss krachte und das Projektil knallte mit einem schrillen *Pleng* auf die Metallluke und fuhr als sirrender Querschläger in die Mauer. Ich hörte, wie der Kalk auf die Luke rieselte.

Mein neuer bester Freund war bestimmt schon über die Leiter nach unten unterwegs. Mir blieben nur noch wenige

Sekunden. Hatte es überhaupt einen Sinn, mit Charlie auf der Schulter gebückt durch die Dunkelheit dieses Kanalschachts zu laufen und – falls er enger werden würde – zu kriechen? Der Kerl würde die Klappe öffnen, in den Schacht springen und einmal in jede Richtung feuern. Hier unten konnte er mich garantiert nicht verfehlen. Meine einzige Möglichkeit war, ihn daran zu hindern. *Aber wie?*

Panisch tastete ich die Metallplatte über meinem Kopf ab, in der Hoffnung einen Riegel oder ein Schloss zu finden. Aber da war nichts. Bloß zwei runde Ösen. Hätte ich einen Metallbolzen, eine Eisenstange oder einen Schraubenzieher, hätte ich sie durch die Ringe stecken und so verhindern können, dass jemand von außen die Luke öffnete. Aber ich hatte nichts von alledem.

Ich zuckte zusammen, als ich hörte, wie der Mann mit einem Scheppern auf die Metallplatte sprang. Ich fasste an meinen Hosenbund. Konnte ich den Gürtel aus meinen Shorts fädeln, durch die Ösen ziehen und dann verknoten? Dafür war die Zeit zu knapp. Außerdem würde ein Knoten nicht lange halten.

Ich hätte heulen können.

Das Funkgerät an meinem Gürtel. Natürlich! Kurzerhand brach ich die Antenne mit Gewalt ab, steckte sie durch die Ösen und bog beide Enden etwas nach unten. Gerade noch rechtzeitig, denn der Kerl versuchte bereits die Metallplatte anzuheben. Allerdings gelang ihm das nur ein paar Zentimeter, da sich die verbogene Antenne verkeilte.

Wild rüttelte der Mann daran. »Mach sofort auf, du Miststück!«, brüllte er.

»Ja, ganz sicher!«, rief ich.

Jetzt nichts wie weg!

Obwohl ich den Kerl nicht sah, konnte ich mir sein angespanntes, zornrotes Gesicht gut vorstellen, in dem jeden Moment die Äderchen platzen würden.

»Du kannst mich mal!«, rief ich, presste die Lippen aufeinander und humpelte gebückt durch die Dunkelheit in den Tunnel.

Die verbogene Antenne würde meinen Verfolger bestimmt nur wenige Minuten aufhalten, falls überhaupt. Ich musste jede Sekunde nutzen.

Obwohl der Mann vorhin so außer sich gewesen war, hörte ich jetzt nichts mehr von ihm. Keine Beschimpfungen, keine Flüche, was mich stutzig werden ließ. Im nächsten Moment erkannte ich, dass er telefonierte.

»Ich brauche eine Karte vom Abwassersystem Venedigs«, drang seine dumpfe Stimme von außen in den Tunnel. »Ist doch egal, warum! Mach!«

Mehr hörte ich nicht, denn ich war schon zu weit weg.

8. KAPITEL

Johann hielt den Atem an und stemmte sich von innen gegen die Eingangstür des Labors. Als der Schuss krachte und das Projektil Schloss und Holzrahmen zersplittern ließ, machte er einen Satz zur Seite und drückte sich mit dem Rücken an die Mauer. Sein Herzschlag hatte sich verdoppelt.

Diese vermaledeiten Hunde kennen keine Skrupel!

Die wenigen Mitarbeiter des Labors, die sie gerade eben erst befreit hatten, rannten nun kreischend zu den hinteren Räumen. Zum Glück hatte auch Terry eingesehen, dass es besser war, allein zur Kopernikus zu laufen. Hoffentlich kam sie dort auch an.

Es dauerte keine Sekunde, da wurde die Tür mit ein paar kräftigen Tritten malträtiert, bis sie aufflog. Dem ersten Mann, der hereinkam, verpasste Johann einen seitlichen Haken, sodass er an die gegenüberliegende Wand flog und dort zusammensackte. Dabei fiel ihm die Waffe aus der Hand. Doch bevor Johann sich nach der Pistole bücken konnte, kassierte er vom nächsten Mann, der ins Labor stürmte, einen Tritt in die Rippen, dass ihm die Luft zischend aus der Lunge fuhr und er ebenfalls zu Boden ging.

Er bekam mit, wie zwei Männer über ihn drüberstiegen. Die Bande war also zu dritt! Und sie trugen schwarze Anzüge.

»Such das Mädchen!«, rief einer der Männer.

»Alles klar, Massimo.«

»Du sollst keine Namen nennen, Idiot!«

Während der Kleinere der beiden in den Gang stürmte und jede Bürotür aufriss, packte der zweite, weit größere Kerl mit den breiten Schultern, der offenbar Massimo hieß, Johann am Kragen und zog ihn von der Tür weg. Dann trat er die Tür ohne hinzusehen zu.

Johann rappelte sich auf und starrte in den Lauf einer Waffe. »Die Polizei wird jeden Moment kommen«, keuchte er.

»Mach dir darüber keine Sorgen, du Spatzenhirn«, sagte Massimo. »In Venedig kommt die Polizei frühestens in einer halben Stunde, ganz egal, was passiert.«

»Und was jetzt?«, fragte Johann. Eine klatschende Ohrfeige ließ seine Wange brennen, als hätte Massimo sie mit Säure übergossen, gefolgt von einem Faustschlag in die Magengrube. Dieser Massimo hatte einen Schwinger, der nicht von schlechten Eltern war. Obwohl er einen breiten Schädel und ein massives vorspringendes Kinn hatte, wodurch er wie ein Orang-Utan aussah, war er wohl alles andere als dämlich.

»Weitergehen!«, befahl Massimo und warf einen verächtlichen Blick auf seinen Kollegen, der immer noch bewusstlos auf dem Boden lag. »Guter Schlag«, bemerkte er trocken.

Johann gehorchte. Massimo drückte ihm den Lauf der

Waffe zwischen die Schulterblätter und drängte ihn in Signor Flavios Büro. Der Doppelgänger, der dort auf der Couch lag, war mittlerweile zu Bewusstsein gekommen. Er rieb sich die Beule an der Schläfe und rappelte sich soeben auf.

»Was macht ihr hier?«, fragte er verdattert.

»Deine Tarnung ist aufgeflogen«, sagte Massimo knapp. »Hinsetzen, Spatzenhirn!«, befahl er Johann.

Der falsche Flavio schlüpfte aus seinem weißen Sakko, tastete seine Brusttasche ab, zog erstaunt die Augenbrauen hoch und sah sich um. Auf dem Boden fand er schließlich die zertretene Abhörwanze. »Diese *Cretino* hat die Wanze kaputt gemacht, eh!«

Johann schwieg – und das war im Moment vermutlich das Beste, denn Massimos Waffe war immer noch auf ihn gerichtet. Eine großkalibrige Glock, mit der er sich lieber nicht anlegen wollte.

In der Zwischenzeit musste Massimos Kollege bereits die gesamte Etage durchsucht haben, denn Johann hörte ein Fenster splittern. Kurz darauf rief der Kerl: »Halt! Stehen bleiben!«

Johann kniff die Augen zusammen. Er war nicht besonders gläubig, aber in diesem Moment schickte er ein Stoßgebet zum Himmel und hoffte, dass Terry nichts passieren würde.

Ein paar Augenblicke später knallte draußen ein Schuss.

Johann zuckte zusammen. *Verdammte Brut! Am liebsten würde ich euch …* Er ballte die Faust, schluckte seinen Zorn aber runter. Jetzt war nicht der richtige Zeitpunkt, um hitzköpfig zu reagieren.

Massimo zog eine zweite Waffe aus einem Holster unter dem Sakko und reichte sie dem falschen Flavio. »Da, nimm die Knarre und halt den Kerl in Schach. Aber pass auf, er ist gefährlich, hat einen rechten Haken wie ein Profiboxer.« Im nächsten Moment war er aus dem Büro draußen.

Während Johann den falschen Flavio beobachtete, der einen Respektsabstand zu ihm wahrte, hörte er, wie Massimo die verbliebenen Mitarbeiter des Labors zusammenscheuchte und sie zu Johann in das Büro drängte. Darunter war auch der echte Signor Flavio. Sie wurden alle auf der Couch und auf Stühlen zusammengepfercht und durften sich nicht rühren. Dicht gedrängt saß Flavio nun neben Johann.

Massimo schielte zu seinem Kollegen, dem falschen Flavio. »Das Mädchen ist abgehauen«, stellte er fest.

»Kümmert sich Antonio darum?«

»Verdammt ja, aber du sollst keine Namen nennen, Idiot!«, brüllte Massimo. »Jetzt muss ich nicht nur Johann, sondern *alle* töten.« Er wedelte mit der Waffe herum, woraufhin die Mitarbeiter des Labors laut aufschrien.

»Die Polizei wird bald kommen«, warnte der falsche Flavio ihn leise.

»Ich weiß, aber wir haben noch ein paar Minuten.« Massimo richtete die Waffe auf den echten Signor Flavio. »Du hast der Kleinen zur Flucht verholfen. Was hast du ihr gesagt?«

»Was?«, rief Flavio. »Ich habe ihr gar nichts gesagt.«

Massimo drückte den Lauf seiner Glock auf Flavios Knie. »Du hast fünf Sekunden Zeit, mir die Wahrheit zu sagen, sonst fliegt deine Kniescheibe an die Wand. Also, was hast du ihr gesagt?«

»Ich … ich …«, stammelte Flavio.

»Sagen Sie nichts!«, warnte Johann ihn.

Massimo legte den Finger auf den Abzug. »Rede!«

»Ich habe ihr gesagt, woher Dr. Amanda West Jerichos Splitter hat.«

»Und woher?«

»Sagen Sie nichts mehr!«, rief Johann.

»Rede!«, brüllte Massimo.

»Der Archäologe Kralkos hat ihn auf der griechischen Insel Mykonos gefunden.«

»Sie verdammter Idiot!«, schimpfte Johann.

Flavio sah Johann entschuldigend an. »Tut mir leid.« Dabei blickte er ihn eine Sekunde länger als nötig an.

Johann verstand. »Jetzt wissen die alles!«, brüllte er, scheinbar außer sich. »Sie werden uns töten.«

»Nein, werden sie nicht. Ich habe die Wahrheit gesagt! Sie müssen uns jetzt verschonen.«

»Verstehen Sie denn nicht, das war unsere einzige Überlebenschance! Jetzt sind wir für sie nutzlos geworden!«

»Sie sind ein deutscher *Cretino*!«, schimpfte Flavio.

»Und Sie ein dämlicher italienischer Spaghettifresser!«, konterte Johann mit angeschwollener Halsschlagader.

Massimo warf den Kopf in den Nacken und lachte laut auf. »Ihr beide seid echt ein Witz …«

In diesem Moment warfen sich Johann und Flavio einen kurzen Blick zu und sprangen gleichzeitig auf. Flavio schlug Massimo mit der Faust in den Magen und Johann versetzte ihm einen Kinnhaken. Johann glaubte zwar, seine Fingerknöchel würden splittern, so hart war Massimos massives Kinn, aber der Kerl verdrehte die Augen und fiel steif wie ein Brett nach hinten.

Anscheinend bin ich doch noch ganz gut in Form.

»Was zum Teufel …?«, rief der falsche Flavio und fuchtelte wild mit der Waffe herum, doch Johann riss sie ihm mit einem raschen Griff aus der Hand.

»Sie haben uns allen das Leben gerettet«, sagte Flavio, während er sich bückte und dem bewusstlosen Massimo die Waffe aus den Fingern wand.

»Keine Ursache.« Johann funkelte den Doppelgänger an, der sich verängstigt an die Wand drückte.

Flavio trieb sein Double mit der Waffe vor sich her, indessen packte Johann Massimos Beine und schleifte ihn durch den Gang hinter sich her. Schließlich sperrten sie beide in die Kühlkammer.

Zuletzt schleppten sie auch den dritten Kerl dorthin, der immer noch bewusstlos neben der Eingangstür gelegen hatte, jetzt aber langsam zu sich kam. Im Lagerraum konnten sie toben, so laut sie wollten, und sich gegen die Tür werfen, sie würden sie nicht aufbekommen.

Als sie fertig waren, sah Johann durch das zersplitterte Fenster in die brütende Mittagshitze hinaus. Flavio erklärte ihm, auf welchem Weg Terry geflüchtet war. Allerdings hatte dieser Antonio die Verfolgung aufgenommen.

Johann wischte sich den Schweiß von der Stirn und massierte sich anschließend die Hand, die von dem Schlag immer noch schmerzte.

»Terry weiß von mir, wer das Horn in Wahrheit gefunden hat«, flüsterte Flavio, »es war Milo Pakalidis auf Santorin.«

Johann nickte. »Ich kann nicht länger bleiben, ich muss Terry finden.«

»Danke für alles.« Flavio legte freundschaftlich die Hand auf Johanns Schulter. »Es war mir eine Ehre, Sie kennenzulernen und Amanda Wests Familie helfen zu dürfen. Was immer Sie jetzt vorhaben, ich wünsche Ihnen viel Glück.«

»Danke, das werden wir brauchen.« Johann schob sich über das Fensterbrett und sprang aufs Dach hinunter.

Eine Minute später stand er auf dem Boden des muffigen Schachts und blickte auf die geöffnete Metallklappe, durch die es in die Kanalisation ging.

In der Öse hing der Rest einer abgebrochenen verbogenen Antenne, die aussah, als stammte sie von Terrys Funkgerät. *Cleveres Mädchen!*, dachte er. Nur hatte das offenbar nicht viel genützt. Dummerweise hatte sie ohne Antenne jetzt keinen Empfang. Hoffentlich hatte sie wenigstens diesen Antonio abhängen können.

Johann blickte in die dreckige Brühe und rümpfte die Nase.

»Verflixt.« Er rollte die Ärmel seines Pullovers hoch, presste die Lippen zusammen und sprang hinunter.

9. KAPITEL

Ich hatte keine Ahnung, wie es Johann erging oder ob Pierre es rechtzeitig zur Kopernikus geschafft hatte. Ich wusste nur, dass ich ziemlich in der Tinte saß.

Und während ich mich an der rauen und feuchten Mauer durch die Dunkelheit vorantastete und Schritt für Schritt durch das kniehohe Wasser watete, kam ich immer mehr zu dem Schluss, dass es eine Schnapsidee gewesen war, in die Kanalisation zu flüchten. Aber vielleicht hatte Signor Flavio recht gehabt und ich wäre den Häschern von Biosyde an der nächsten Häuserecke in die Hände gelaufen. So war ich wenigstens immer noch frei, auch wenn mir der bewaffnete Kerl an den Fersen klebte.

Mein einziger Trost war Charlie, der auf meiner Schulter hockte, sein Köpfchen an meinem Nacken rieb und mir ins Ohr schnurrte – wenn auch mehr aus Verzweiflung, denn aus einem wohligen Gefühl.

Ob dieser Geheimgang, den Schmuggler und Mafialeute seinerzeit benutzt hatten, tatsächlich irgendwo bei einer alten Steinbrücke herauskommen würde, wie Flavio behauptet hatte? In dieser abgrundtiefen Schwärze war kein einziger Lichtschimmer zu erkennen, und ich wusste nicht, ob ich überhaupt auf dem richtigen Weg war. Vielleicht hatte ich mittlerweile eine falsche Abzweigung genommen und irrte in eine Sackgasse, wo ich mir die Stirn an einer Mauer anschlagen würde.

Hin und wieder blieb ich stehen, um zu lauschen, aber ich hörte nichts von meinem Verfolger, weil Charlie so laut schnurrte. Dann marschierte ich wieder weiter, so schnell ich konnte.

Den muffigen Gestank nahm ich schon gar nicht mehr wahr. Offenbar hatte ich mich daran gewöhnt. Allerdings konnte ich mich nicht an die Schmerzen in meinem Knöchel gewöhnen, der von Minute zu Minute dicker wurde, bis ich schließlich nur noch humpelte, um das Bein zu entlasten.

So ein Mist!

Ich war schon knapp davor aufzugeben, mich ins Wasser fallen zu lassen und heulend auf meinen Verfolger zu warten, doch Charlie gab mir Mut. Immer öfter stieß er mir mit seiner feuchten Schnauze in den Nacken und trieb mich an, weiterzulaufen. Schließlich machte mein Herz einen Freudensprung, als ich einen trüben Lichtschimmer entdeckte, der sich vor mir im Wasser spiegelte. Einbildung? Nein, ich hörte auch Stimmen und ein lauter werdendes Rauschen.

Hastig lief ich weiter und gelangte zu einem Gitter, an dem der Tunnel endete. *Tageslicht!* Vor den Gitterstäben hatte sich jede Menge Müll angesammelt. Dazwischen lief die Brühe aus dem Abwasserkanal in eine schmale Wasserstraße, die sich zwischen zwei Häuserzeilen befand. Eine Gondel glitt vorbei. Ich hatte die Oberfläche erreicht. Einen Moment lang kniff ich die Augen zusammen, da mich das grelle Licht blendete, dann sah ich mich um. Ich befand mich unter einer Brücke. Das musste die alte Steinbrücke sein, von der Signor Flavio gesprochen hatte.

Ich rüttelte am Gitter, doch es saß fest in der Verankerung. *Verdammt!* Ich saß in der Falle.

Charlie sprang mit einem Satz von meiner Schulter herunter, huschte durch die Gitterstäbe und saß auf der anderen Seite auf einem Mauersims. Von hier aus hätte er bequem über eine schmale Marmortreppe auf die Brücke klettern können und wäre dann in den Gassen Venedigs in Sicherheit gewesen. Doch er blieb sitzen und betrachtete mich mit seinen schwarzen Knopfaugen. Mit einer Pfote in der Luft tappte er in meine Richtung, als wollte er versuchen, das Gitter zu öffnen. Diese Geste brach mir das Herz.

»Keine Sorge, ich finde einen Weg raus«, versuchte ich ihn zu trösten.

Wie zur Bestätigung quiekte er.

Rasch tastete ich den Rahmen des Gitters ab. Auf der einen Seite befanden sich Scharniere, was bedeutete, dass sich das Gitter öffnen lassen musste. Auf der anderen Seite war zum Glück kein Schloss, sondern nur ein Metallriegel. Ich griff durch die Gitterstäbe und drückte ihn mit einiger Anstrengung nach oben. Das war geschafft! Dann wollte ich das Gitter aufstoßen, doch es klemmte immer noch.

Verflixt!

Mittlerweile hörte ich hinter mir aus der Dunkelheit des Tunnels näher kommende Schritte durchs Wasser. Mein Verfolger musste die Falltür aufbekommen haben und wie der Teufel durch den Kanal hinter mir her gerannt sein.

Mit ganzer Kraft warf ich mich mit der Schulter gegen das Gitter. Es gab ein kleines Stück nach, hing aber immer noch fest. Jahrelang mussten es Schlamm, Dreck und Rost verklebt haben. Ich warf mich ein zweites und drittes Mal gegen das Gitter, bis es schließlich mit einem Ruck nachgab und ich durch die Öffnung der Länge nach ins Wasser fiel.

O nein!

Als ich mich wieder aufrichtete, die Brühe an meiner Kleidung ablief und ich mir das Wasser aus dem Gesicht wischte, sah mich Charlie vorwurfsvoll an, als wollte er sagen: *Merkwürdige Art rauszuklettern!* Ich hatte ihn nass gespritzt und er schüttelte sein Fell trocken.

Dann zog ich mich hoch und stemmte mich auf das Mauersims. Dabei machte ich mir nicht die Mühe, das Gitter zuzutreten, sondern lief gemeinsam mit Charlie über die Treppe nach oben. Wir mussten so schnell wie möglich abhauen.

Auf der Brücke befanden sich einige Touristen und im Kanal kamen zwei Gondolieri mit ihren Booten vorbei. Ich hatte keine Ahnung, in welchem Teil Venedigs ich mich befand. Nichts schien mir vertraut. Aber ich verschwendete keine Zeit damit, mich zu orientieren, sondern lief über die Brücke und verschwand in einer engen Gasse. Danach nahm ich so viele Abzweigungen wie möglich.

Die Wege waren eng und die Bewohner hatten ihre Wäsche zwischen die Häuser auf Leinen gehängt. Über eine weitere Brücke gelangten wir schließlich auf einen kleinen Platz, an dessen Ecken zwei Türme emporragten.

Keuchend blieb ich stehen, die Händen auf den Knien abgestützt. Mein Knöchel brannte wie Feuer und fühlte sich dick wie eine Melone an. Nachdem ich wieder zu Atem gekommen war, blickte ich mich um und wartete. Anscheinend war uns niemand gefolgt. Hoffentlich hatten wir den Mann mit der Knarre abgeschüttelt. Das war die gute Nachricht. Die schlechte war: Ich hatte völlig die Orientierung verloren und keine Ahnung, wo die Kopernikus lag. Außerdem sah ich aus wie eine dreckige Kanalratte, vollkommen nass und vermutlich widerlich stinkend, als hätte ich in einer Mülltonne übernachtet.

Ich überquerte den Platz, klaute mir vom Drehständer eines Ladens eine Schirmkappe, ließ meine nassen Haare darunter verschwinden und zog mir den Schirm tief in die Stirn. Dann drückte ich mich in den Schatten einer Häusernische, ging in die Hocke und betastete mein Fußgelenk. Es schmerzte immer noch, war heiß und dick geschwollen. Ich band meine Schnürsenkel enger, damit ich einen festeren Halt im Schuh hatte. Wenigstens half das ein bisschen.

Anschließend versuchte ich mit dem Funkgerät Pierre oder die Kopernikus zu erreichen. Aber ohne Antenne konnte ich das vergessen. *Kein Empfang!* Nur Rauschen. *Verflixt!*

Die nassen Kleider klebten an mir und im Schatten fröstelte mich sogar ein wenig. Charlie hingegen lag vor mir in der Sonne und wälzte sich gickernd auf den Pflastersteinen. Wenigstens einer, der gut gelaunt war.

Weiter!

Ich verließ mein Versteck. Mit meinen nicht gerade studienreifen Italienischkenntnissen erfragte ich den Weg zum Markusplatz. Dort in der Nähe lag die Kopernikus vor Anker – zumindest hatte sie dort vor einer Stunde noch gelegen, und ich wusste nicht, ob es Pierre gelungen war, meinen Onkel zu warnen. Zwar war es riskant, zu dieser Stelle zu laufen, aber ich brauchte Gewissheit. Außerdem war es die einzige Spur, die ich hatte.

Ganze fünfzehn Minuten war ich unterwegs, hatte mich noch ein weiteres Mal nach dem Weg erkundigt und gelangte schließlich in eine Gegend, die mir endlich bekannt vorkam.

Ich kam in die Nähe des Markusplatzes und erkannte die Eisdiele mit der rot-weiß gestreiften Markise. Es saßen immer noch jede Menge Touristen dort und löffelten ihr Eis aus Bechern. Hinter der Häuserecke, an der sich der Eissalon befand, war der Steg, unter dem das U-Boot gelegen hatte. Vielleicht lag es ja immer noch dort, oder sie hatten da zumindest einen Hinweis für mich hinterlassen. Oder sie würden kommen, um mich abzuholen.

Unauffällig spähte ich um die Ecke und suchte die Gegend nach Männern ab, die nicht wie Touristen aussahen. Nach einer Weile fielen mir in der Nähe des Stegs drei Männer in dunklen Anzügen auf. Sie starrten aufs Wasser und zwei von ihnen telefonierten mit ihren Handys. Ich prägte mir ihre Gesichter ein und nannte sie im Geiste *Tick*, *Trick* und *Track*.

Sich dem Steg zu nähern, wäre zu gefährlich gewesen. Darum ging ich in die Hocke und versuchte einen Blick unter die Anlegestelle zu erhaschen. Gleichzeitig packte ich Charlie an seinem Halsband, um zu verhindern, dass er zum Steg lief.

Konzentriert kniff ich die Augen zusammen. Mittlerweile hatte die Ebbe eingesetzt. Der Wasserstand war nun deutlich tiefer. Aber vom Turm der Kopernikus war weit und breit nichts zu sehen. Anscheinend hatte Pierre meinen Onkel rechtzeitig erreicht und sie waren verschwunden. Einerseits freute mich das, andererseits versetzte es mich aber in Panik. Wie sollte ich herausfinden, wo sie jetzt waren?

Vorsichtig trat ich den Rückzug an, verschwand in einer schmalen Seitengasse und setzte mich vor einer Pizzeria auf einen Stuhl. Dort hockte ich, mit Charlie auf dem Schoß, und dachte nach.

Vielleicht hatte die Kopernikus wegen der Ebbe aber sowieso diesen Standort verlassen müssen, überlegte ich. *Na klar!* Wo wäre sie dann hingefahren? Natürlich in tiefere Gewässer, wo sie trotz Ebbe untertauchen konnte.

Aber wie kam ich dorthin?

Dann fiel es mir ein. *Aber natürlich! Der Stadtplan!*

Als ich den Plan aus meiner Gesäßtasche ziehen wollte, war die Tasche jedoch leer. *Verdammt!* Charlie sprang mir vom Schoß und ich fuhr hoch. Auch die Klarsichthülle mit den Forschungsunterlagen war verschwunden. *Auch das noch!* Ich sah mich verzweifelt auf der Straße um. *Mist!* Ich musste sie verloren haben, als ich durch den Tunnel gekrochen oder der Länge nach ins Wasser gefallen war. Sollte ich den ganzen Weg zurücklaufen? Nein, das war viel zu riskant. Außerdem hatte mein Verfolger die Dokumente bestimmt gefunden.

Da kam ein junger Kellner an meinen Tisch, der mich nach einer Bestellung fragte.

»*Ah, no, scusi!*«, wehrte ich rasch ab, da ich keinen Cent bei mir hatte. Stattdessen fragte ich ihn, in welche Richtung es aufs offene Meer ging.

Er zeigte mir den Weg und ich rannte los.

10. KAPITEL

Während ich zur Strandpromenade lief, von wo man das offene Meer sehen konnte, ging mir immer wieder durch den Kopf, was Signor Flavio mir noch vor meiner Flucht aus dem Labor gesagt hatte.

Stammzellenforschung! Ein Serum, das kranke Zellen im Körper repariert.

Daran hatte meine Mutter also gearbeitet. Aber was hatte das mit dem komischen Horn zu tun? Vielleicht konnte mir das dieser griechische Paläontologe verraten. *Ich muss die Kopernikus finden, und zwar schnell!*

Endlich erreichte ich die Promenade. Mittlerweile war es drei Uhr nachmittags, und vor mir lag der schmale Gehweg, neben dem sich ein Holzsteg an den anderen reihte, wo eine Gondel nach der anderen an- oder ablegte und mehrere Sightseeing-Gruppen mit Dutzenden Touristen unterwegs waren.

Und jetzt?

Wie zum Teufel sollte ich da die Kopernikus finden? Ich zog mir die Schirmkappe tiefer ins Gesicht und blickte aufs Meer hinaus. Das Wasser glitzerte und die Wellen funkelten wie Diamanten. Hier ein ausgefahrenes Sehrohr zu finden, war aussichtslos. Außerdem durfte ich in meinem Eifer nicht vergessen, mich vor den Kerlen in den dunklen Anzügen in Acht zu nehmen. Was half es mir, unser U-Boot zu finden, wenn ich einem der Typen in die Arme lief?

Also marschierte ich mit schnellen Schritten an der Promenade entlang und starrte dabei angestrengt aufs Meer hinaus. Schlagartig wurde mir bewusst, wie sehr ich mich nach Johann, meinem Onkel, unserer Kombüse und meiner kleinen Kajüte mit der Schlafkoje sehnte. Ich vermisste Pierre und sogar Ethan mit seinen dummen Sprüchen und konnte nur hoffen, dass ich ein Zeichen von ihnen entdecken würde.

Während ich mir die Augen aus dem Kopf schaute, hörte ich einen surrenden Motor, zunächst nur leise, doch dann trug der Wind das lauter werdende Geräusch zu mir herüber. Ich blickte auf, und über den wolkenlosen blauen Himmel flog eine Drohne. Mit fünf Propellern sowie einem grinsenden Haifischgebiss und einem Pflaster, das Ethan und ich ihr aufgemalt hatten. *Darwin!*

Mein Herz machte einen Satz. Gewiss hockte Ethan in seiner Koje, steuerte die Drohne per Funk über die Hausdächer Venedigs und hielt nach Johann und mir Ausschau. Ich riss die Arme hoch, sprang in die Luft und winkte. Doch Darwins Kameraauge erfasste mich nicht.

Ich muss mich bemerkbar machen! Kurzerhand kletterte ich auf die Brüstung eines Holzstegs, klammerte mich mit einer Hand an einen Fahnenmast und winkte mit der anderen. Da drehte die Drohne in einer engen Kurve um und raste auf mich zu. Mein Herz schlug schneller. *Ethan hat mich gesehen!* Rasch kletterte ich wieder runter, um nicht noch länger die Aufmerksamkeit der Leute auf mich zu ziehen.

Während die Drohne weiter über die Promenade flog, folgte ich ihr, so gut ich konnte. Nachdem ich mich aus einer Traube von Touristen gekämpft und den abgelegenen Steg vor einem heruntergekommenen Hotel erreicht hatte, auf dem sich keine Menschenseele befand, hielt ich keuchend an. Darwin schwebte einige Meter vor mir über dem Wasser und drehte sich so, dass mich das Kameraauge direkt erfasste.

Und jetzt?

Zumindest wusste ich, dass die Kopernikus im näheren Umkreis von fünf Kilometern liegen musste, da Ethans Fernsteuerung nur so weit reichte. Aber was nützte mir das?

Oberhalb der Kameralinse begann eine Signallampe zu blinken. Ich schirmte das Sonnenlicht zusätzlich mit der flachen Hand ab, um besser sehen zu können. Die Blinkzeichen kamen in unregelmäßigen Abständen … kurz, kurz, lang, kurz.

Morsezeichen!

Ethan beherrschte den Morsecode ebenso wie ich – bloß etwas besser –, denn wenn man wie wir an Bord eines U-Boots aufwuchs, musste man diese Dinge unweigerlich können.

Während Charlie auf meinem Schuh saß und mit seinen Krallen an meinen Schnürsenkeln zupfte, versuchte ich die Botschaft zu entziffern. Ethan musste sie zweimal wiederholen, ehe ich sie richtig übersetzt hatte.

Folge mir!

Ich hob die Hand und streckte den Daumen aus. *Okay!* Kurz darauf setzte sich die Drohne in Bewegung und raste an der Uferpromenade entlang, Charlie und ich hinterher. Mein Knöchel schmerzte höllisch, aber ich biss die Zähne zusammen.

Plötzlich nahm Darwin eine Abzweigung, die zwischen den Häusern zurück in die Innenstadt führte. Allerdings in einen Stadtteil, der mir völlig fremd war. Ich lief über eine Brücke auf die andere Seite des Kanals und gelangte in eine entlegene Gegend. Hier musste Simon mit dem Sonar eine Stelle gefunden haben, die tief genug war, um die Kopernikus auf dem Grund verbergen zu können.

Schon bald erreichten wir einen kleinen betonierten Anlegeplatz mit einem rostigen Lastenkran und einem Holzschuppen, der auf Pfeilern im Wasser stand. Daneben dümpelten einige halblecke Boote mit ziemlich bedenklicher Seitenlage im Wasser. Grün schillerndes Algengewächs trieb darin. Der Platz roch wie der Hinterhof einer ziemlich miesen Gegend und sah auch so aus. Überall standen volle Mülltonnen und Säcke mit Abfällen herum. Auf dem Wasser trieb eine ölig glänzende Pfütze. Zudem lagen Autoreifen und leere Holzpaletten auf dem rissigen Beton, aus dem das Unkraut kniehoch wucherte. In welches Viertel hatte Darwin mich da geführt?

Die Drohne schwebte nun über dem Wasser neben dem Holzschuppen. Tatsächlich entdeckte ich den grauen Deckel der Turmluke, der nur wenige Zentimeter aus dem Wasser ragte. Den hätte ich in der trüben Suppe nie gefunden, wenn sich nicht das Sonnenlicht im glänzenden Metall gespiegelt hätte.

Um nichts zu überstürzen, drückte ich mich in den Schatten eines Hauseingangs und ließ erleichtert die Schultern sinken. Nur knapp hundert Meter trennten mich von der betonierten Hafenmauer. Sicherheitshalber sah ich mich um. »Charlie, wir sind gleich zu Hause«, sagte ich erschöpft und spürte, wie die Anspannung von mir abfiel.

Bei den Worten *zu Hause* quiekte das Frettchen freudig auf. Es war einer der wenigen Begriffe, die es im Lauf der Jahre gelernt hatte zu verstehen. Ich sah zur Kopernikus und wollte gerade quer über den Platz zum Steg laufen, als sich von hinten eine schwere Hand auf meine Schulter legte.

»Halt!«, sagte eine dumpfe Stimme.

11. KAPITEL

Ich fuhr mit erhobener Faust herum und wollte schon zuschlagen, als ich erkannte, wer hinter mir stand.

»Johann!«, entfuhr es mir.

»Leise!«, zischte er und zog mich noch tiefer in den Schatten des Hauseingangs. Augenblicklich wurde es kühler.

Johann sah ziemlich ramponiert aus und roch – vermutlich genauso wie ich – nach Abwasser. In so einem schäbigen und unwürdigen Zustand hatte ich ihn noch nie gesehen. Trotzdem hätte ich ihn am liebsten auf der Stelle umarmt.

»Wie bist du entkommen?«, flüsterte ich.

»Das erkläre ich dir später.« Er sah mich an. »Wo sind die Unterlagen deiner Mutter?«

»Die habe ich verloren«, gab ich zerknirscht zu. »Höchstwahrscheinlich sind sie meinem Verfolger in die Hände gefallen.«

Johann schwieg, doch nach einer Weile sagte er: »Damit allein fangen sie vermutlich nicht viel an. Zumindest ist das Horn noch in unserem Besitz.« Er deutete zum Steg, wo die Turmluke der Kopernikus aus dem Wasser ragte.

Die Drohne schwebte über dem U-Boot, senkte sich, und in diesem Moment öffnete sich die Luke. Da ich dieses Manöver schon oft genug gesehen hatte, wusste ich, was als Nächstes passieren würde. Die Propeller wurden langsamer, blieben schließlich stehen, und die Drohne sackte den letzten halben Meter hinunter. Aus dem Turm griffen zwei Arme heraus und fingen sie auf, um sie unter Deck zu verstauen.

Bevor die Drohne im eisernen Bauch der Kopernikus verschwand, winkte Johann und deutete zu dem Holzschuppen. War das als Zeichen für Ethan gedacht?

»Warum so geheimnisvoll?«, fragte ich. »Wieso gehen wir nicht über den Steg an Bord?«

Johann zog mich noch tiefer in die Dunkelheit des Hauseingangs. Da sah ich sie. Aus einer Seitengasse näherten sich Männer in dunklen Anzügen dem Steg. Sie rannten über die Holzbohlen, doch bevor sie die Kopernikus erreichten, schloss sich die Luke. Im nächsten Moment tauchte das Boot vollständig unter. Einer der Männer stampfte wütend mit dem Fuß auf, der andere telefonierte schon wieder.

Mit zusammengekniffenen Augen beobachtete ich, wie aus verschiedenen Richtungen weitere Männer kamen, die sich mit den anderen auf dem Platz trafen. Nun waren sie zu fünft. Drei von ihnen erkannte ich wieder. *Tick, Trick und Track.* Allerdings standen sie zu weit weg, um zu hören, worüber sie sprachen. In ihren schwarzen Anzügen, hektisch gestikulierend, telefonierend und sich ständig umsehend, wirkten sie in dieser heruntergekommenen Gegend so unauffällig wie aufgetakelte Operngäste auf einer Müllhalde.

Ohne Zweifel wären wir ihnen direkt in die Arme gelaufen, wenn Johann mich durch seine Umsicht nicht gerettet hätte. »Woher wissen die von diesem Standort?«, flüsterte ich.

»Einige der Männer sind dir gefolgt.«

»Mir?«

Johann nickte. »Ich weiß auch nicht, wie die das gemacht haben, aber in einem Abstand von mehreren Hundert Metern sind sie deiner Spur gefolgt und haben diese Anlegestelle umstellt, als hättest du ...« Er sah mich an und zuckte mit den Achseln. » ... als hättest du einen Sender an dir.«

»Wo soll ich einen Sender haben?«, zischte ich.

Johann setzte eine ratlose Miene auf. »Ich weiß nicht.«

»Und wie hast *du* mich gefunden?«

»Gar nicht«, gab er zu. »Ich bin dir zwar durch den Abwasserkanal bis zur alten Steinbrücke gefolgt, habe dann jedoch deine Spur verloren. Schließlich wollte ich zur Strandpromenade am Meer ...«

»Um die Kopernikus zu suchen?«

Er nickte. »Aber so weit bin ich nicht gekommen, weil ich zuvor Darwin über den Hausdächern bemerkt habe, wie er zu diesem Platz geflogen ist. Kurz darauf habe ich dich auch schon gesehen und dann die Kerle.«

»Puh«, stöhnte ich auf. Dass wir den Typen nicht in die Hände gelaufen waren und stattdessen unbeschadet die Kopernikus erreicht hatten, war nur einem riesengroßen Zufall zu verdanken gewesen. Aber wie ging es jetzt weiter? »Wie kommen wir an Bord?«

Johann deutete zu dem Holzschuppen, bei dem die Kopernikus lag. »Falls Ethan meine Geste richtig interpretiert hat, gehen wir dort drin an Bord.«

»Aber diese Baracke steht auf Pfeilern. Wie kann unser Boot ...?«

»Die Hütte dient als Werft für Schiffe«, unterbrach Johann mich. »Sie steht nur an drei Seiten auf Pfosten. Siehst du? Die vordere Ecke schwebt frei über dem Wasser.«

Ich starrte hinüber. *Tatsächlich!* In diesem Moment sah ich, wie Luftblasen unter dem Schuppen aufsprudelten und Wellen sich kreisförmig darum herum ausbreiteten. Der Turm der Kopernikus musste soeben *innerhalb* der vier Wände dieses Schuppens aufgetaucht sein. Zum Glück hatten die Männer das nicht bemerkt.

»Wann laufen wir los?«, flüsterte ich.

Johann gab keine Antwort. Ich nahm Charlie in den Arm, und zu dritt starrten wir auf die fünf Männer, die über den Platz patrouillierten und Ausschau nach uns hielten.

»Ist sie an Bord gegangen?«, fragte einer von ihnen, der uns gefährlich nahe kam.

»Nein, das hätten wir gesehen«, rief ein anderer. »Die muss hier noch irgendwo sein.«

»Falls ihr sie seht, sofort schießen«, rief nun ein Dritter. »Sie darf das U-Boot auf keinen Fall erreichen.«

Mir schlug das Herz bis zum Hals. Johann legte mir die Hand auf die Schulter. »Wir kommen schon irgendwie an Bord.«

Irgendwie?

»Wenn die Ebbe weiter zurückgeht, kann die Kopernikus nicht mehr länger unbemerkt hier liegen«, gab ich zu bedenken.

Johann blickte auf seine Armbanduhr. »Bis es so weit ist, haben wir noch etwas Zeit.«

»Schwärmt aus und sucht sie!«, rief der größte der Männer, vermutlich ihr Anführer.

Vier der Männer liefen in alle Richtungen davon, doch der Große mit den breiten Schultern blieb zurück. Sein verbeultes Sakko sah aus, als trüge er eine dicke Waffe im Schulterholster.

»Das ist Massimo«, flüsterte Johann überrascht. »Verdammt, wie konnte dieser Mistkerl nur entkommen?« Dann wandte er sich an mich. »Er ist nicht so blöd, wie er aussieht. Er wird dort bleiben und darauf spekulieren, dass einer von uns hier auftaucht.«

»Wir brauchen eine Ablenkung, damit wir unbemerkt in den Schuppen kommen«, wisperte ich.

Johann presste die Lippen aufeinander, dann hob er plötzlich eine Augenbraue. »Brillant! Warte hier, Terry. Ich bin gleich wieder da.« Er zog das Funkgerät von meinem Gürtel.

»Das funktioniert nicht mehr, die Antenne …«, hob ich an zu erklären.

»Ich weiß«, sagte er nur, legte den Finger auf die Lippen und zog sich noch tiefer in die Dunkelheit des Hauses zurück.

Mit angehaltenem Atem beobachtete ich aus meinem Versteck, wie Massimo an der Kaimauer entlangmarschierte und immer wieder zum Holzschuppen spähte, auf den Wasserkanal und in jede Seitengasse. Schließlich kam er über den Platz herüber und hielt auf die Häuserzeile zu, in der ich mich verborgen hielt.

In diesem Moment quiekte Charlie auf.

»*Schscht!*«, zischte ich und hielt ihm den Mund zu, doch Charlie begann in meiner Hand zu zappeln und kratzte mich mit den Krallen. »Aus!«, flüsterte ich und biss die Zähne zusammen.

Massimo blieb kurz stehen, schirmte das Sonnenlicht mit der flachen Hand über den Augen ab und lenkte seine Schritte genau auf uns zu.

Verdammt! Er hat uns gehört. Jetzt war es aus und vorbei.

Er war nur noch wenige Meter von uns entfernt. Ich presste mich an die Hauswand, bereit, jeden Moment loszurennen, als plötzlich ein Geräusch ertönte.

Es klang wie das knarzende Knirschen und Rauschen eines defekten Funkgeräts, das verzweifelt nach einer Frequenz suchte. Massimo änderte sogleich die Richtung und lief auf das Geräusch zu, das aus einem weit entfernten Hauseingang drang. Die letzten Meter zog er sogar während des Laufens die Waffe aus dem Holster.

In derselben Sekunde tauchte Johann keuchend hinter mir auf. Er musste sich durch die Hinterhöfe zu diesem Haus durchgekämpft, das Funkgerät dort platziert und eingeschaltet haben und wieder zurückgelaufen sein.

Wir warteten, bis Massimo in dem Haus verschwunden war, dann flüsterte Johann: »Lauf!«

Ich setzte Charlie auf den Boden und wir rannten los. Das Frettchen zischte wie der Blitz voraus, aber auch Johann war viel schneller als ich, da ich wegen meines schmerzenden Knöchels nur noch humpeln konnte.

Ohne mich umzusehen, hinkte ich so schnell ich konnte über den Platz zur Kaimauer und von dort zu dem Holzschuppen. Jetzt war ich so nahe, dass ich erkennen konnte, dass die Tür mit einer schweren Kette und einem Vorhängeschloss gesichert war.

Gleichzeitig schossen mir mehrere Gedanken durch den Kopf. Johann und ich könnten ins Wasser springen und unter die Holzbretter in den Schuppen tauchen. Aber Charlie? Wie sollte ich das Frettchen ins Innere bringen?

Da hörte ich Massimos Stimme. »Stehen bleiben!«

Im gleichen Moment krachte ein Schuss. Ich zuckte zusammen, als ein Projektil den Beton neben mir zerfetzte, sodass die Teile über den Boden spritzten.

Massimo, dieses Aas, zielte tatsächlich auf meine Beine! Trotzdem lief ich geduckt weiter.

Als Erster erreichte Johann den Schuppen. In vollem Lauf warf er sich mit seinem ganzen Gewicht mit der Schulter voraus gegen die Tür. Das Schloss war immer noch intakt, aber die Bretter brachen, und Johann krachte ins Innere. Eine Staubwolke stob in die Luft. Charlie sprang hinter ihm her in die Hütte, wo er verschwand. Und ich hatte mir Sorgen um das Frettchen gemacht!

Da krachte ein weiterer Schuss, und einige Meter vor mir spritzte erneut der Beton auf.

Das Adrenalin schaltete den Schmerz in meinem Knöchel völlig aus. Als wäre der Teufel hinter mir her, rannte ich weiter, erreichte den Schuppen und sprang über die zersplitterten Holzbretter, die schief im Rahmen hingen.

Drinnen war es finster. Bloß durch die kaputte Tür fiel Licht. Meine Augen mussten sich erst an die Dunkelheit gewöhnen. Es roch nach brackigem Wasser, Rost und modrigem Holz. Ich stand auf einem schmalen betonierten Streifen, und vor mir lag die dunkle Wasseroberfläche.

Aber wo war die Kopernikus?

12. KAPITEL

Noch während ich mich umsah, bemerkte ich Johann, der am Rand der betonierten Mole saß und mit dem Verschluss seiner Armbanduhr auf eine Eisenstange schlug, die dort aus dem Wasser ragte und mit der man vermutlich den Wasserstand messen konnte.

Morsezeichen!

Die Schallwellen breiteten sich unter Wasser aus, die Abstände waren dreimal kurz, dreimal lang und dreimal kurz.

SOS!

In diesem Moment wurde das schwarze Wasser vor uns durch einen Schwall Luftblasen aufgewühlt und der Turm der Kopernikus schoss aus den Wellen empor.

»Du zuerst!«, rief Johann und richtete sich auf.

»Aber …«

»Ich kümmere mich um Charlie.«

Ich trat einige Schritte zurück, nahm Anlauf und sprang. Da mir der Knöchel beim Absprung einen Stich versetzte, zuckte ich zusammen und erreichte den Turm nicht ganz. Hart schlug ich an der Außenseite des Turms gegen die Leiter, rutschte ab, bekam die Sprossen aber noch zu fassen.

Mühsam zog ich mich hoch, während das Wasser wie in einer Sturzflut am Turm ablief und sich über mich ergoss.

Kaum hatte ich auch mit den Füßen Halt auf der Leiter gefunden, öffnete sich die Luke und mehrere Arme streckten sich mir entgegen.

»Ethan! Pierre!«, rief ich erleichtert.

»*Mon Dieu!*«, entfuhr es Pierre.

»Du stinkst wie eine Kanalratte«, bemerkte Ethan, während er mich am Gürtel zur Luke hinaufzog.

Hinter mir hörte ich einen dumpfen Aufprall, gefolgt von einem Quieken. Erleichtert stellte ich fest, dass auch Johann mit Charlie auf die Kopernikus gesprungen war.

Dann knallten aber auch schon mehrere Schüsse, die von der Metallhülle des U-Boots mit einem schrillen Geräusch abprallten, das mir in den Ohren schmerzte und einen Stich ins Herz versetzte.

»*Allons, vite!*«, trieb Pierre uns an, reichte Johann die Hand und half ihm ebenfalls an Bord.

Ich war mit dem Kopf noch gar nicht unter Deck, als ich spürte, wie Charlie panisch und mit gesträubtem Fell über mich drüber lief und im Inneren des Bootes verschwand.

Simon wartete keine Sekunde zu lang. Er hatte das Boot bereits in Fahrt gebracht. Die Schiffsschrauben wühlten das Wasser auf, und die Kopernikus setzte sich in Bewegung.

Johann und ich verschwanden im Turm. Draußen knallten die Projektile gegen den Rumpf. Da die Luke noch offen stand und wir nicht tauchen konnten, preschten wir mit dem Turm durch die Holzwand des Schuppens ins Freie.

Die Bretter knirschten und flogen über unsere Köpfe hinweg. Splitter prasselten ins Bootsinnere. Im nächsten Moment waren wir aus dem Schuppen draußen und Sonnenlicht fiel durch die Luke ins Boot.

Ich hörte, wie Massimo fluchend an der Kaimauer entlang lief und weiter auf uns schoss. Aber wir waren zu weit entfernt, die meisten Kugeln gingen ins Wasser.

Schließlich griff Pierre nach oben und verschloss die Luke mit der Hydraulik. »Tauchen!«, rief er nach unten.

»Tauchen!«, gab Ethan das Kommando an Simon weiter.

Im Inneren der Kopernikus herrschte tiefblaues Nachtlicht. Mit weichen Knien stand ich neben der Leiter und blickte zur Kommandobrücke. Charlie hatte sich sofort irgendwo zwischen den Holzkisten verkrochen.

»Wir gehen auf Sehrohrtiefe. Volle Kraft voraus!«, rief Simon. »Den Kanal entlang aufs offene Meer!«

Johann hatte bereits die Kontrolle über die Instrumente im Ruderraum übernommen. »Aye, Käpt'n. Das war Rettung in letzter Sekunde.«

13. KAPITEL

Eine halbe Stunde später hatten wir das offene Meer und tiefes Wasser erreicht und uns bereits so weit von Venedig entfernt, dass man uns nicht mehr so leicht aufspüren konnte.

Ich saß in der Kombüse und presste mir einen Eisbeutel, den Ethan mir besorgt hatte, auf den geschwollenen Knöchel. Mir zitterten immer noch die Knie. Aus einem normalen Besuch in Signor Flavios Labor waren eine lebensgefährliche Flucht und Verfolgungsjagd durch Venedig geworden.

Ethan hielt mir eine Tube hin. »Hier, eine Sportsalbe.«

»Danke.« Ich strich mir etwas davon aufs Fußgelenk. Es kühlte und machte den Schmerz gleich etwas erträglicher.

»Wie konnten die euch nur wieder aufspüren?«, fragte Ethan. »Wir sind tagelang mit dem schnellsten U-Boot-Antrieb, den es gibt, über den Atlantik unterwegs, und werden, kaum dass wir in Venedig ankommen, bereits erwartet.«

»Ich weiß es auch nicht«, gab ich unglücklich zu.

Ethan senkte die Stimme. »Glaubst du, dass Pierre uns verraten hat?«

Ich schüttelte den Kopf. »Nein, unmöglich.«

»Wer dann?«

»Johann vermutet, dass ich einen Sender am Leib habe. Aber ich trage nur das, was ich immer trage.«

»Einen Sender?«, widerholte Ethan nachdenklich, starrte mich an, dann blieb sein Blick auf meinem Medaillon hängen. »Darf ich mir das noch mal ansehen?«

»Das hast du doch schon untersucht.«

»Ich weiß, aber …«, er zuckte mit den Achseln, »… vielleicht kann man diese Frequenz orten.«

Ich reichte ihm das Medaillon, und er nahm es mit spitzen Fingern, ohne mich zu berühren, und ließ es in seiner Tasche verschwinden.

Erst jetzt merkte ich so richtig, wie dreckig ich war, wie verfilzt meine Haare waren und wie meine Kleidung stank. Ich brauchte dringend eine heiße Dusche und frische Klamotten. Zum Glück sagte Ethan nichts, obwohl ich spürte, wie es in ihm brodelte und ihm wohl mehrere ätzende Meldungen auf der Zunge lagen.

»Los, sag es schon!«, murmelte ich. »Sonst platzt du noch!«

Zuerst starrte er Charlie an, der ebenfalls auf der Bank saß, seine Pfoten ableckte und sich putzte, dann sah er mich an. »Nein, ist schon okay, ich finde, jeder hat ein Recht darauf, hässlich auszusehen.«

Für einen Moment hatte ich wirklich gedacht, er würde die Klappe halten. Ich schwieg.

»Schicke Mütze«, fügte er hinzu. »Ist das Einzige an dir, was nicht dreckig ist.«

»Hab ich geklaut«, sagte ich, ohne besonders stolz darauf zu sein.

»Zum Glück haben wir reichlich Tetanusimpfstoff an Bord«, sagte er.

»Ich brauche keinen«, entgegnete ich.

»Aber ich!«, prustete Ethan los. »Sonst hole ich mir in deiner Nähe noch eine Blutvergiftung.«

»Sehr witzig, verzieh dich!«, knurrte ich und sah zu Charlie. »Los, Charlie! Fass ihn!« Doch das Frettchen war zu sehr mit sich selbst beschäftigt.

In diesem Moment betrat Johann die Kombüse und Ethan verstummte. Johann hatte sich ebenfalls noch nicht geduscht und umgezogen, hatte aber zumindest seinen verdreckten Rollkragenpullover ausgezogen. Darunter trug er ein enges schwarzes T-Shirt, und nun konnte man auf seinen kräftigen Unterarmen seine zahlreichen Tattoos sehen. In Johanns Gegenwart verlor Ethan kein Wort mehr über unser Aussehen.

»Peppe Flavio hat soeben Simon angerufen«, erklärte er uns. »Die Polizei ist wenige Minuten, nachdem ich sein Labor verlassen habe, dort angekommen und hat die drei Ganoven abgeführt. Aber sie konnten fliehen. Signor Flavio hat bei der Polizei um Personenschutz gebeten, falls die Kerle noch einmal auftauchen sollten.«

»Und werden sie das?«, fragte ich.

Johann schüttelte den Kopf. »Nein, denn Signor Flavio hat ihnen verraten, wo Jerichos Splitter gefunden wurde. Demnach wissen sie, wohin wir vermutlich als Nächstes wollen und werden garantiert dort auf uns warten.«

»Mist!«

In diesem Moment betraten Pierre und mein Onkel die Kombüse.

»Aber …«, Johann hob lächelnd die Hand, »… Signor Flavio hat sie angelogen und einen Archäologen namens Kralkos und die Insel Mykonos als Fundort genannt.«

Ich fuhr vom Stuhl hoch. »Wie genial ist das denn!«

Durch unsere zahlreichen Forschungsaufträge hatte ich schon als kleines Mädchen recht bald den Unterschied zwischen Archäologen und Paläontologen begriffen. Während die einen Reste altertümlicher menschlicher Kulturen ausbuddelten, legten die anderen uralte Tierknochen frei. »Das bedeutet, dass Finn und Valerie De Boes weder den richtigen Mann noch den richtigen Ort der Ausgrabung kennen.«

Simon nickte. »Richtig! Sie suchen am falschen Ort, während wir Kurs auf Santorin nehmen.«

Ethan sah auf. »Santorin?«

»Wollen wir herausfinden, worum es hier geht, müssen wir den Ursprung des Horns finden. Also Milo Pakalidis. Und während Biosyde auf Mykonos sucht, fahren wir nach Santorin.« Simon rümpfte die Nase und sah sich um. »Irgendwie riecht es hier …«

Ich stand auf und drückte mich an ihm vorbei in den Gang. »Sagt mir Bescheid, wenn wir in Griechenland sind. Bis dahin findet ihr mich im Bad.«

SANTORIN

14. KAPITEL

Nachdem ich mich gründlich geduscht hatte, mir einen Bademantel übergezogen und ein Handtuch als Turban über meine nassen Haaren gewickelt hatte, klopfte es an meiner Tür. Es war Simon. Er kam herein und setzte sich auf meinen Schreibtischsessel, während ich im Schneidersitz auf dem Bett saß und mein Buch beiseitelegte.

»Alles okay?«, fragte er mich besorgt.

»Sicher.« Ich nickte, aber vermutlich sah es nicht sehr überzeugend aus.

»Immerhin hat man auf dich geschossen und dich durch halb Venedig gejagt.«

»Auf Johann doch auch«, entgegnete ich.

»Der ist erwachsen und hat seinerzeit mit Admiral West schon schlimmere Abenteuer erlebt.«

»Ich doch auch«, murmelte ich und zählte ihm unsere Abenteuer in Miami, New York und Wreck Island auf.

Nun lächelte Simon. »Hast recht, wir sind ein zäher Haufen.« Er strich mir über die Wange.

Ich grinste. »Ja, das sind wir. Und wir lassen uns von so einer Horde mieser Landratten nicht unterkriegen.«

»Genau.« Plötzlich wurde er ernst. »Umso mehr sollten wir versuchen, wieder in eine geregelte Alltagsroutine zu kommen.«

»Deck schrubben und Kartoffel schälen?«, fragte ich und meinte es eher witzig, doch Simon lachte nicht.

Er stand auf. »Wie wär's mit Hausaufgaben, und zwar bis zum Abendessen, okay?«

»Manchmal habe ich den Eindruck, es wäre dein Plan, dass ich später mal den Nobelpreis bekomme.«

Er verzog das Gesicht. »Na ja, ich will dich ja nicht entmutigen, aber ...«

»Ja, schon gut.« Ich boxte Simon gegen den Arm. »Ist okay«, seufzte ich.

»Gut.« Er nickte, sah mir noch mal in die Augen und verließ die Kajüte.

Am liebsten hätte ich mich ja auf der Kommandobrücke herumgetrieben, über das Sonar den Meeresboden betrachtet oder mir durch das Periskop die Küste angesehen, an der wir entlangfuhren. Aber wahrscheinlich hatte Simon recht – Ablenkung war jetzt das Beste, und wenn es sein musste, eben mit Mathematik, Physik, Fremdsprachen, Geschichte und Geografie. Immerhin war er der Käpt'n an Bord.

Also schlurfte ich mit Bademantel und Turban in die Kombüse, hockte mich hin und quälte mich unter Aufsicht von Johann zuerst mit Latein und Italienisch ab und danach mit Integralrechnung. Dabei durfte ich weder Computer noch Internet verwenden.

Ich saß vor einem Blatt Papier, sah vom Taschenrechner auf, kaute am Ende des Bleistifts und betrachtete Johann, der inzwischen mit Pfannen, Töpfen und Küchenmesser hantierte und ein Abendessen für uns zubereitete.

Die Muskeln seiner sehnigen Ober- und Unterarme spannten sich an, während er Kartoffeln so präzise und rasch zerkleinerte, als hätte er sein Leben lang nichts anderes getan.

Ich betrachtete seine Tätowierungen. »Johann, woher hast du eigentlich all diese Tattoos?«

»Bist du mit der Aufgabe schon fertig, Terry?«, fragte er ohne aufzusehen.

»Zweiundvierzig«, nannte ich ihm die Lösung.

Er brummte, zerhackte eine Zwiebel und blinzelte eine Träne aus dem Auge.

»Woher sind diese Motive?«, hakte ich nach. »Großvater Nathan hat sie dir doch sicher nicht gestochen, während du ihn auf seinen zahlreichen Fahrten mit der Marine begleitet hast?«, provozierte ich ihn.

»Was ist mit dem anderen Rechenbeispiel?«

»Neunzehn Komma fünf«, antwortete ich.

Er grummelte wieder. »Die Tätowierungen hab ich mir im Knast machen lassen.«

Das wusste ich bereits. Trotzdem rückte ich an die Kante der Bank. Johanns Vergangenheit interessierte mich brennend, doch leider sprach er so gut wie nie darüber. »Ihr hattet eine Tätowiermaschine im Gefängnis?«

»Ja, und Swimmingpool, Satellitenfernsehen und ein Wasserbett mit Massagefunktion.« Er lachte laut auf und schüttelte den Inhalt der Pfannen einmal ordentlich durch. Es roch herrlich nach Fisch mit Speck und Spiegeleiern.

»Du veräppelst mich doch nur!«

»Ja, tue ich.« Er grinste wieder. »Im Bau hatten wir nicht viele Möglichkeiten. Die Technik nennt sich *stick and poke*. Man nimmt eine Nadel, umwickelt sie mit Bindfaden, taucht sie in Tinte und los geht's.«

»Und diese Frau – neben den Kreuzen, Schlangen und Pistolen …«, sagte ich. »… sieht gut aus. Warst du in sie verliebt?«

Er lachte wieder. »Das war Miss Cornerstone. Unsere Wärterin. Ja, ein hübsches Ding, aber auch sehr hart.« Er drehte sich kurz um, zog mit dem Finger die Oberlippe weit zurück und zeigte mir eine Zahnlücke. »Den hat sie mir ausgeschlagen. Hab eine freche Bemerkung über ihr gutes Aussehen gemacht.«

»Echt?« Mein Mund klappte auf.

»Ja, der Jugendknast damals in Kanada war kein Kindergeburtstag so wie hier an Bord.«

Kindergeburtstag, pah!

Charlie lief neugierig in die Küche, schnüffelte, sprang neben mir auf die Bank und warf sich auf den Rücken. Ich kraulte seinen Bauch und er gickerte vergnügt.

Gik-gik-gik-gik!

Es roch immer besser und mir knurrte bereits der Magen. Seit unserem kleinen Abenteuer in Venedig war ich hungrig wie ein Wolf.

Anscheinend angelockt vom Duft, betrat kurz darauf auch Pierre die Kombüse. Er schnupperte voller Vorfreude, und wir alle wussten mittlerweile, wie verwöhnt der Franzose in Sachen Essen war. Zu seinem Glück war Johann ein hervorragender Koch.

»Schick!«, entfuhr es mir, als ich Pierres neues Outfit sah.

Pierre drehte sich zur Seite. *»Voilà«*, rief er und hob die Arme. »Während du in Venedig durch die Kloake gekrochen bist, habe ich die Zeit genutzt, ein paar Klamotten für mich zu kaufen.«

Er trug zwar immer noch seine Hose, hatte aber ein frisches schwarzes Hemd an, das gut zu seinem gebräunten

Teint passte. Nun sah er beinahe so aus wie Johann, der auch immer Schwarz trug.

»Hat dir mein Onkel Geld geborgt?«, fragte ich.

»Non …«, murmelte er und machte mit der Hand eine kleine Geste, als wollte er unauffällig etwas einstecken.

»Du hast es geklaut?« Ich starrte ihn entgeistert an.

»*Naturellement*«, antwortete er mit einem Schulterzucken.

»Was? Aber warum?«, rief ich.

»Aber, ich bitte dich, kleiner Kolibri«, sagte er. »Du wirst wegen Einbruchs und Diebstahls gesucht, Johann wegen Sachbeschädigung, dein Onkel wegen Mordes, und der gut aussehende Pierre dürfte deiner Meinung nach nicht mal ein lausiges Hemd klauen?«

»So ein Quatsch!«, mischte sich Johann in das Gespräch. »Ich habe es ihm von meinen Sachen geborgt. Und es ist nicht *lausig*!«

»Du Schuft!«, rief ich und warf den Bleistift nach Pierre, der ihn lachend fing. An diesem Abend wollte mich anscheinend jeder verarschen.

Nun schlurfte auch Ethan in die Kombüse. Vermutlich hatte auch ihn der Küchenduft aus seiner Koje getrieben.

»Du siehst ja aus wie ein Mensch!«, begrüßte mich Ethan. Mit aufreizender Langsamkeit begann er Teller und Besteck aus dem Hängeschrank zu räumen. »Wusste gar nicht, dass du unter der Dreckschicht auch ein Gesicht hast.«

»Vielen Dank«, sagte ich ebenso gelassen.

Er sah mich überrascht an. »War das alles?«

»Ich würde mich ja geistig mit dir duellieren«, gab ich zur Antwort, »aber wie ich sehe, bist du unbewaffnet.«

Pierre lachte laut auf, Johann verzog schmunzelnd das

Gesicht. Ethan dagegen sah mich verdutzt an, bis auch bei ihm der Groschen fiel. »Ha, ha«, murmelte er.

In diesem Moment betrat Simon die Kombüse. »Erlaubnis an Deck kommen zu dürfen?«, scherzte er.

»Erlaubnis erteilt«, sagte Johann. »Essen ist in fünf Minuten fertig.«

Nun waren wir komplett. Ich räumte mein Schulzeug weg, und Ethan deckte den Tisch. Dann setzte er sich zu mir und nickte zu den Büchern. »Und, hat es etwas genutzt?«

Ich amtete nur tief durch und verkniff mir einen Kommentar. Ethan war ein absoluter Nerd und saugte jegliches Wissen auf wie ein Schwamm. Ich dagegen musste mir den Lernstoff regelrecht ins Hirn prügeln.

»Schluss jetzt mit den Sticheleien!«, rief Simon. »Ich muss euch etwas Wichtiges mitteilen.«

Alle sahen ihn erwartungsvoll an, auch Johann hielt beim Umrühren der Pfannen inne.

»Ich habe mir das Notebook von Ethans Mutter angesehen, das Terry und ich aus ihrem Büro in New York mitgenommen haben.«

»Darauf ist der Videobeweis, dass du mit ihrer Ermordung nichts zu tun hast und unschuldig bist«, erinnerte ich ihn.

»Richtig«, sagte Simon. »Nach den Ereignissen in Venedig wollte ich diese Datei – falls uns etwas zustoßen sollte – sicherheitshalber einem Anwalt schicken.«

»Aber …?«, fragte ich gespannt, da ich ahnte, dass da noch etwas anderes kommen musste.

»Aber«, fuhr Simon fort, »ich habe *noch etwas* Interessantes auf ihrem Notebook entdeckt.« Er setzte sich zu uns an den Tisch. »Da Ethans Mutter Rechtsanwältin war …«, erklärte er uns. »… hat sie damals unter anderem auch den

Nachlass von Terrys Mutter geregelt und mir beim Verkauf ihres Hauses in Miami geholfen. Und auf der Festplatte habe ich jetzt einen Zusatz zu Amandas Testament gefunden.«

»Du hast gar nicht gewusst, dass es den gab?«, fragte ich überrascht.

»Nein …« Er zog die Augenbraue hoch. »… und der Dateiname dieses Zusatzes lautet *Dr. Amanda West – Erst 25 Jahre nach meinem Tod zu öffnen.*«

»Und?«, riefen wir alle wie aus einem Mund.

Möglicherweise enthielt diese Datei aufschlussreiche Erklärungen über ihre geheime Forschung.

Simon zuckte die Achseln. »Amanda ist zwar erst vor zehn Jahren gestorben, aber ich habe trotzdem versucht das Dokument zu öffnen. Leider ist es mit einem Passwort verschlüsselt.«

»Jerichos Splitter!«, schlug ich vor. »Oder *Pi* oder *Wreck Island.*«

»Damit habe ich es versucht und noch mit einem Dutzend anderer Möglichkeiten, aber …« Er schüttelte den Kopf.

»Ich habe mal ein Decodierungsprogramm geschrieben«, sagte Ethan.

»Ich weiß.« Simon nickte. »Damit habe ich es dann auch probiert. Ich teste im Moment gerade alle denkbaren Passwörter mit sämtlichen Zahlen- und Buchstabenkombinationen in Groß- und Kleinschreibung. Aber vermutlich wird das Programm noch mindestens vierundzwanzig Stunden laufen, bis es – hoffentlich – zu einem Ergebnis kommt.«

Wir schwiegen.

Schließlich räusperte sich Ethan. »Ich habe übrigens auch etwas herausgefunden.« Sein Blick und sein Ton waren zu ernst, als dass er jetzt wieder einen dummen Scherz machen würde.

Ich sah ihn an. »Und zwar?«

»Wie wir wissen, hat der Stein in Terrys Medaillon Signale auf einer bestimmten Wellenlänge gesendet, um Amandas Labor zu öffnen.« Er griff in die Tasche, zog das Medaillon an der Kette heraus und legte es vor uns auf den Tisch. »Mittlerweile weiß ich, dass es sich um eine äußerst seltene Frequenz im Bereich der Omikronwellen handelt.«

»Omikronwellen?«, wiederholte Pierre und zog die Augenbrauen zusammen.

»Wird unter anderem bei Militärtechnologie verwendet«, erklärte Simon überrascht.

»Aber wie sollte meine Mutter an diese Technologie gekommen sein?«, fragte ich. Immerhin war sie Forscherin und keine Soldatin gewesen.

»Das ist doch jetzt egal«, antwortete Ethan leicht genervt. »Fakt ist, dass man diese Wellen mit einem entsprechenden Satelliten orten könnte.«

»Wenn man genug Geld hat, wie zum Beispiel Biosyde«, ergänzte Simon nachdenklich. »Das würde auch erklären, warum sie uns bisher immer aufspüren konnten.«

Johanns Blick verfinsterte sich. »Dann sollten wir diesen Stein zerstören.«

Mit rasendem Herzen sprang ich auf und riss das Medaillon an mich. »Nur über meine Leiche!«, rief ich. »Der Stein gehörte meiner Mutter.« Er war mein kostbarster Besitz, den ich seit meinem vierten Lebensjahr ständig um den Hals trug. »Außerdem hat der Stein ihr Geheimlabor geöffnet. Vielleicht brauchen wir ihn noch«, fügte ich eine Spur leiser hinzu.

»Ja, ja, beruhige dich wieder!«, murmelte Ethan. Plötzlich grinste er verschmitzt. »Erfreulicherweise ist es mir nämlich gelungen, die Omikronwellen abzuschirmen.«

Ich ließ die Schultern sinken und setzte mich wieder hin. »Und wie?«

Er nickte zum Medaillon, woraufhin ich es öffnete. Der Stein wurde von einer durchsichtigen geleeartigen Form umhüllt, außerdem hatte Ethan eine glänzende goldene Folie auf beide Innenseiten des Medaillons geklebt. Das Foto meiner Mutter war zwar jetzt nicht mehr zu erkennen, aber ich konnte die Folie jederzeit herausnehmen, um es zu betrachten.

Ich tippte das zähe Gelee an. »Und was ist das?«

»Haargel«, antwortete er. »Mach es lieber wieder zu.«

Ich schloss das Medaillon. »Und das funktioniert?«, fragte ich zweifelnd.

»Wer von uns beiden ist das Genie? Du oder ich?«

Schweigend nahm ich das Handtuch vom Kopf, schüttelte meine Haare aus und hängte mir das Medaillon um den Hals.

Ethan grinste. »Eigentlich bist du gar nicht so hässlich, wie alle Welt immer behauptet.«

»Ist es dir also aufgefallen?« Nun grinste auch ich.

»Essen ist fertig!«, sagte Johann schließlich.

Mit einem Mal war die Stimmung an Bord wieder gut.

Während der Autopilot der Kopernikus die Insel Santorin ansteuerte und Ethans Programm sämtliche Passwörter durchspielte, aßen wir gebratenen Fisch aus der Pfanne.

Was mich am meisten freute, war jedoch die Tatsache, dass die Leute von Biosyde nicht nur am falschen Ort nach der Ausgrabungsstätte suchten – sie würden uns auch nicht mehr aufspüren können.

Das hoffte ich zumindest.

15. KAPITEL

Um den Kavitationsantrieb zu schonen, waren wir mit halber Fahrt unterwegs und erreichten am späten Nachmittag des nächsten Tages Santorin. Die Insel war wunderschön. Oder besser, das Archipel aus insgesamt sechs kreisförmig angeordneten Inseln. Simon ließ die Kopernikus in ihrer Mitte auftauchen, und wir kamen sogleich alle an Deck, um uns umzusehen.

Die untergehende Sonne beleuchtete die steilen Felswände und ließ die verschiedenen Gesteinsschichten orangefarben erstrahlen. Ethan konnte sich – aus geologischer Sicht – für so einen Anblick begeistern. Ich nicht. Mir gefiel er einfach.

Aber dann standen wir vor einem Problem. Wir besaßen unser motorisiertes Schlauchboot nicht mehr, das wir im Bermudadreieck hatten zurücklassen müssen. Hier gab es weit und breit keinen Steg. Wie sollten wir an Land kommen? Und noch eine weitere Frage beschäftigte mich.

Ich sah Simon an. »Auf welcher dieser Inseln sollen wir nach Milo Pakalidis suchen?«

Simon lächelte. »Ich habe das Zeitungsarchiv in der Bibliothek durchstöbert und einen Artikel gefunden, dass es auf der kleinsten der sechs Inseln immer noch Ausgrabungen gibt.«

Wieder mal zeigte sich, dass sich Simons Online-Archiv mit seinen Dutzenden Abonnements lohnte.

Er nickte zu einer winzigen Insel direkt vor uns, die sich mit einer schroffen Felswand aus schwarzem Lavagestein steil aus dem Meer erhob. Am Fuße der Insel schäumte das Meer. »Dort sollten wir fündig werden.«

»Fantastisch schön«, murmelte Ethan voller Begeisterung.

»Und wie kommen wir an Land?«, wollte ich wissen.

Ethan nahm das Fernglas herunter und drückte es mir in die Hand. »Dort drüben an der Westseite sind Höhlen. Mit dem Echolot finden wir bestimmt eine Stelle, die tief genug ist, damit wir mit der Kopernikus reintauchen und auf einem Felsvorsprung aussteigen können.«

Ich blickte durchs Fernglas und sah nun auch die dunklen Höhlen, an denen die Gischt wie ein wildes Tier meterweit hochspritzte. Auf den überhängenden Felswänden hingen Bäume, die sich mit ihren Wurzeln verbissen an den Steinen festkrallten und dem Wind trotzten.

Das bedeutete, wir mussten haarscharf manövrieren, eventuell schwimmen und auf jeden Fall klettern.

Das klang nach Abenteuer.

Die Höhle, für die wir uns entschieden hatten, war ziemlich schmal, aber tief genug, um mit der Kopernikus bequem ins Dunkle zu tauchen. Mit dem Echolot hatten wir eine Stelle gefunden, wo wir ankern konnten.

Der Turm des U-Boots ragte einen Meter aus dem Wasser heraus, und wenn wir über die Leiter nach draußen kletterten, konnten wir auf einen Felsvorsprung springen. Von dort aus führte ein steiniger Pfad tiefer in die Höhle, der uns bestimmt irgendwo nach oben bringen würde. Wir mussten uns bloß den Weg merken, aber das war kein Problem, denn Charlie hatte einen untrüglichen Orientierungssinn. Wenn ihm der Magen knurrte – was eigentlich dauernd der Fall war –, fand er den Weg zurück zu seinen Trockenfuttervorräten auf der Kopernikus sogar im Halbschlaf.

Diesmal wollten wir alle von Bord gehen und sicherheitshalber zusammenbleiben, falls uns ein neuerlicher Angriff von Valerie De Boes' Leuten drohte.

Nachdem wir unsere Ausrüstung in Rucksäcken verstaut hatten, sprangen wir der Reihe nach auf das Felsplateau. Die Meeresbrandung hallte unheimlich und dumpf in der Höhle wider, da sich die Geräusche an den vielen Felswänden brachen. Solange die Abendsonne durch eine Felsspalte hereinschien und das Wasser vor uns hellblau zum Leuchten brachte, brauchten wir keine Taschenlampen. Der Schimmer wurde an die Wände geworfen und brachte die Höhle zum Glitzern.

Kaum hatte Simon die Luke verschlossen und war als Letzter zu uns aufs Plateau gesprungen, hörten wir das Echo fremder Stimmen, das durch die Felsgänge zu uns drang.

Simon legte den Finger auf den Mund. Wir verstummten sogleich. Sogar Charlie hörte auf zu quieken.

Mein Herz schlug plötzlich bis zum Hals. War das etwa schon unser Empfangskomitee von Biosyde? *Das kann doch unmöglich sein!*

»Rasch!«, flüsterte Simon.

Wir folgten ihm und liefen den Pfad entlang nach oben.

Die Steine waren glitschig und Moos klebte auf dem Fels. Doch je höher wir kamen, desto trockener wurde die Höhle. Ein Riss in der Felsdecke, durch den lange Luftwurzeln wucherten und über unseren Köpfen hingen, erhellte uns den Weg.

Als wir weit genug vom U-Boot entfernt waren, wurden die Stimmen lauter. So viel ich heraushören konnte, sprachen die Leute Griechisch. Es waren die Stimmen einer Frau und zweier Männer.

Einige Meter weiter trafen wir dann bei einer Wegkreuzung auf sie. Es waren Taucher in Neoprenanzügen, die Flossen, Atemmasken und Pressluftflaschen mit sich trugen. Außerdem hatten sie Lampen auf den Helmen.

Höhlentaucher!

Sie waren ebenso überrascht wie wir, als sie uns sahen, doch Simon rettete die Situation, indem er den Leuten in bruchstückhaftem Griechisch zu erklären versuchte, dass wir Wissenschaftler auf der Suche nach Milo Pakalidis seien.

»Milo?«, rief die junge Frau und stellte ihre Pressluftflasche ab. »Wer *genau* sind Sie?«, fragte sie diesmal auf Englisch, was die Sache für uns erheblich erleichterte. Trotzdem musterte sie uns immer noch skeptisch.

Simon erklärte es ihr noch einmal. »Unser Boot liegt in der Höhle«, fügte er rasch hinzu und deutete zu dem Felspfad, über den wir gekommen waren, ohne jedoch näher zu erläutern, dass es sich dabei um ein *U-Boot* handelte.

»Aha.« Die Frau strich sich eine lange schwarze Strähne aus dem Gesicht. Ihre Haare waren nass, anscheinend war ihr Tauchgang bereits zu Ende. Sie betrachtete uns weiterhin kritisch, und auf Ethan blieb ihr Blick eine Sekunde länger haften als auf uns anderen. »Mein Name ist Zoe«, sagte sie schließlich.

Ich schielte zu Ethan und bemerkte, dass er den Atem angehalten hatte und die junge Frau mit großen Augen ansah. *Schau an!* Hatte sich mein nerdiger Cousin etwa verknallt? Die schlanke Griechin sah jedenfalls sehr hübsch aus, war jedoch ein paar Jahre älter als Ethan.

Dann betrachtete Zoe mich, und als sie Charlie bemerkte, lächelte sie plötzlich. »Gut, ich kann Sie zu Milo bringen. Folgt mir!« Sie griff nach ihrer Taucherflasche und setzte den Weg fort. Ihre beiden Begleiter und wir folgten ihr.

Nach einem weiteren Blick zu Charlie, den Zoe offenbar süß fand, wurde sie redselig. Anscheinend vertraute sie uns nun. »Ihr hattet Glück, dass ihr euer Boot heil zwischen den Klippen in die Höhle manövrieren konntet«, erklärte sie. »Die Brandung ist hier ziemlich heftig.«

»Ist die Insel bewohnt?«, fragte Simon.

»Weniger als zweihundert Einwohner … dafür aber ein paar Dutzend Taucher und Paläontologen. Die Insel ist vor etwa siebzig Millionen Jahren durch mehrere Vulkanausbrüche entstanden und fast komplett von Höhlen durchzogen. Ein Paradies für Forscher.«

»Kennen Sie Milo gut?«, fragte Simon.

»Oh, ja.« Sie verzog vielsagend das Gesicht. »Oh, ja.« Mehr sagte sie nicht.

Fünf Minuten später gelangten wir über eine Steintreppe zu einer Spalte im Fels und von dort ins Freie. Wir waren auf einer Anhöhe, mitten auf der Insel. Oben war die Luft von der Abendsonne noch warm. Es roch nach Oliven und Blumen. Auf der einen Seite befand sich ein Olivenhain, auf der anderen ein Wald aus Sträuchern und dürren Zypressen, die in einem dunklen orangefarbenen Ton leuchteten.

An einem Holzpflock angebunden standen zwei struppige Esel mit Tragekörben. Zoe und ihre Begleiter verstauten ihre Ausrüstung in den Körben, und danach folgten wir ihr über die Insel zur nächsten Siedlung, die wir bei Sonnenuntergang erreichten.

Die Häuser hatten einen weißen Kalkanstrich und blaue Dächer und waren über Treppen miteinander verbunden. Der kleine Ort befand sich direkt an der Steilküste und schmiegte sich förmlich an den Hang. Ich schätzte, dass hier nicht mehr als hundert Menschen wohnten.

Bei einer kleinen Kapelle in der Ortsmitte verabschiedeten wir uns von den Tauchern und Zoe führte uns mit den Eseln weiter durch den Ort. Schließlich erreichten wir am Ortsende ein niedliches kleines Haus mit einer teilweise über den Felsen hängenden Terrasse, von der man einen direkten Ausblick auf die Bucht hatte. Von hier aus konnte man auch die anderen Inseln von Santorin sehen. Zwischen dem Haus und einem Holzschuppen stand ein alter weißer VW-Käfer mit Rostflecken und einigen Dellen auf den Kotflügeln.

Kaum hatte Zoe die Taucherflaschen aus den Körben gehoben, raste ein knallroter Jeep Wrangler über eine enge holprige Küstenstraße auf uns zu und blieb mit quietschenden Reifen vor dem Haus stehen, nicht ohne eine Staubwolke aufzuwirbeln.

Ich blieb wie angewurzelt stehen. *Nicht schon wieder!* Als sich der Sand wieder legte, erkannte ich einen großen, kräftigen Mann mit Vollbart und schwarzen Locken, der sich aus dem offenen Verdeck des Wagens schwang. Er trug Shorts, Sandalen und ein offenes Hemd, das seine breite behaarte Brust zeigte. Mit ihm war ein kleiner struppiger zerzauster Foxterrier aus dem Jeep gesprungen, der auf uns zuschoss und uns sogleich neugierig beschnüffelte.

Bei Charlie, der auf meiner Schulter saß, sträubte sich das Fell, er wäre am liebsten auf meinen Kopf geklettert und hätte sich in meinen Haaren versteckt, um so weit weg wie möglich von dem Hund zu sein. Doch ich konnte ihn rechtzeitig packen. Er fauchte, denn als der Foxterrier das Frettchen bemerkte, sprang er natürlich sofort an mir hoch. Er hatte einen schwarzen Fleck um eines seiner Augen und wollte vermutlich mit Charlie spielen.

»Diese Leute wollten dich sprechen«, erklärte Zoe auf Englisch.

»Aha«, brummte der Mann. »Keine Sorge, Orwell beißt nicht.«

»Weiß Orwell das auch?«, fragte ich besorgt. »Ich wäre mir da nicht so sicher.«

»Vertrau mir, Orwell ist zwölf Jahre alt und hat keine Zähne mehr. Er wird nur dann böse, wenn man nach ihm pfeift.« Der Mann stimmte kurz eine Melodie an, woraufhin der Hund knurrend die Lefzen zurückzog. Tatsächlich konnte er nicht die Zähne fletschen.

»Danke für die Demonstration.«

Der Mann verstummte lachend, woraufhin der Hund sich wieder beruhigte. Er bellte zwar, aber es klang eher nach einem kehligen Husten.

»Du bist aber ein nettes Kerlchen«, sagte ich zu dem Terrier. Süß war er ja tatsächlich mit seinem Piratenauge und plötzlich begann er mein Bein abzulecken.

»Alles in Ordnung«, flüsterte ich Charlie zu, der mir vor Angst ins Ohr schnurrte. Ich kam mir vor wie im Zoo.

»Simon West«, stellte sich mein Onkel schließlich vor und reichte dem Mann die Hand.

Dieser griff hart zu. »Milo Pakalidis«, sagte er.

Seine Hände waren so groß wie Bratpfannen, und als er auch mir die Hand gab, spürte ich die raue Haut und Schwielen auf seinen Fingern. Vermutlich hatte er ein Leben lang hart geschuftet und nicht so wie Ethan die meiste Zeit vor einer Computertastatur verbracht.

»Das ist mein Sohn Ethan, meine Nichte Terry«, erklärte Simon und stellte danach den Rest unserer Truppe vor.

»Dr. Simon West!«, rief Milo schließlich. Seine Augen wurden groß, als er uns betrachtete. »Dr. Amanda Wests Tochter ...« Er begutachtete mich von oben bis unten. »Freut mich, dich kennenzulernen, junge Dame. Ich habe früher mit deiner Mutter zusammengearbeitet.«

»Deswegen sind wir hier«, erklärte Simon. »Wir wollen herausfinden, woran sie gearbeitet hat.«

»Willst du diese Leute nicht in Haus bitten?«, fragte Zoe.

»Ja, richtig ...« Milo rieb sich die Hände. »... äh, das ist übrigens meine Assistentin Zoe.«

»Vater, ich bin nicht deine *Assistentin*«, widersprach Zoe. »Ich helfe dir bloß manchmal.«

Vater? Hatte ich richtig gehört?

»Ja, Zoe hilft mir«, erklärte uns Milo. »Sie taucht mit Freunden durch sämtliche Höhlen, fertigt Karten davon an und versucht Zugänge zu neuen Höhlen zu entdecken, damit mein Team und ich nach Fossilien und anderen paläontologischen Funden suchen können. Bisher haben wir einige sehr schöne Dinosaurierskelette freigelegt, die man bereits in Museen besichtigen kann.«

Plötzlich strahlte Ethan übers ganze Gesicht. Und ich wusste auch warum. Wahrscheinlich war ihm gerade aufgegangen, dass Zoe auch in diesem Haus wohnte und wir sie länger zu Gesicht bekommen würden.

»Darf ich dir bei den Sauerstoffflaschen helfen?«, bot Ethan plötzlich an.

»Pressluftflaschen«, flüsterte ich.

»Ja, sicher, danke«, antwortete Zoe. Sie warf mir einen wissenden Blick zu und zwinkerte. »Und wenn du willst, kannst du mir auch helfen, die Esel in den Stall zu bringen und zu striegeln.«

»Aber sicher«, rief Ethan.

»Und mit Heu und Äpfeln füttern.«

»Klar, gerne.«

Gerne? Hab ich richtig gehört?

»Und meinen Wagen putzen!« Milo lachte laut auf.

»Vater, bitte! Lass das«, zischte Zoe.

Ich musste auch schmunzeln. So fleißig kannte ich Ethan gar nicht.

Zoe warf ihrem Vater noch einen strengen Blick zu und verschwand dann mit Ethan. Währenddessen begleiteten wir anderen Milo ins Haus. Er führte uns schnurstracks an der kleinen Küche vorbei und durchs Wohnzimmer auf die höher gelegene Terrasse. Dort bot er uns Korbstühle an, von denen man in die Bucht und aufs Meer hinunterblicken konnte. Der Horizont bestand mittlerweile nur noch aus einem silbergrauen Streifen und zwischen den Wolken tauchte der sichelförmige Mond auf.

Automatisch gingen durch unsere Bewegungen einige Außenlampen an.

»Sie sind von der lange Reise sicher durstig«, bemerkte Milo. »Zoe könnte uns …«

»Die ist sicher gerade beschäftigt«, sagte ich rasch und warf Johann einen auffordernden Blick zu.

»Bestimmt.« Dieser schmunzelte. »Falls Sie nichts dagegen haben, könnte *ich* uns Getränke servieren. Die

Küche ist ja nicht so groß, da finde ich mich schon zurecht.«

Milo wedelte mit der Hand. »Das ist nett, aber nicht nötig, ich …«

»Ich helfe dir«, entschied Pierre und sprang auf. »Sie haben bestimmt viel zu bereden.«

Noch bevor Milo widersprechen konnte, verschwanden sie gemeinsam in die Küche, wo wir sie mit Gläsern hantieren hörten.

Nun waren Simon, Milo und ich allein.

»Es geht also um die Arbeit deiner Mutter«, griff Milo das Thema wieder auf. »Dachte mir schon, dass da eines Tages jemand auftauchen würde.«

Und zum Glück sind es wir und nicht die Leute von Biosyde!

Charlie saß bei mir auf dem Schoß und Orwell bei Milo. Beide Tiere beäugten einander misstrauisch. Ich streichelte Charlie und Milo hielt seinen Terrier am Halsband fest.

»Seit wann kannten Sie Amanda?«, fragte Simon.

»Nun … die Ausgrabungen auf dieser Insel begannen vor etwas mehr als fünfzehn Jahren, damals lernten wir uns kennen.«

Sind Sie etwa mein Vater?, lag mir auf der Zunge, doch ich verkniff mir die Frage. Mittlerweile hatte ich so viele Menschen kennengelernt, die meine Mutter gekannt hatten, dass ich immer mehr zu der Erkenntnis kam, dass ich eigentlich gar nichts über sie wusste. Ich war mir nicht einmal sicher, ob ich überhaupt erfahren wollte, woran genau sie geforscht hatte und in welche Sachen sie verwickelt gewesen war. Je mehr wir herausfanden, umso mehr fürchtete ich mich vor der Wahrheit.

»Mittlerweile ist der größte Teil der Insel erforscht«, fuhr

Milo fort, »aber wie das bei Ausgrabungen so ist, dauern sie immer noch an, weil ständig etwas Neues gefunden wird.«

»Was genau gibt es hier zu finden?«, wollte Simon wissen.

»Jede Menge. Wo soll ich da beginnen?« Milo hob die Schultern. »Saurierskelette, aber auch archäologische Funde. 332 vor Christus hat Alexander der Große die Insel entdeckt und einen geheimen Flottenstützpunkt in der Bucht errichtet, danach waren die Römer hier und viele Jahrhunderte später sogar englische Kreuzritter.«

»Kreuzritter?«, wiederholte ich.

»Bei einem ihrer Beutezüge sind sie an Griechenland vorbeigekommen. Wir haben bei Ausgrabungen Helme und Schilde gefunden, aber auch ein gesunkenes Schiff, das an den Klippen zerschellt ist und vom Schlamm konserviert wurde.«

»Warum war diese Insel so beliebt?«, fragte Simon.

»Wegen der vielen Höhlen. Sie durchziehen die Insel förmlich wie Gänge einen Ameisenhügel. Hier konnte man Unterschlupf suchen, aber auch Schätze verbergen.«

Ich rückte näher. »Haben Sie schon welche gefunden?«

Milo lächelte. »Gold, Juwelen und Münzen gibt es hier nicht mehr. Diese Verstecke wurden im Lauf der Zeit von Piraten geplündert. Aber aus paläontologischer Sicht ist diese Insel immer noch eine wahre Fundgrube und lange nicht komplett erforscht.«

Johann und Pierre kamen mit einem Tablett auf die Terrasse. Sie stellten Gläser und Karaffen mit Zitronensaft auf den Korbtisch.

»Haben Sie mein Haus erfolgreich durchsucht?«, fragte Milo plötzlich geradeheraus, ohne die beiden anzusehen.

Johanns Gesicht wurde hart. Er nickte. »Ja, haben wir.«

»Dachte ich mir.«

Mein Herz schlug bis zum Hals. Charlie quiekte kurz auf, da er meine Anspannung spürte.

»Wir wurden bereits mehrmals hereingelegt«, erklärte Simon, um einen versöhnlichen Ton bemüht. »Wir mussten sichergehen, dass Sie auch wirklich Milo Pakalidis sind und sich nicht nur als er ausgeben. Es hätte eine Falle sein können.«

»Ich bin Milo Pakalidis«, sagte Milo in einem gefassten Ton.

»Die Fotos und Zeitungsberichte in Ihrem Haus beweisen es«, sagte Johann, ohne jegliches schlechte Gewissen. »Tut mir leid, war bloß eine Vorsichtsmaßnahme.«

»Ja, das kann ich gut verstehen, zumal ich weiß, womit sich Amanda West beschäftigt hat.«

»Womit denn?« Ich spitzte die Ohren.

Milo gab Orwell einen Klaps, sodass der Terrier von seinem Schoß heruntersprang. Dann beugte er sich zu mir. »Damit auch *du* dir sicher sein kannst, dass ich echt bin und deine Mutter tatsächlich kannte …« Er deutete auf das Medaillon an meinem Hals. »Ich habe ihr den Rat gegeben, ein geheimes Labor in ihrem Haus einzurichten, das nur über einen bestimmten Frequenzcode zu öffnen ist, damit andere es nicht finden können.« Er sah in die Runde. »Ihr habt das Labor doch bestimmt schon gefunden, nicht wahr?«

»Damit hat der Ärger ja erst so richtig angefangen, und deswegen werden wir auch polizeilich gesucht. Aber trotzdem haben wir kaum hilfreichen Spuren darin gefunden«, sagte ich ungeduldig.

Milo nickte. »Amanda hat kurz vor ihrem Tod alles vernichtet – und meiner bescheidenen Meinung nach war das auch gut so.«

»Womit hat sie sich denn beschäftigt?«, fragte ich erneut.

Milo nahm einen Schluck von dem Saft, dann setzte er das Glas ab. »Eigentlich wäre es besser, das würde nie jemand erfahren.«

»Wir sind mehrere Tausend Meilen gereist und mehrfach dem Tod entronnen, um hierher zu kommen«, sagte Simon.

»Ja, das kann ich mir gut vorstellen.« Milo starrte aufs Meer hinaus. »Ich werde euch morgen früh den Fundort des Horns zeigen.«

16. KAPITEL

Valerie De Boes befand sich in der untersten Kelleretage des Biosyde Hills Asylum, wo normalerweise nur Wachpersonal verkehrte, und ging durch eine Tür mit der Aufschrift *Sperrzone*.

Dieser Bereich wurde streng bewacht. Ein uniformierter Hüne mit finsteren Gesichtszügen und Bürstenhaarschnitt, bewaffnet mit einer Maschinenpistole, stand hinter der Tür. Er nickte Valerie kurz zu, als sie an ihm vorbeiging.

»Alles in Ordnung, Madam«, sagte er knapp. Sein Funkgerät am Schulterteil knackte.

»Das will ich Ihnen auch geraten haben«, antwortete sie.

Diese Sperrzone war nicht größer als ein Zimmer. An einer Wand war ein raumhoher Spiegel angebracht und an der Decke flackerte eine Leuchtstoffröhre. Jemand, der sich hierher verirrte, musste sich wohl fragen, aus welchem Grund es sich dabei um einen abgesperrten Bereich handelte.

Valerie wusste es. Sie drückte einen Knopf an der Wand und wartete. Sekunden später fuhr der Spiegel zur Seite, eine automatische Tür öffnete sich und gab wiederum eine hell erleuchtete Fahrstuhlkabine frei. Valerie trat ein und betätigte den Knopf an der Innenseite. Die Tür schloss sich und der Lift setzte sich in Bewegung. Während der rasanten Fahrt nach unten hob es ihr jedes Mal den Magen.

Sekunden später hatte die Kabine eine fünfzig Meter tiefer gelegene Ebene erreicht. Nur ganz wenig Menschen wussten, dass der Felsen von Gibraltar unter dem Grundstück des Biosyde Hills Asylum hohl war und Dutzende geheime Labors beherbergte.

Während Valerie durch den Gang schritt, flammten an der Decke automatisch nacheinander gelbe Leuchtstoffröhren auf und offenbarten mehrere Gänge, die sich in dieser Etage verzweigten. Überall gab es schwere weiße Metalltüren mit fußballgroßen Bullaugen. Darunter befand sich jeweils eine große rot leuchtende Zahl. Damit waren die Labore von 1 bis 46 durchnummeriert.

Die Anzahl der Labore in dieser Geheimetage war nicht zufällig gewählt worden, sie entsprach den insgesamt 46 Chromosomen, die jeder menschliche Zellkern hatte: 23 Chromosomenpaare, 46 Chromosomen – und darin die Gene, die DNA des Menschen. In jedem dieser 46 Räume wurde geforscht – an je einem Chromosom, dessen Funktionen und Kombinationsmöglichkeiten.

Valerie blieb vor der Tür Nr. 17 stehen und warf einen Blick durch das Guckloch. Das Labor reichte weit nach hinten, mit vielen runden Tischen, Computeranlagen, Stellagen, medizinischem Gerät, Reagenzgläsern, Mikroskopen und Glasbehältern, in denen bunte Flüssigkeiten blubberten. Dazwischen saßen Wissenschaftler, die emsig arbeiteten und von einer Videokamera überwacht wurden. Alle trugen ein enges Armband, das ihnen einen elektrischen Schlag versetzte, falls sie keine brauchbaren Ergebnisse lieferten oder einen Fluchtversuch unternehmen sollten. Eine kleine Aufmerksamkeit von Valerie De Boes, um sie zu motivieren. Schließlich gab es noch vieles, das sie herausfinden mussten, ehe sie freigelassen wurden. Falls Valerie sie überhaupt jemals freilassen würde.

Angeblich bestand das komplexe Genmaterial von Jerichos Splitter aus 24 Chromosomenpaaren, also aus einem mehr als die menschliche DNA – und diese Wissenschaftler sollten herausfinden, welche Verbindungen denkbar waren. Aber ohne Zellprobe von Jerichos Splitter konnte diese Arbeit Jahrzehnte dauern, darum war es so wichtig, dass sie dieses verfluchte Horn endlich in die Finger bekam. Oder die Formel, die Amanda West entdeckt hatte.

Valerie beobachtete Finn, wie er von Wissenschaftler zu Wissenschaftler ging und deren Arbeit kontrollierte. Als er Valerie hinter dem Bullauge bemerkte, kam er schnurstracks auf sie zu.

Valerie öffnete ihm die Tür und er trat zu ihr in den Gang.

»Hast du den Spion schon gefunden?«, fragte sie ohne jede Begrüßung, nachdem sich die Tür wieder geschlossen hatte.

»Um was soll ich mich denn noch alles kümmern?«, knurrte er.

Valerie senkte die Stimme. »Unser kleines Projekt verschlingt pro Tag eine halbe Million Dollar«, erinnerte sie ihn, »und ich möchte verhindern, dass unsere Ergebnisse durch ein Datenleck an Benedict Thorn und seine verfluchte Genetical Group sickern – hast du mich verstanden?«

»Ich bin ja dran«, presste er hinter zusammengebissenen Zähnen hervor. »Was hat die Auswertung der Unterlagen gebracht, die Antonio in den Gullys von Venedig gefunden hat?«

»Nicht viel. Die verdammten Blätter waren völlig aufgeweicht. Außer dass es sich um das Horn gehandelt haben muss, war nichts mehr zu erkennen.«

»Das ist Pech.« Finn schnalzte mit der Zunge. »Was gibt es Neues von der kleinen Kröte?«

Valerie atmete tief durch, und offenbar deutete Finn ihren Gesichtsausdruck richtig, da er einen vorsichtigen Schritt zurückwich.

»Das Funksignal vom Medaillon unseres Häschens ist wenige Stunden nach ihrer Flucht von Venedig noch da gewesen, dann jedoch spurlos verschwunden.«

»Sind bestimmt tiefer als zwei Meter getaucht«, vermutete Finn.

Valerie schüttelte den Kopf. »Zum selben Zeitpunkt haben unsere Satellitenaufnahmen gezeigt, dass sie sich noch an der Oberfläche befanden. Da hätten wir das Signal noch empfangen müssen – was aber nicht der Fall war.«

»Möglicherweise ist das Medaillon kaputtgegangen?«

»Oder unser Häschen ist dahintergekommen, dass wir das Signal empfangen können, und hat es irgendwie geschafft, es zu unterbinden.« Jedenfalls würde sie die besten Hightech-Spezialisten auf die Lösung dieses Problems ansetzen. Valerie musterte Finn abschätzig. »Bei den zahlreichen Gelegenheiten, wo wir sie aufgespürt haben und sie uns wieder entwischt sind, würde mich das nicht wundern.«

»Es ist doch völlig egal, wenn das Signal weg ist!« Finn zuckte die Schultern. »Wir wissen, dass Kralkos das Horn auf Mykonos gefunden hat. Wenn wir …«

»Nichts *wenn wir* …« Valerie verdrehte genervt die Augen. »Ich habe das überprüfen lassen. Es gibt keinen Archäologen namens Kralkos, außerdem gab es auf Mykonos in den letzten zwanzig Jahren keine archäologischen Ausgrabungen.«

»Shit!«, fluchte Finn.

»Ja, Shit! Darum habe ich Massimo damit beauftragt, Signor Flavios Polizeischutz auszuschalten und noch einmal mit unserem lieben Signore zu sprechen«, sagte Valerie zuckersüß. »Diesmal aber etwas eindringlicher.«

Finn schluckte. »Hat er das überlebt?«

»Knapp.« Valerie knackte mit den Fingerknöcheln. »Seit wenigen Minuten wissen wir, dass ein *Paläontologe* namens Milo Pakalidis das Horn auf *Santorin* gefunden hat.«

»Santorin!« Finn zog die Augenbrauen hoch. »Dann ist die kleine Kröte mit ihrem Onkel dorthin unterwegs, um herauszufinden, was es mit Jerichos Splitter auf sich hat.«

»Worauf du Gift nehmen kannst. Ich möchte nur wissen, warum dieses verdammte Medaillon nicht mehr sendet.«

»Außerdem brauchen wir das Horn.« Finn griff zum Handy und betätigte eine Kurzwahltaste.

Valerie hörte, wie abgehoben wurde und sich ihre Sekretärin Sidney Stone meldete.

»Ja, Mister Finn, Sie wünschen?«

»Ich brauche sofort zwei voll getankte Langstrecken-Helikopter, am besten die Eurocopter X3«, sagte er und wartete auf die Antwort.

Schau an, dachte Valerie. *Jetzt werden die großen Geschütze aufgefahren.* Die Hybrid-Hubschrauber hatten zwei Extra-Propeller und gingen 470 km/h schnell. Damit würde Finn innerhalb von sechs Stunden vor Ort sein. Sie nickte.

»Gut, kann ich sofort organisieren«, erklang Sidneys

Stimme. *»Ich nehme an, Sie fliegen nicht allein. Wie viele bewaffnete Männer brauchen Sie diesmal aus Ihrem Team?«*

Valerie staunte immer wieder über Sidneys exzellente Kombinationsgabe.

»Alle!«, antwortete Finn.

17. KAPITEL

Ich hatte prächtig geschlafen. In eine Decke gehüllt auf einer Campingliege auf der Terrasse von Milos Haus im Freien. Bereits um fünf Uhr früh hatten mich die ersten Sonnenstrahlen, das Krähen eines Hahns und das Tuckern der Fischerboote geweckt, die von ihren nächtlichen Ausfahrten in den Hafen zurückkehrten.

Kurz nach dem Frühstück, das Johann, Milo und ich gemeinsam zubereitet hatten, trafen wir uns vor dem Haus. Die Esel im Stall waren zwar schon mit frischem Heu versorgt worden, aber von Zoe fehlte jede Spur. Ich hatte sie an diesem Morgen gar nicht das Haus verlassen hören. Der VW-Käfer war jedenfalls weg. Offenbar war sie schon ziemlich früh losgefahren.

Milo startete seinen Jeep. »Alle Mann an Bord … und natürlich auch die junge Dame.« Er zwinkerte mir zu.

Ich blickte zu Simon. *Siehst du, geht doch!*

Simon, Johann, Pierre, Ethan und ich kletterten auf den Jeep. Charlie streckte die Schnauze aus meinem Rucksack. Der Foxterrier saß neben uns. Orwell beschnüffelte Charlie neugierig und das Frettchen ließ sich das gefallen.

Was für eine Überraschung! Die beiden wurden vielleicht sogar noch dicke Freunde.

Dann trat Milo aufs Gas, wirbelte mit den durchdrehenden Reifen eine Staubwolke auf und raste los.

Die aktuelle Ausgrabungsstätte lag auf der anderen Seite der Insel in einem kleinen Tal. Schon von Weitem konnte ich die Zeltplanen am Rande der Schlucht erkennen, auf die die Morgensonne knallte. Ich schirmte die Augen ab und blickte mich um.

Viel war nicht zu sehen. Freigelegte Gruben, jede Menge Bretterbuden und Schubkarren. Da stieg eine längst vergessene Erinnerung in mir hoch, die mir wässrige Augen bescherte. Was war bloß los mit mir?

Simons Hand legte sich auf meine Schulter. »Alles okay?«

»Ja«, krächzte ich. »Der Anblick ist bloß so …« Mir fehlten die Worte.

»Du hast als Kind gern Archäologin gespielt«, sagte er.

»Tatsächlich?«

»Ja, ich war einmal mit Ethan in eurem Haus in Miami zu Besuch, da bist du unter einem Sonnenschirm in einem Loch in der Sandkiste gesessen – deiner *Ausgrabung* – und warst mit Taschenlampe, Fahrradhelm und Schaufel ausgerüstet.«

Wie peinlich!

»Und du hast Ethan gezwungen, dir zu helfen, die Sandkiste umzugraben.«

»O Gott, ich kann mich daran erinnern«, stöhnte Ethan auf. »Du wolltest Beweise suchen, dass die Wikinger in Amerika waren.«

»Und habe ich die gefunden?«

Simon lachte auf. »Ich fürchte nicht.«

Milo grinste ebenfalls. »Wie deine Mutter. Die interessierte sich auch immer für alle möglichen Ausgrabungen.« Er fuhr langsamer. Nun konnten wir auch Männer und Frauen neben den Zelten erkennen, die auf Knien herumkrochen und mit Pinseln arbeiteten. Zoe war auch darunter.

Milo stoppte den Jeep neben ihrem Zelt. Davor stand ein Tisch, auf dem ein Plan von der Insel mit vielen bunten Markierungen ausgebreitet war. Die Ecken flatterten im Wind. Zoe hatte das Papier mit Steinen beschwert und vermutlich die Ausgrabungsstellen gekennzeichnet, die sie mit Grafiken auf ihrem Notebook verglich.

Zoe sah von ihrer Arbeit auf und kam zum Jeep. »Guten Morgen, gut geschlafen?« Sie grinste übers ganze Gesicht. Anscheinend brauchte sie nicht viel Schlaf.

Statt eines Neoprenanzugs trug sie nun khakifarbene Shorts und ein schwarzes enges Top. Wie ich jetzt bemerkte, überzogen tiefe Narben ihren Ober- und Unterarm, die vermutlich vom Biss eines Hais stammten. So etwas hatte ich auf unseren Reisen schon öfters gesehen – und es musste ein verdammt großes Biest gewesen sein, das sie attackiert hatte.

»Ja, gut geschlafen, danke.« Ethan grinste sie an und blies sich eine Haarsträhne aus der Stirn.

Zoe lächelte ihm zu. Ihre Haare waren zusammengebunden und befanden sich unter einer Schirmkappe, darüber steckte eine Sonnenbrille.

»Dein Vater hat uns gestern Abend mit Ouzo und Retsina so zugeballert, dass ich immer noch Kopfschmerzen habe«, stöhnte Simon.

Auch Johann und Pierre sahen nicht gerade frisch aus. Einzig und allein Ethan und ich hatten nichts davon getrunken, obwohl ich gern gekostet hätte.

»Diese Engländer vertragen nichts!«, rief Milo und klatschte Simon die Pranke auf die Schulter.

»Kanadier!«, korrigierte Simon ihn.

»Franzose«, fügte Pierre hinzu.

»Deutscher«, erklärte Johann.

Milo winkte ab. Für ihn waren wir alle Engländer – schließlich unterhielten wir uns in dieser Sprache. »Wie geht es voran?«, wollte er von seiner Tochter wissen.

»Wir liegen gut im Zeitplan.« Zoe deutete zu einem Eisengestell, das auf einer Anhöhe stand. »Heute schießen wir die letzten fünf Sonden in den Boden und morgen machen wir die Strahlungsmessungen. Vielleicht haben sich ja noch ein paar Saurierskelette hier im Fels versteckt.« Wie zur Erklärung drehte sie den Laptop zu uns, sodass wir sehen konnten, wie die Strahlen die Skelette im Gestein in bunten Farben zum Leuchten brachten. »Danach kommen die ersten Probebohrungen.«

»Aber nicht alle Sonden auf einmal!«, warnte Milo sie.

»Ja, Vater, ich weiß.« Zoe verdrehte die Augen. »Wir warten jeweils zwanzig Minuten, damit es zu keinen Eruptionen kommt.«

»Eruptionen?« Simon kniff die Augenbrauen zusammen.

»Der Unterbau dieser Insel gleicht einem ausgehöhlten unterirdischen Labyrinth, darum müssen wir uns vorsichtig herantasten«, erklärte Milo.

An Simons und auch an Johanns Gesichtsausdruck war unschwer zu erkennen, dass sie sich Sorgen um die Kopernikus machten, die in einer dieser Höhlen ankerte.

»Für Ihr Boot müssen Sie nichts befürchten.« Zoe schien Simons Bedenken erraten zu haben. »Diesen Teil der Insel betrifft es nicht.« Dann wandte sie sich zu ihrem Vater. »Wann wirst du zu uns stoßen?«

Milo blinzelte in die Morgensonne. »Ich fahre zur Todesgrotte und zeige ihnen die Stelle. Danach komme ich wieder her.«

Zoe runzelte die Stirn. »Sind die Seile und der Transportkorb noch intakt?«

»Vermutlich schon.«

»Gut, aber überprüf das lieber.« Zoe nickte. »Am Nachmittag mache ich einen Tauchgang.«

»Bis dahin sind wir wieder zurück, pass auf dich auf!«

»Du auch.« Sie wollte sich bereits abwenden.

»Todesgrotte?«, fragte ich.

»Die erste Ausgrabungsstätte auf der Insel – damals war ich noch ein Kind.« Zoe holte die Karte vom Tisch, schützte sie mit dem Körper gegen den Wind und faltete sie weiter auseinander. »Das rote X markiert den ersten Fundort in der Todesbucht. Sie heißt so, weil die Felsen der Klippen dort messerscharf sind.«

»Liegt dort das Schiff der Kreuzritter?«

Zoe hob die Augenbrauen. »Gut kombiniert.« Dann faltete sie die Karte wieder zusammen, ging zu ihrem Zelt und stieß einen Pfiff aus.

Mit einem Knurren sprang Orwell aus dem Auto und lief zu ihr. Anscheinend war es ihr Hund – oder sie wollte einfach nicht, dass er mit zur Todesgrotte fuhr.

»Festhalten!« Milo drückte das Gaspedal durch und wir rasten auf dem holprigen Weg weiter über die Insel.

Ethan warf einen wehmütigen Blick zurück – aber auch Charlie reckte den Hals und hielt mit einem Quieken nach dem Terrier Ausschau. Am liebsten wären beide wohl bei der Ausgrabungsstätte geblieben.

Zehn Minuten später erreichten wir eine halbkreisförmige Bucht, die steil zum Meer abfiel. Etwa fünfzig Meter unter uns toste das Meer wie in einem Höllenschlund. Das Wasser schäumte, die Gischt spritzte auf und wurde durch die Wellen zwischen den Steinen durchgedrückt, sodass ein unheimliches Zischen entstand.

»Darf ich vorstellen … die Todesbucht«, erklärte Milo.

Obwohl wir so weit oben standen, spürte ich das Salzwasser auf den Lippen.

»Geh nicht zu nah an den Rand«, warnte mich Milo. »Das Gestein ist porös. Unter uns befindet sich die Grotte. Vor einigen Hundert Jahren konnte man noch mit einem Ruderboot zwischen den Klippen in die Höhle rudern, doch das Gewölbe ist teilweise eingebrochen und hat den Zugang verschüttet.«

In der Wiese vor uns war tatsächlich eine eingesunkene Delle zu erkennen. »Und wie kommen wir in die Höhle?«

Milo deutete zu einer Stelle, die wie ein Brunnenschacht aussah. »Dort ist ein Riss in der Felsdecke, wie auch an vielen anderen Stellen der Insel. Aber dieser Riss führt direkt in die Höhle.«

Um den Brunnenschacht befanden sich ein Kreis aus Steinen und darüber eine massive Holzkonstruktion mit einer Kurbel. An dem aufgerollten Seil hing ein Transportkorb, der nicht gerade vertrauenserweckend wirkte.

»*Damit* wollen wir runter?«, fragte ich skeptisch.

»Hast du eine andere Idee? Der Korb fasst zwar drei Personen, aber sicherheitshalber sollten wir in mehreren Etappen nur jeweils zu zweit runterfahren.« Milo klopfte auf das Holz, überprüfte die Kurbel und kontrollierte das Seil, das an einigen Stellen morsch wirkte und sich aufzulösen schien.

»Und wenn es reißt?«, fragte ich.

»Das Seil wird nicht reißen«, antwortete Milo. »*Ladies first* – ich würde vorschlagen du und dein Cousin fahrt als Erste runter – ihr wiegt am wenigsten. Und wenn es doch reißt, hat es zumindest nur euch beide erwischt. Das wird die Welt verkraften.« Lachend klopfte er mir auf die Schulter.

Ha, ha, wie witzig!

Ich warf Simon einen zweifelnden Blick zu. Er prüfte das Seil ebenfalls, warf einen Blick in den Schacht. »Fünfzig Meter?«

Milo nickte.

»Pierre und ich bleiben oben und bedienen die Kurbel«, bot Johann an.

In mir machte sich ein wenig Erleichterung breit. Johann würde dafür sorgen, dass die Kurbel nicht außer Kontrolle geriet und wir mit einem Affenzahn auf dem Boden der Höhle zerschellten.

Johann zwinkerte mir zu, was mir Mut machte. »Okay«, sagte ich tapfer und klopfte Ethan auf die Schulter. »Komm schon, du Angsthase!«

Ethan war blass geworden. Trotzdem kletterte er nach mir in den Korb. Der schwankte, knallte gegen die Steinwand und knarrte verdächtig.

Milo griff in seine Umhängetasche und steckte mir eine kleine Stabtaschenlampe zu. »Okay, und los!«

Gemeinsam drehten sie an der Kurbel und wir fuhren mit dem Korb nach unten. Im Gegensatz zu Ethan schien Charlie die Reise zu gefallen. Neugierig blickte er über den Rand nach unten und schnüffelte aufgeregt. Seine Barthaare vibrierten.

Nach wenigen Metern wurde es dunkel, feucht und kühl.

Das kreisrunde Loch, durch das das Sonnenlicht fiel, wurde immer kleiner, bis es schließlich nur noch münzgroß war.

»Fuck!«, fluchte Ethan und klammerte sich an den Rand des Korbes. »Glaubst du, es gibt hier Fledermäuse?«

»In Griechenland?« Ich schüttelte den Kopf. »Da gibt es nur Vampirfledermäuse«, scherzte ich.

Im nächsten Moment krallte sich etwas in meinen Haaren fest und ich schrie laut auf. Ich zuckte heftig zusammen und der Korb begann zu schlingern.

Plötzlich begann Ethan zu lachen. Der Mistkerl hatte mit seiner Hand meine Haare berührt.

»Du Schafnase!«, fluchte ich.

»Amöbe!«, entgegnete er.

»Das ist nicht lustig!«

»Wenn du durch diesen Eingang gehst …«, sagte er mit verstellter dumpfer Stimme, die von den Felswänden widerhallte. »… betrittst du mein Königreich. Hier gelten meine Regeln, und dein Prinzessinnenkrönchen kannst du oben an der Garderobe abgeben … *muah-ha-ha!*«

»Halt den Mund!«

Den Rest der Fahrt sagte er kein Wort mehr. Auch Charlie verhielt sich still, ich spürte aber, wie er immer unruhiger wurde. Ich schaltete die Taschenlampe ein und beleuchtete die Felswände. Sie klafften immer weiter auseinander, glänzten feucht und wurden schließlich von einer dicker werdenden Moosschicht überzogen, je tiefer wir nach unten kamen.

Schließlich erreichte unser Korb eine Höhle, in die wir hinabglitten. Ich leuchtete mit der Lampe nach unten und konnte bereits den Boden erkennen. Die Höhle war etwa so groß wie jene, in der die Kopernikus ankerte. Auch hier gab es einige Risse im Fels, durch die Sonnenstrahlen fielen; durch andere drückte die Brandung das Wasser herein.

Hier unten war das Pfeifen und Zischen noch lauter und es roch nach Algen, Salz und Muscheln. Einige Krebse huschten im Licht der Taschenlampe über den Fels und ließen sich ins Meer plumpsen.

Als wir den Boden berührten, rief Ethan laut nach oben. »Wir sind unten!«

Kaum waren wir hinausgeklettert, wurde der Korb auch schon wieder nach oben gezogen.

Zehn Minuten später kam er wieder. Johann und Pierre hatten wieder die Kurbel gedreht – und diesmal befanden sich Simon und Milo im Korb. In der Zwischenzeit hatten Ethan und ich mit der Taschenlampe die Höhle erkundet. Es gab viele schmale Schächte und Löcher, in denen die Dunkelheit das Licht der Lampe rasch verschluckte.

Milo ließ ebenfalls eine Taschenlampe aufflammen, die er über seinem Kopf in eine Felsspalte klemmte.

Auf dem Boden befanden sich noch einige Überreste der damaligen Forschungstätigkeit: Spachteln, Pinseln, kaputte Karabiner, ein Helm, zerbrochene Lupen und Halterungen für Kabel und Lampen.

»Ein Wanderer ist vor über fünfzehn Jahren während seines Urlaubs auf dieser Insel durch einen Riss in der Decke hier heruntergestürzt«, erklärte Milo. »So wurde man auf diese Höhle aufmerksam. Wir haben sie schließlich erforscht, Durchgänge zu anderen Höhlen gefunden, die ersten fossilen Knochen entdeckt und so führte eines zum anderen. Diese Insel ist ein einziges Rätsel.«

»Und der Wanderer?«

»Hat sich zwar beide Beine gebrochen, hat aber überlebt.«

Ich blickte nach oben. »Einen Sturz aus fünfzig Metern Höhe?«

»Er ist mit Armen, Händen und Schultern an der Felswand geschrammt, was den Sturz gebremst hat. Und er hatte verdammtes Glück«, erklärte Milo. »Nach drei Tagen wurde er gefunden.«

»Hört sich nach einem Schauermärchen an«, bemerkte Ethan.

»Sie waren dieser Wanderer, richtig?«, fragte Simon.

Nun schwieg Ethan betroffen.

Milo nickte. »Diese Höhle und diese Insel waren mein Schicksal.« Er führte uns weg vom Wasser, das mit seinen Wellen den Fels unterspülte und aushöhlte, zu einer Stelle, die wie eine Grabnische ins Dunkel führte. »Hier habe ich die Kammer hinter der Holzbarrikade entdeckt.«

»Die Kammer?«, wiederholte ich.

»Eine geheime Kammer, in der sich Kisten mit Reliquien befanden. In der größten und schwersten, die mit Ketten und Schlössern versperrt war, befand sich das Horn – Jerichos Splitter – sowie ein Teil eines vermutlich zwölftausend Jahre alten geborstenen Metallschwerts.«

Metall? So alt?

Milo setzte sich auf den Fels und wir nahmen neben ihm Platz.

»Warum heißt dieser Fund *Jerichos Splitter*?«, wollte ich wissen.

Milo griff in seine Umhängetasche, holte Zigarettenpapier und Tabak heraus, rollte sich im matten Schein der Lampe eine Zigarette und entzündete sie mit einem Streichholz.

Im flackernden Licht der Flammen sah ich, wie sein Gesicht einen nachdenklichen Ausdruck annahm. Milo warf das Streichholz auf den Boden, wo es zischend ausging. Als er an der Zigarette zog, tauchte die Glut sein

Gesicht in einen rötlichen Schein. Er stieß eine Rauchwolke aus.

»Die ersten Siedlungsspuren der Menschheit in der Stadt Jericho im heutigen Palästina gehen in das zehnte Jahrtausend vor Christus zurück. Man nannte Jericho auch die *Palmenstadt*. Sie liegt an der Grenze zu Jordanien, nur wenige Kilometer vom Toten Meer entfernt.« Milo machte eine Pause. »Die Legende erzählt, dass dort der Erzengel Michael gegen Luzifer gekämpft und ihn vom Himmel in die Hölle vertrieben hat. Bei diesem Kampf ist das Schwert des Engels zerbrochen, als er Luzifer einen Teil seines Horns abgeschlagen hat. Beide Teile, sowohl das Horn als auch die Schwertspitze, lagen damals im Wüstensand und wurden von den Dünen begraben.«

Nun wurde es wirklich ein Schauermärchen, das mir die feinen Härchen an den Unterarmen aufstellte.

»Aber wie kommen Sie auf die Idee, dass es sich bei diesem Splitter *tatsächlich* um einen Teil von Luzifers Horn handeln könnte?«, fragte Simon zweifelnd.

Unwillkürlich musste ich daran denken, wie Charlie ängstlich den Schweif eingezogen hatte, vor dem Horn zurückgewichen war und sich verkrochen hatte. Und auch jetzt fühlte er sich nicht sehr wohl und drückte sich eng an mich.

»Lesen Sie die Bibel«, antwortete Milo. »Der Endkampf zwischen Gut und Böse deutet, wenn man die Textstellen richtig interpretiert, auf das Westjordanland hin. Kennen Sie sich ein wenig mit Numerologie aus?«

»Zahlensymbolik? Nicht wirklich«, gab Simon zu.

»Wenn man die in der Bibel versteckten Hinweise in Längen- und Breitengrade umrechnet, dann erhält man die exakten Koordinaten der Stadt Jericho.«

»Zufall?«, fragte Simon.

Milo schüttelte den Kopf. »Ich glaube nicht an Zufälle.«

»Also gut«, sagte Simon. »Nehmen wir einmal an, Sie haben tatsächlich recht und Michael hat dem Teufel mit seinem Schwert das Horn abgeschlagen … wie kam dieses Horn aber von Jericho hierher nach Griechenland?«

»Ich habe lange recherchiert und schließlich half mir ein Historiker, der den Inhalt der Kammer genau datieren konnte. Es war vermutlich so …«, Milo setzte sich auf dem Fels zurecht und blickte in die Glut seiner Zigarette, »… im Jahr 1099 haben englische Ritter bei ihren Kreuzzügen Teile von Michaels Schwert und Luzifers Splitter in Jericho entdeckt. Sie haben die Artefakte in eine versiegelte Kiste gepackt, an die Küste des Mittelmeers gebracht und wollten sie über den Seeweg zurück nach England verschiffen. Was danach passierte, sind nur Vermutungen. Anscheinend ist das Schiff vor Griechenland in einen Sturm geraten und an der Küste vor Santorin zerschellt. Die Kreuzritter konnten sich auf diese Insel retten und haben die Kiste hier in der Höhle versteckt.«

»Um sie später zu holen, aber dazu ist es nicht mehr gekommen«, vollendete Simon die Geschichte.

Milo nickte.

»Und Sie glauben an diese Legende?«, fragte ich mit trockener Kehle.

»Wie du richtig sagst, ist es eine Legende. Ich habe zunächst nicht daran geglaubt und wollte bloß wissen, ob tatsächlich etwas dran sein *könnte*. Also habe ich deiner Mutter, mit der ich befreundet war, von meinem Fund erzählt. Sie hatte gute Kontakte zu einem vertrauenswürdigen und verschwiegenen Labor in Venedig, das die DNA des Horns untersuchen sollte.«

»Wir kennen die Analyse von Signor Flavio«, erklärte Simon. »Terry hat die Unterlagen im Bermudadreieck aus einem versunkenen Flugzeug heraufgetaucht. Aber ich werde nicht schlau daraus.«

»Obwohl Sie Medizin studiert haben?«

Simon nickte.

Milo lächelte. »Das wundert mich nicht, denn die genetische Struktur dieses Horns ist ein absolutes Paradoxon.«

»Ein *was*?«, fragte ich.

»Ein Widerspruch«, erklärte Ethan, der näher gerückt war.

»Das Horn ist einerseits tierischen Ursprungs, hat aber ebenfalls typische Merkmale menschlicher DNA-Ketten. Das lässt nur den Schluss zu, dass es von einem Wesen stammt, das halb Mensch, halb Tier ist. Auch das Alter konnte selbst mit modernsten Methoden nicht exakt bestimmt werden. Die Zellen scheinen einerseits völlig jung, gleichzeitig aber Millionen von Jahren alt zu sein.« Milo sah mich an. »Deine Mutter erzählte mir, Signor Flavio wäre fast verrückt dabei geworden. Die Messungen ergaben einfach keinen Sinn, da sich das Ergebnis stets änderte … als würde das Horn ständig seine Struktur verwandeln. Als ob es sich jeglicher Untersuchung entziehen wollte.«

»Aber warum hat sich meine Mutter dafür interessiert und jahrelang damit geforscht?«, fragte ich.

»Das … weiß ich nicht«, seufzte Milo.

Plötzlich hörte ich ein Zischen im Dunklen und etwas Nasses berührte meine Hand. Ich schrie auf.

»Das sind nur die Wellen«, erklärte Milo. »Die Flut setzt ein.«

Ich wischte mir das Meerwasser an der Hose ab.

Normalerweise hätte Ethan jetzt losgewiehert und eine

blöde Bemerkung über meine Schreckhaftigkeit gemacht, doch er war auf Sendepause.

Offenbar gruselte ihn die Geschichte genauso wie mich.

Milo erhob sich. »Wir sollten von hier verschwinden.«

»Warum haben Sie uns diese Höhle gezeigt?«, wollte ich wissen.

»Spürst du die Präsenz des Horns?«, fragte Milo. »Hier hat es fast tausend Jahre lang gelegen.«

Ja, ich spürte es. Und Charlie auch, der sich immer noch ängstlich an mich drückte.

»Fahren wir zurück zum Haus«, sagte Milo. »Ich muss euch noch etwas zeigen.«

18. KAPITEL

Kaum hatten wir Milos Haus erreicht und waren aus dem Jeep geklettert, hörten wir das lauter werdende Knattern eines Hubschraubers, der sich rasch näherte.

Ich erstarrte und blickte gehetzt zum Himmel. Seit den Erlebnissen auf Wreck Island, wo uns ein Helikopter verfolgt hatte, waren wir allesamt ein wenig übersensibel geworden, sobald ein Hubschrauber auftauchte.

Aus der Sonne näherten sich zwei Helikopter, die lautstark im Tiefflug über die Insel flogen.

»Schnell, weg von der Straße!«, rief Simon. »Zum Haus!«

Wir beeilten uns und drückten uns unter dem Dachvorsprung an die Hausmauer.

Milo blieb ruhig. »Das ist bloß das griechische Militär«, versuchte er uns zu beschwichtigen, schirmte das Sonnenlicht mit der Hand ab und sah den Hubschraubern zu, wie sie in einer Zweierformation eng hintereinander über das Haus und danach an der Küste entlang nach Westen flogen.

»Sicher?«, fragte Simon.

»Ja, die veranstalten regelmäßig Testflüge.«

Erleichtert ließ ich die Schultern sinken. Hoffentlich stimmte das auch.

Kaum hatten wir sein Haus betreten, bat er uns, die Vorhänge im Wohnzimmer zu schließen und verschwand mit Simon im hinteren Teil des Hauses. Ethan und ich machten es uns mit Charlie auf der Couch gemütlich, während Johann und Pierre die schweren Stoffvorhänge zuzogen. Das Zimmer wurde in Dunkelheit getaucht.

Als die beiden wiederkamen, trug Simon eine Leinwand mit Ständer, den er aufklappte und die Leinwand ausrollte. Milo baute einen Beamer auf, den er an seinen Computer anschloss. Das Gerät fuhr piepend hoch.

»Was gucken wir? Findet Nemo?«, witzelte Ethan.

»Hättest du wohl gern«, sagte Milo. »Ich zeige euch Aufnahmen von der ersten Ausgrabung in der Höhle, die wir damals gemacht haben. Vielleicht entdeckt ihr ja einen Hinweis, der euch weiterhilft.«

Milo klickte durch einige Pfade und startete schließlich eine Datei. Der Film war ziemlich wackelig mit einer Handkamera aufgenommen worden, noch dazu an einem verregneten grauen Tag. Die ersten Leute wurden im Transportkorb in die Höhle heruntergelassen, und danach wurde das Bild mit vielen Grautönen fast schon schwarz-weiß.

Wir sahen Milo, fünfzehn Jahre jünger und schlanker, wie er mit Helm, Grubenlicht und Schaufel die Nische von Felsgeröll und Holzteilen befreite. Ein Mann half ihm. Sie zerrten mehrere Truhen aus der Dunkelheit ins Licht. Eine davon war jene Truhe, die Pierre und ich vom Meeresgrund des Bermudadreiecks heraufgetaucht hatten, nur dass sie nicht nur mit einem Schloss, sondern mit mehreren Ketten und altertümlichen schweren Vorhängeschlössern verriegelt war.

Ich konnte es kaum fassen. Diese Kiste stammte also tatsächlich aus dem Mittelalter!

In dem Video öffnete Milo in mühevoller Kleinarbeit die Vorhängeschlösser mit einem Draht und befreite die Kiste anschließend von den Ketten. Dann kam die Kamera näher.

Mit einem wuchtigen Schlüssel, den Milo ebenfalls unter dem Geröll der Nische gefunden hatte, öffnete er das Schloss der Truhe. Milo leuchtete mit der Taschenlampe hinein und die Kamera folgte ihm.

»Wer hat gefilmt?«, fragte Simon.

»Zoe – sie war damals sieben«, antwortete Milo. »Hier! Passen Sie auf!«

Wir sahen im Film, wie Milo in die Kiste griff und zuerst die Spitze eines Schwerts, danach das Horn herauszog. Es glänzte im Licht. Da begann das Bild der Kamera zu flimmern, löste sich in einzelne Pixel auf und wurde nicht mehr scharf. Plötzlich hörten wir Würgegeräusche. Die Kamera wackelte und wurde kurz zur Seite gedreht.

»Zoe hat sich damals übergeben«, erklärte Milo. »Die Präsenz des Horns war sehr intensiv. Immerhin lag es fast tausend Jahre lang in dieser Kiste eingesperrt.«

Ein Schauder jagte mir über den Rücken. Milo tat geradewegs so, als wäre Jerichos Splitter ein uraltes Lebewesen, das befreit worden und zu neuem Leben erwacht war. Dabei war dieses Ding doch nur ein abgeschlagenes Horn. Ein paläontologischer Fund. Tote Materie! Mehr nicht!

Die allerdings gerade jetzt auf der Kopernikus liegt.

Und immer wieder stellte ich mir dieselben Fragen. Warum hatte sich meine Mutter dafür interessiert? Und was hatte dieses angebliche Horn Luzifers mit Mutters Delfinen zu tun? Wo lag die Verbindung?

»Wo ist die Schwertspitze jetzt?«, fragte Ethan, als das Video zu Ende war.

Milo erhob sich, ging kurz raus und kam mit einem länglichen Glassturz wieder, unter dem die Spitze eines Schwerts in einem Holzsockel steckte. »Eigentlich gehört dieses Artefakt in ein Museum, doch solange Terrys Mutter, Signor Flavio und ich noch nicht wussten, worum es sich tatsächlich handelte, wollten wir den Fund nicht an die große Glocke hängen. Tja, und mit dem Tod deiner Mutter wurde die Forschung daran eingestellt.«

Trotzdem hat Biosyde irgendwie davon erfahren!

Immerhin waren zwischen dem Fund und dem Tod meiner Mutter fünf Jahre vergangen – und in dieser Zeit schien viel passiert zu sein, von dem wir noch nichts wussten.

»Haben Sie das Schwert ebenfalls einer Analyse unterzogen?«, fragte Simon.

Milo nickte. »Und die kam zum selben Ergebnis. Das Material ist unbekannten Ursprungs, aus unbekannten Stoffen und lässt sich nicht genau datieren.« Er ging zu einer Kommode, zog eine Schublade auf und holte eine schwere Ledermappe hervor.

Diese legte er vor uns auf den Tisch und schlug sie auf. Darin befanden sich mehrere durchsichtige Hüllen, in denen alte Pergamente steckten.

»O mon Dieu!«, entfuhr es Pierre.

Simon strich ehrfürchtig über die Folien. »Sind das etwa … die Schriften der Kreuzritter?«

Milo nickte. Er knipste die Lampe im Wohnzimmer an. Wir rückten näher und bestaunten die Seiten. Die Pergamente waren eng mit Tinte beschrieben, die teilweise verblasst war, und sahen so aus wie die ersten Bücher, die Mönche handschriftlich in ihren Klöstern angefertigt hatten, bevor der Buchdruck erfunden worden war. Offenbar waren sie in Latein verfasst und einiges davon konnte ich sogar erstaunlicherweise entziffern.

»Haben Sie es übersetzen lassen?«, fragte ich.

Milo nickte. »Wie gesagt, die Stellen handeln vom Endkampf zwischen Luzifer und dem Erzengel Michael an einem Ort namens *Jerikko*, der ältesten Stadt der Welt, in der sich das Schicksal der Welt entschied. Außerdem beschreiben sie, wie und unter welchen dramatischen Umständen die Kreuzritter diese Relikte gefunden haben.«

Ich blickte von den Aufzeichnungen zum Schwert. Im Licht der Lampe glaubte ich, eingetrocknetes dunkles Blut auf dem Metall zu erkennen. *Sicher nur Einbildung!* Aber in meiner Fantasie sah ich diese Schlacht vor mir, im Mondschein vor den Stadtmauern Jerichos, hörte die Schreie und das Stöhnen, das Klirren von Metall und die Flüche, die in einer alten Sprache ausgestoßen wurden, die heute niemand mehr verstand.

Ich dachte an die DNA-Analyse, die von dem Horn gemacht worden war, dachte an die Beschaffenheit des Materials und plötzlich sprang ich auf. Der Tisch rumpelte, ein leeres Glas fiel um. Simon und die anderen sahen mich überrascht an. Sogar Charlie quiekte besorgt.

»Was ist?«, fragte Milo. »Ängstigt dich dieses Thema? Du solltest vielleicht …«

»Nein … das ist es nicht«, stammelte ich. In meinem Kopf hatten sich einige lose Puzzleteile, die wir bisher gefunden hatten, zusammengesetzt.

»Es ist verrückt! Aber das ist die einzige logische Erklärung«, keuchte ich. »Meine Mutter hat das Horn einer DNA-Analyse unterzogen, weil sie Luzifers Genmaterial rekonstruieren wollte.«

»So ein Quatsch! Wozu?«, fragte Simon.

»Um … um … ich weiß es auch nicht … um den Teufel zu klonen«, stammelte ich. »Sie beschäftigte sich doch mit Genetik und die moderne Genforschung könnte damit das ultimative Böse freisetzen – und beispielsweise für militärische Zwecke nutzen.«

Milo hob die Arme und schüttelte den Kopf. »Beruhige dich! Das ist doch alles nur ein Mythos. Ich kann mir nicht vorstellen, dass deine Mutter tatsächlich daran geglaubt hat.«

»Und wenn doch?«, erwiderte ich. »Vielleicht hat sie diese Gene an den Delfinen ausprobiert.«

»O merde!«, fluchte Pierre. »Dieser Gedanke ist mir auch schon gekommen, aber ich wollte ihn nicht zu Ende denken …«

»Das sind doch Hirngespinste!«, widersprach Simon erneut.

Es war klar, dass er das behaupten würde. Er war zwar ein Erfinder, aber trotzdem vor allem ein Wissenschaftler, der nur an Fakten glaubte, die sich beweisen ließen. Aber möglicherweise hatte er dieses eine Mal unrecht. Hilfesuchend blickte ich zu Ethan.

Räuspernd ergriff mein Cousin das Wort. »Möglicherweise hat Terry ja doch recht …«

»Nein, das ist doch ausgemachter Blödsinn, ein Ammenmärchen.«

»Vater, so hör mir doch einmal zu!«, unterbrach Ethan ihn. »Warum sollte sich ein Pharmakonzern wie Biosyde für diese Forschung interessieren? Erinnere dich an das Logo von Biosyde: eine Äskulapnatter, die aus einem Kelch trinkt.«

Milo nickte. »Äskulap, der griechische Gott der Heilkunst, hat einen Toten wieder zum Leben erweckt, womit er den Herrscher des Totenreiches erzürnte. Daraufhin wurde Äskulap von Zeus mit einem Blitz erschlagen.«

Das ist es!

»Tote zum Leben erwecken!«, rief ich.

»Das glaubst du doch selbst nicht!«, rief Simon nun zornig.

Da erinnerte ich mich an Signor Flavios Worte. *»Sie hat zufällig ein Serum entdeckt, das kranke Zellen im Körper schneller als gewöhnlich repariert«*, zitierte ich seine Worte. »Denk daran, wie viele Millionen Jahre dieses Horn alt ist. Vielleicht hat meine Mutter aus dieser uralten DNA ein Serum entwickelt, das Zellen heilt und vielleicht sogar langsamer altern lässt?«

»Daran wäre ein Pharmakonzern natürlich interessiert«, ergänzte Ethan. »Ein solches Medikament würde Milliarden an Gewinnen bringen.«

»Eher Billionen!«, ergänzte Simon. »Aber wie um Himmels willen sollte Biosyde das herstellen?«, fragte er immer noch skeptisch.

»Indem sie heimlich forschen?«, entgegnete Ethan.

»Dazu müssten sie aber verdammt viele schlaue Köpfe beschäftigen«, sagte Simon, immer noch nicht sehr von dieser Theorie überzeugt.

»Ist das so undenkbar?«, fragte Milo.

Wir starrten ihn alle an.

Milo räusperte sich. »Möglicherweise hat es damit zu tun, dass in letzter Zeit auffällig viele Medizin-Nobelpreisträger verschwinden. Auch heute kam wieder etwas darüber im Radio.«

Ich dachte an die TV-Nachrichten, die wir nach unserer Abreise in New York gesehen hatten. Schon vor einigen

Tagen war bereits darüber berichtet worden, doch damals hatten wir dem keine Bedeutung beigemessen.

Nun dachte Simon tatsächlich über alles nach.

Indessen sah Johann, der sich die ganze Zeit schweigend aus dem Gespräch herausgehalten hatte, besorgt von einem zum anderen.

Für einen Augenblick wurde mir schwindlig. Ich musste mich wieder hinsetzen. *Meine Mutter soll all das allein geschafft haben, woran so viele Wissenschaftler bisher gescheitert sind?* Gut, immerhin hatte sie dieses Horn gehabt – doch keine großen Labors für Experimente.

In diesem Moment sprang Charlie auf meinen Schoß, stellte sich auf und stupste mir mit der Schnauze ins Gesicht. »Schon gut, alles okay«, murmelte ich und streichelte ihn. »Meine Mama war ganz schön clever«, erklärte ich ihm, »sie hat …« Dann sah ich auf. »Wie alt wird so ein Frettchen eigentlich?«

»Frettchen werden etwa sieben bis zehn Jahre alt«, sagte Milo.

»Manchmal fünfzehn«, sagte Johann rasch.

»Warum fragst du?«, wollte Milo wissen.

»Nur so.« Gedankenverloren streichelte ich Charlie. Ich hatte ihn schon, als ich noch ein Kleinkind gewesen war, und er war immer noch quietschfidel und kerngesund.

In diesem Moment bemerkte ich, wie Johann unbehaglich zur Seite sah und meinen Blicken auswich.

»Gibt es die Arbeit mit den Formeln meiner Mutter noch?«, fragte ich.

Milo zuckte die Achseln. »Soviel ich weiß, hat sie ihre gesamten Ergebnisse zerstört.«

»Könnte es das Serum möglicherweise noch geben?«, fragte Simon.

Pierre und Milo warfen sich einen langen Blick zu – immerhin hatten beide meine Mutter gekannt. Dann schüttelten sie den Kopf. »Ich kann es mir nicht vorstellen«, sagten sie beinahe gleichzeitig.

Ich dachte verzweifelt nach, bis ich einen Knoten im Hirn hatte, den ich nicht lösen konnte. »Aber wenn sie die Formel zerstört hat und es kein Serum mehr gibt, wozu dann die Verfolgung durch Biosyde und all der Mord und Totschlag?«

Milo überlegte und schnippte schließlich mit den Fingern. »Möglicherweise gibt es *doch* noch eine Spur zu diesem Serum, das deine Mutter entwickelt hat.«

In diesem Moment begann Charlie unruhig zu quieken. Er sprang von mir herunter und verkroch sich unter der Couch. Ich beugte mich hinunter. »Charlie, was ist?«

Wir alle verstummten.

Da war etwas!

Nebenan aus dem Stall hörten wir die Esel schreien. Im nächsten Moment spürte ich, wie der Boden zu vibrieren begann. Ein Erdbeben erschütterte die Insel. Die Lampe an der Zimmerdecke wackelte und warf abwechselnd Licht und Schatten durch den Raum. Der Beamer kippte und stürzte vom Tisch, die Gläser in der Vitrine klirrten, ein Bild fiel von der Wand und zersprang auf dem Boden.

Milo blickte gehetzt auf. »Verdammt!« Dann sah er auf seine Armbanduhr. »Es ist viel zu früh. Die erste Sonde sollte frühestens in einer Stunde in die Erde geschossen werden – und selbst dann dürfte es zu keinen Erschütterungen kommen.« Er sprang auf. »Ich muss die Arbeit sofort einstellen lassen und die Leute evakuieren.« Er griff zum Handy. »Mist, kein Akku!« Er wollte zur Tastatur des Computers greifen, als vor dem Haus das Knattern eines alten Autos zu hören war, das mit quietschenden Reifen vor dem Eingang hielt.

Mir stockte der Atem. Hoffentlich galt dieser Besuch nicht uns.

Während Milo zur Tür stürzte, kroch ich unter die Couch und zog Charlie am Nackenfell hervor, der sich zunächst wehrte, dann aber ängstlich an mich drückte. Das Hauptbeben hatte zwar aufgehört, aber nun folgten ein paar leichtere Nachbeben.

Johann war ebenfalls aufgesprungen und stand bereits am Fenster. Er schob den Vorhang beiseite und blickte hinaus. »Es ist Zoes VW-Käfer«, beruhigte er uns. »Sie ist allein. Aber sie scheint ziemlich aufgebracht zu sein.«

Die Tür öffnete sich und Zoe stürmte ins Haus, gefolgt von Orwell, der sich sofort in eine Ecke verkroch.

»Vater!«, schrie sie. »Ich habe versucht, dich am Handy zu erreichen.«

»Was ist passiert?«, rief Milo.

»Zwei Helikopter sind auf der Insel gelandet.«

Zoe wandte sich zu uns. Sie hatte ein zugeschwollenes rot-blaues Auge.

19. KAPITEL

Nachdem Milo seine Tochter beruhigt hatte, erzählte sie uns, was vorgefallen war. Die beiden großen schwarzen Helikopter, die wir gesehen hatten, stammten offenbar nicht vom griechischen Militär. Sie hatten in der Nähe der Ausgrabungsstelle zur Landung angesetzt, woraufhin ein Dutzend Männer herausgesprungen waren und nach dem Chef-Wissenschaftler gefragt hatte.

»Dann haben sie vor meinen Augen einen Mitarbeiter niedergeschlagen und sind danach schnurstracks zu mir gekommen«, keuchte Zoe. »Jeder von ihnen hatte eine Waffe!«

»Das sind garantiert die Leute von Biosyde«, sagte Ethan. »Die fackeln nicht lange herum.«

Auf seinem Gesicht las ich die Frage, wie diese Mistkerle schon wieder herausgefunden hatten, wo wir uns befanden. Instinktiv umklammerte ich mein Medaillon.

»Woher willst du wissen, dass diese Leute ausgerechnet von Biosyde sind?«, widersprach Milo. »Genauso gut könnten es Leute von Benedict Thorns Genetical Group oder einem anderen Konzern sein.«

»Von denen haben wir nichts zu befürchten«, sagte Simon.

»Täuschen Sie sich nicht«, warnte Milo uns. »Wenn es stimmt, was Terry sich zusammengereimt hat, dann ist jedes Pharmaunternehmen auf diesem Planeten hinter der Forschung von Amanda West her. Sie dürfen niemandem vertrauen.«

»Haben einem der Männer an seiner Hand Ringfinger und kleiner Finger gefehlt?«, fragte ich. »Und hatte er einen Goldzahn?«

Zoe riss die Augen auf. »Ja! Das war der, der mich geschlagen hat.« Sie tastete über ihre Wange.

»Biosyde!«, bestätigte ich.

Milo wurde blass. »Das ist Finn. Ein übler Bursche.«

»Sie kennen ihn?«, rief ich überrascht.

Milo nickte. »Er ist Valerie De Boes' rechte Hand. Vor allem vor ihm solltet ihr euch in Acht nehmen.«

Danke, wie hilfreich! Das wussten wir bereits.

Doch dann kniff ich misstrauisch die Augen zusammen. »Woher wissen Sie eigentlich so viel über Finn?«

Milo seufzte. »Deine Mutter hat ihn auf einem Kongress in Kopenhagen kennengelernt und die beiden waren damals sehr eng miteinander befreundet.«

»Wie *eng*?«, bohrte ich nach.

Milo sah mir nicht in die Augen, als er sagte: »Für meinen Geschmack sogar ein wenig zu eng.«

Mir wurde augenblicklich schlecht. Ein weiterer Hinweis darauf, dass meine Mutter mit den Bösen zusammengearbeitet hatte. Wie hatte ich mich nur so in ihr täuschen können?

»Es ist doch jetzt völlig egal, wer wen kennt!«, rief Zoe aufgebracht dazwischen. »Diese Männer suchen dich, Vater. Und sie haben sich auch nach euch erkundigt. Sie hatten Fotos von jedem von euch dabei.«

»Hast du ihnen verraten, wo wir sind?«, fragte Ethan.

»Nein, natürlich nicht, du Scherzkeks. Sonst wären sie schon längst hier.«

»Und?« Milo presste die Lippen aufeinander.

»Daraufhin haben sie gedroht, nicht nur mich, sondern auch eine meiner Kolleginnen zu schlagen. Ich dachte, die bluffen nur, darum habe ich geschwiegen, woraufhin sie uns tatsächlich verprügelt haben.«

Tröstend strich Milo ihr über die Wange. »Es tut mir so leid.«

»Ach, das wird schon wieder«, wehrte Zoe ab. »In dem Gerangel bin ich zu meinem Laptop gerannt, um das Startprogramm der Sonden abzubrechen. Aber die Männer haben mich weggezerrt – die dachten wohl, ich wollte Hilfe holen. Dabei ist der Computer zu Boden gefallen, woraufhin die komplette Startsequenz eingeleitet wurde.« Zoe war den Tränen nahe. »Ich konnte nicht mehr verhindern, dass alle Programme gleichzeitig starten.«

Milo ballte die Faust. »Ich habe befürchtet, dass die Sonden das Erdbeben ausgelöst haben.«

Ich sah in Milos Augen, was er gerade dachte. *Monate der Arbeit umsonst.* Aber er sagte nichts.

»Im Moment durchkämmen die Männer gerade die Insel nach euch«, erklärte Zoe. »Zu Fuß und mit dem Helikopter.«

Im selben Moment hörten wir das Knattern eines Hubschraubers, der ziemlich tief über das Dach flog.

Ethans Abschirmung der Funkwellen hat ja großartig geklappt!

»Jedenfalls konnte ich abhauen und bin sofort hergefahren, um euch zu warnen.«

»Damit hat Zoe sie allerdings direkt hergeführt«, bemerkte Johann, der immer noch am Fenster stand und durch den Spalt im Vorhang rausschaute. »Die haben sicher den VW-Käfer wiedererkannt.«

»Das mag sein, aber sie können im Steilhang nicht landen.«

»Sie könnten sich abseilen – falls sie Seile dabei haben. Hoffen wir mal, dass nicht«, murmelte Johann. »Wie lange brauchen sie zu Fuß hierher?«

Zoe dachte kurz nach. »Zwanzig Minuten.«

»Gut, so viel Zeit bleibt uns also noch.« Johann blickte zu uns. »Simon?«

Mein Onkel erhob sich. »Mister Pakalidis, es tut mir unendlich leid, dass das alles passiert ist. Ich würde Ihnen gern mit meinem Forschungsequipment helfen, den Schaden wiedergutzumachen, aber im Moment sind mir leider die Hände gebunden«, sagte er. »Außerdem müssen wir schnellstens zu unserem Boot.«

»Es liegt in der Höhle des Orkus, wo wir zuletzt getaucht sind«, erklärte Zoe und sah besorgt zu ihrem Vater.

»Die Höhle des Orkus, oh, das ist nicht gut.«

Simon sah auf. »Warum?«

»Die Höhle wurde nicht zufällig nach der griechischen Unterwelt benannt«, erklärte Milo. »Bei Flut wird sie zu einer gefährlichen Falle. Warten Sie einen Moment!« Er startete ein Programm auf seinem Computer. »Die gesamte Insel ist mit Messgeräten ausgestattet«, erklärte er, »die die Schallwellen der Sonden auffangen und die Bodenbeschaffenheit messen. Es könnte sein, dass das Beben die Höhle zum Einsturz gebracht hat.«

»Dann wäre Ihr Boot zerstört worden«, gab Zoe zu bedenken.

»Es ist kein Boot im herkömmlichen Sinn«, gab Simon nun zu, »sondern ein … U-Boot.«

Zoe riss die Augen auf. »Deshalb konnten sie unbeschadet in die Höhle eindringen.«

»Ich unterbreche euch ja nur ungern«, sagte Milo, »aber die Felsplatte über dem Gewölbe mit dem Zugang zur Höhle ist tatsächlich eingebrochen.« Er schob den Monitor zu uns, sodass wir die grauen, grünen und roten Linien selbst sehen konnten.

Dann klickte er durch mehrere Ansichten.

Zoes Gesichtsausdruck verriet nichts Gutes. »Das ist die Stelle, an der ich euch gestern Abend ans Tageslicht geführt habe«, erklärte sie.

Mit etwas Fantasie konnte man erkennen, dass die gesamte Ebene, wo die Esel angepflockt gewesen waren, mindestens zwei bis drei Meter tief eingesunken war.

Zoe betrachtete die Aufnahme. »Der Eingang zur Höhle ist verschüttet.«

Panisch sah ich zu Simon. »Wie kommen wir an Bord?«

»Zwischen den Klippen durchzuschwimmen, können Sie vergessen«, sagte Milo. »Viel zu gefährlich.«

Ratlos blickten Simon, Pierre, Johann, Ethan und ich uns an.

»Sie könnten tauchen«, rief Zoe. »Wir haben drei Taucheranzüge mit gefüllten Pressluftflaschen.«

»Ja, aber nur *drei*«, gab Milo zu bedenken. »Und die Strömung ist gefährlich, vor allem so nah an den Klippen.« Er betrachtete uns. »Da sollten Sie ziemlich geübte Taucher sein.«

Simon schüttelte den Kopf. »Ethan hat absolut keine Taucherfahrung.«

»Und außerdem müsste ich Charlie zurücklassen«, gab

ich zu bedenken, »und ohne Charlie gehe ich nirgendwohin.«

Milo erhob sich seufzend und betrachtete meinen Onkel. »Dann gibt es nur eine Lösung. Zoe fährt Sie mit Pierre, Johann, den Flaschen und der Taucherausrüstung in meinem Jeep zur Küste und zeigt Ihnen den Weg, wo Sie tauchen müssen. Indessen bringe ich Ethan, Terry und ihr Frettchen im VW-Käfer zu einer Stelle der Insel, wo sie an Bord des U-Boots gehen können.«

»Nein!«, widersprach Simon entschlossen. »Ich trenne mich nicht von den Kindern. Wir bleiben zusammen.«

»Dann werden diese Leute Sie finden«, sagte Milo und blickte auf die Uhr. »Noch fünfzehn Minuten, bis die Ersten hier sind.«

Simon knirschte mit den Zähnen.

»Hinten im VW-Käfer ist außerdem nur Platz für Terry und Ethan«, argumentierte Milo. »Sie sind am dünnsten, und wenn sie sich ducken, kann ich notfalls eine Decke über sie werfen, damit man sie nicht sieht, sollte jemand den Wagen anhalten.«

An Simons Blick sah ich, dass ihm das alles ganz und gar nicht gefiel. Doch schließlich erhob er sich. »In fürchte, wir haben keine andere Wahl.«

20. KAPITEL

Während Simon, Pierre und Johann gemeinsam mit Zoe die Taucherausrüstung im Jeep verstauten, kauerten Ethan und ich uns hinten in den VW-Käfer, wo wir uns so klein wie möglich machten. Charlie guckte aus meinem Rucksack, der sich zwischen uns befand, und Orwell saß auf dem Beifahrersitz, sah aus dem offenen Fenster und ließ die Zunge aus dem Maul hängen. Zuletzt warf Milo noch eine Decke über uns.

Augenblicklich verstummte Charlies Quieken. Die Dunkelheit erinnerte ihn vermutlich an das Nachtlicht an Bord der Kopernikus – und dann wusste er, dass er sich ruhig verhalten musste.

»Macht es gut«, hörte ich Milo sagen, als er sich stöhnend in den VW-Käfer zwängte. Der Fahrersitz stand ziemlich weit vorne, damit wir dahinter Platz hatten.

Er fuhr los, während Orwell aus dem Fenster kläffte.

Anfangs lief die Strecke mit den Kurven und den Serpentinen, die nach unten führten, noch vor meinem geistigen Auge ab, sodass ich eine ungefähre Ahnung hatte, wo wir uns befanden. Doch nach ein paar Minuten hatte ich völlig die Orientierung verloren.

»Es wird einige Zeit dauern, bis Simon und die anderen die Anzüge angelegt haben und in die Höhle getaucht sind«, rief Milo zu uns nach hinten. »Wir sind also nicht in Eile, denn je früher wir zu der Stelle am Meer kommen, desto länger müsst ihr dort warten.«

»Aber fahren Sie nicht zu lange und auffällig über die Insel«, keuchte Ethan unter der Decke, »sonst lenken Sie die Aufmerksamkeit auf den VW-Käfer.«

Auch wieder wahr!

Eine vertrackte Situation.

»Ja, mach ich … O verdammt!«, rief Milo plötzlich.

»Was?«, kreischte ich.

»Seid jetzt still da hinten!«, flüsterte Milo. »Die beiden Helikopter sind am Waldrand gelandet. Die Straße, auf der wir uns gerade befinden, führt direkt an ihnen vorbei.«

»Können Sie umdrehen?«, flüsterte Ethan.

»Dafür ist es jetzt zu spät – das wäre zu auffällig.«

»Verdammter Mist«, fluchte Ethan. »Bestimmt erkennen sie Zoes Wagen wieder.«

»Ich werde langsam an ihnen vorbeifahren«, murmelte Milo. »Mögen die Götter uns beistehen.«

»Es kotzt mich an, dass wir uns dauernd verstecken und immer wieder klammheimlich verschwinden müssen«, flüsterte ich, sodass nur Ethan mich hören konnte.

»Fällt dir etwas Besseres ein, du Genie?«, erwiderte er.

»Am liebsten würde ich denen in den Arsch treten.«

»Ich auch, mir reicht es endgültig, aber du hast Zoe selbst gehört«, murmelte Ethan. »Es sind zu viele. Außerdem sind sie bewaffnet.«

»Aber ohne Helikopter sind sie hilflos.«

»Hä?«, krächzte Ethan. »Willst du den Heli klauen? Ich kann so ein Ding nicht fliegen. Du?«

Pierre hätte es gekonnt.

»Nein«, gab ich zu, »aber weißt du, wie man einen Helikopter sabotiert?«, flüsterte ich.

»Was?« Er überlegte. »Ja, theoretisch schon, man müsste eigentlich nur …«

»Gut«, unterbrach ich ihn, »ich habe nämlich eine Idee.«

»He, ich habe nicht gesagt, dass ich das *tue*.«

»Wenn du es nicht tust, werden sie uns weiterhin verfolgen.«

»Himmelherrgott, von mir aus«, stöhnte er auf.

Ich schob den Kopf unter der Decke hervor und schnappte nach frischer Luft.

»Bist du verrückt?«, rief Milo und drehte den Rückspiegel so, dass er uns sehen konnte. »Wir fahren gleich an ihnen vorbei. Bleib unten!«

Ich spähte durch die Seitenscheibe. Äste und Gebüsch flogen an uns vorbei. »Gibt es am Waldrand eine Möglichkeit, dass wir unbemerkt aus dem Wagen springen können?«

»Dort vorne ist eine Kurve, da könnte ich mit dem Wagen halten … und ihn so hinstellen, dass ihr nicht gesehen werdet, wenn ihr auf der Beifahrerseite rausklettert. Was habt ihr vor?«

»Während Sie die Leute ablenken, könnten wir abhauen«, sagte ich knapp. Mein Plan war halsbrecherisch und Milo würde uns bestimmt davon abhalten wollen. Stattdessen wollte ich etwas von ihm wissen. Und ich musste es *jetzt* wissen, denn falls etwas schiefging, würde ich ihn vielleicht nie mehr wiedersehen.

»Sie sagten vorher, es gäbe möglicherweise eine Spur zu dem Serum«, erinnerte ich ihn.

»Was? Gehört das zu deinem Plan?«

»Nein«, entfuhr es mir, »aber was haben Sie damit gemeint?«

Ich spürte, wie Milo den Fuß vom Gaspedal nahm, damit der Wagen langsamer wurde. Anscheinend wollte er Zeit gewinnen.

»Ich habe nur mal bei einem Telefonat deiner Mutter aufgeschnappt, dass sie mehr Geld für ihre Forschung auftreiben wollte. Offenbar wollte sie einen Finanzier an Land ziehen.«

»Und wie hieß der?«

»Woher soll ich das wissen? Sie haben übers Wetter gesprochen, und ich habe nur mitbekommen, dass er wohl in einem Schloss an der schottischen Steilküste lebt.«

»Das ist alles?«

»Mehr weiß ich nicht.«

Na toll! Schottische Schlösser gab es Dutzende, wenn nicht sogar Hunderte. Das war nicht sehr hilfreich.

»Wir sind da«, sagte Milo angespannt, »und jetzt haltet endlich die Klappe.«

Er hielt den Wagen neben den Sträuchern und Zypressen. Während er ausstieg, stöhnend das Kreuz durchstreckte, zu den Büschen ging und so tat, als wollte er pinkeln, marschierte Orwell auf den Fahrersitz rüber und blickte seinem Herrchen nach. Vorsichtig kippte Ethan die Rückenlehne des Beifahrersitzes nach vorne, kroch zur Tür, öffnete sie und schlängelte sich aus dem Wagen.

Ich schob meinen Rucksack mit Charlie darin vor mich her, kroch ebenfalls aus dem Wagen und drückte die Beifahrertür so leise wie möglich mit dem Fuß hinter mir zu. Orwell blickte die ganze Zeit verwundert zwischen Milo und uns hin und her. Dann verdufteten wir in den Wald.

Von den Männern, die neben den beiden Helikoptern

standen, schien uns niemand bemerkt zu haben. Ethan und ich schlichen durch das Unterholz, peinlich darauf achtend, dass wir auch ja auf keinen dürren Ast traten, der uns durch ein Knacken verraten hätte.

Als wir uns näher an sie heranpirschten, erkannte ich durch das Gestrüpp, dass die Hubschrauber nicht von demselben Typ waren wie die riesige zweimotorige Chinook, die uns auf Wreck Island verfolgt hatte. Diese beiden waren nicht vorne und hinten mit Rotorblättern ausgestattet, dafür schlanker und wendiger. Mit ihrem schwarz glänzenden stromlinienförmigen Körper sahen sie auch verdammt gefährlich aus.

Vorsichtig robbten wir uns näher heran. Es waren nur zwei Männer, die neben den Hubschraubern standen. Vermutlich die Piloten. Einer hatte einen Helm mit einem Headset auf und tippte auf einem Tablet herum, der andere sprach in ein Funkgerät.

O Gott, die tragen beide Pistolen!. »Ich hoffe, du weißt, was du tust«, sagte ich zu Ethan.

»Jetzt auf einmal kriegst du kalte Füße? Darf ich dich daran erinnern, dass es *dein* Plan war!«

Nun sahen wir, wie der VW-Käfer an den zwei Helikoptern vorbeifuhr. Einer der beiden Männer wollte ihn mit der ausgestreckten Hand stoppen, doch Milo fuhr weiter, woraufhin sie dem Wagen hinterherliefen und die Pistolen zogen. Allerdings zielten sie direkt auf das Auto, ohne vorher einen Warnschuss in die Luft abzufeuern. Bei dem Knall zuckte ich zusammen. Sie hatten dem Wagen zwei Platten geschossen, sodass er nur noch auf den Felgen weiterfuhr.

Schließlich hielt Milo an und kletterte wütend aus dem Wagen. Orwell sprang ebenfalls raus. Sie waren nun weit genug von uns entfernt. Wir sahen, dass es zu einer hitzigen

Diskussion kam. An den Gesten erkannten wir, dass die Männer Milo ausfragten und ihm drohten, doch der hob nur unschuldig die Arme und stellte sich dumm.

Schließlich pfiff er nach Orwell, woraufhin der Hund zu kläffen begann. Milo tat so, als wollte er den Terrier beruhigen, indem er weiterpfiff, was Orwell natürlich noch mehr aufbrachte. Er bellte wie verrückt, zog die Lefzen zurück und sprang sogar einen der beiden Männer an.

»Jetzt!«, zischte Ethan und kroch aus dem Unterholz.

Ich schulterte meinen Rucksack und folgte ihm. Charlie war aus der Tasche geschlüpft und lief neben mir her. Geduckt rannten wir vom Waldrand zu den beiden Hubschraubern und ließen uns vor den Landekufen ins Gras fallen.

»Und wie willst du die Helikopter sabotieren?«, fragte ich.

»Am einfachsten wäre es, den Heckrotor mit einem Draht zu umwickeln, damit er beim Starten blockiert«, flüsterte Ethan, »aber ich habe keinen Draht.«

»Prima«, zischte ich. »Und jetzt?«

Ethan reckte den Hals, um sich zu versichern, dass keiner der Piloten hersah, dann erhob er sich, öffnete die Cockpittür einen Spaltbreit und kroch gebückt über den Boden in die Kabine. *Himmel, wenn das nur gut geht!*

Vorsichtig hob auch ich den Kopf, um zu sehen, was Ethan trieb. Nachdem er sich umgesehen hatte, nahm er einen kleinen Feuerlöscher aus der Halterung.

Oh – oh! Das sah gar nicht gut aus.

Er packte die Flasche und schlug mit dem Ende auf die Armaturen, sodass ein Kippschalter abbrach.

»Bist du verrückt!«, zischte ich und drückte mich tief ins Gras. »Sei leise!«

Zum Glück hatten die Piloten das Knacken nicht gehört,

weil Orwell immer noch so laut kläffte. Er hielt zwar einmal kurz inne, um zu schnuppern, da er vermutlich Charlie gerochen hatte, bellte dann aber gleich wieder weiter.

»Das war der Batterieschalter«, erklärte Ethan. »Ohne den kann die Maschine nicht gestartet werden.« Er klemmte den Feuerlöscher wieder in die Halterung und ließ den abgebrochenen Kippschalter in seiner Hosentasche verschwinden.

»Das war's?«, fragte ich verblüfft.

»Was hast *du* gedacht? Dass wir eine Bombe bauen und die beiden Helis in die Luft jagen?« Er nickte zum zweiten Helikopter. »Kümmere dich um den anderen.«

»Okay.« Ich robbte durchs Gras zum anderen Hubschrauber und wollte ins Cockpit klettern, doch die Tür war versperrt. *Verdammt!*

Ethan, der bereits wieder draußen war, sah mich auffordernd an, doch ich zuckte nur mit den Achseln. Genervt kroch er durchs Gras zu mir.

»Abgesperrt«, murmelte ich.

»Hast du einen Schraubenzieher in deinem Rucksack?«

»Willst du die Cockpittür mit einem …?«

»Ob du einen Schraubenzieher hast?«, fuhr er mich an.

»Ein Taschenmesser.«

»Her damit!«

Ich kramte das Messer aus dem Rucksack und Ethan klappte eine Klinge mit stumpfem Ende heraus. Statt sich an der Tür zu schaffen zu machen, schob er sich unter den Rumpf der Maschine und begann die Schrauben einer Klappe aufzudrehen.

»Das ist die Wartungstür«, keuchte er.

Als die Platte herunterfiel, quollen jede Menge Kabel und Leitungen daraus hervor.

»Gasturbine … Tankeinfüllstutzen … Elektro- und Treibstoffleitungen …« Ethans Hände verschwanden in dem Gewirr. »Wie bei unseren Drohnen – je mehr Hightech in so einem Gerät steckt, desto anfälliger ist es.« Wahllos kappte er einige Steckverbindungen und durchtrennte einen Schlauch, sodass eine rotbraune Flüssigkeit herauslief. »Bähhh … Kerosin«, stöhnte er auf.

Charlie ließ sich neben Ethan ins Gras fallen, schnupperte an der Pfütze und rümpfte die Nase.

»Beeil dich!«, drängte ich. »Die kommen schon wieder zurück.«

Ethan wischte sich mit dem Ärmel übers Gesicht, drückte die Wartungsklappe zu und kroch unter dem Helikopter hervor. »Das müsste reichen.«

Rasch schoben wir uns auf dem Bauch liegend rückwärts über die Wiese in den Wald. Charlie folgte uns wie ein Indianer auf der Pirsch.

Ethan war etwas schneller als ich, er musste ja auch keinen Rucksack hinter sich herziehen.

»Mach schon! Die kommen!«, drängte Ethan.

Ich hatte es bereits bemerkt. Die Piloten hielten Milo wie einen Gefangenen zwischen sich und führten ihn zu den Hubschraubern. Anscheinend war Milos Erklärung, was er hier tat, nicht sehr überzeugend gewesen. Außerdem hatten sie mittlerweile bestimmt schon seine Identität herausgefunden und wussten, dass wir Kontakt zu ihm aufgenommen hatten.

Wir hatten den Wald erreicht, uns im Unterholz verborgen und spähten zwischen den Büschen zu den Hubschraubern. Charlie lag neben mir und buddelte fasziniert mit seinen Krallen in der Erde.

»Verd…!«, zerbiss Ethan einen Fluch zwischen den Zähnen.

Einer der Männer öffnete die Frachttür des einen Hubschraubers und stieß Milo hinein. Orwell blieb draußen sitzen und bellte sich die Lunge aus dem Leib.

Das war's!

Warum mussten wir auch nur jeden in Gefahr bringen, mit dem wir in Kontakt traten? Am liebsten hätte ich mich für die nächsten Monate irgendwo verkrochen und niemanden mehr gesehen.

Plötzlich wurde mir heiß. Panik kroch in mir hoch. »Wie sollen wir jetzt zur Kopernikus kommen?«, flüsterte ich.

»Sieht nicht so aus, als würden sie Milo freilassen«, murmelte Ethan. Dann deutete er auf meinen Rucksack. »Hast du ein Funkgerät mit?«

»Nein.«

»Du Amöbe«, stöhnte er auf.

»Woher sollte ich auch wissen, dass wir uns auf der Insel trennen?«, zischte ich. »Außerdem hast du ja das Signal aus dem Medaillon angeblich so genial unterbunden, damit sie uns nicht finden!«

»Hab ich auch!«

Wir beobachteten die Männer weiter. Wie es aussah, hatten wir keine Chance mehr, Milo jemals wiederzusehen, um zu erfahren, wo die Kopernikus auf uns warten würde.

21. KAPITEL

Sicherheitshalber schoben Ethan und ich uns tiefer in den Wald hinein. Je länger wir warteten, desto mehr Leute würden zu den Helikoptern kommen. Und wenn die begriffen, dass die Hubschrauber sabotiert worden waren, würden sie alle mit größter Wahrscheinlichkeit in null Komma nix herkommen, um nach uns zu suchen. Also krochen wir weiter ins Gehölz, bis wir uns gefahrlos aufrichten konnten.

»Was jetzt?«, fragte ich, da ich völlig die Orientierung verloren hatte.

Ethan brachte mich mit einer Handbewegung zum Verstummen. Er dachte nach. Ein gutes Zeichen, denn er hatte ein fotografisches Gedächtnis und verirrte sich nicht so leicht wie ich.

»Hier gibt es keine Olivenhaine …«, murmelte er, »… also müsste der Eingang zur Höhle des Orkus auf der gegenüberliegenden Seite des Waldes liegen.«

»Was hilft uns das, du Supergenie? Der Eingang zur Höhle ist verschüttet worden«, erinnerte ich ihn.

»Weißt du das hundertprozentig, ohne dort gewesen zu sein?«

»Oooch!« Ich stöhnte auf. »Das ist viel zu gefährlich.«

»Du kannst ja zum Helikopter zu unseren neuen Freunden gehen und sie bitten, dich wegzufliegen. *Oh, wie schade, das geht ja leider nicht mehr.* Wir haben ja die Batterien und Schläuche kaputt gemacht. Das wird sie sicherlich freuen.«

»Du bist so ein Idiot!«, schimpfte ich. »Also gut, gehen wir zur Höhle.« Ich beugte mich zu Charlie hinunter. »Nach Hause!«, flüsterte ich.

Charlie wollte bereits in Richtung der Helikopter durch den Wald lossprinten, doch ich konnte ihn gerade noch rechtzeitig am Halsband packen. Ich setzte ihn in die andere Richtung und gab ihm einen Klaps. Er verstand sofort und lief los. Wir folgten ihm.

Nach einigen Minuten, in denen Charlie uns kreuz und quer durchs Unterholz führte, erreichten wir den Waldrand. Es war tatsächlich jene Anhöhe, wo uns Zoe nach unserer Ankunft in der Höhle ans Tageslicht gebracht hatte. Aber die gesamte Fläche war durch das Erdbeben einige Meter tief eingesunken und glich einer Wellenlandschaft.

Hier drüber zu laufen, war nicht gerade ratsam. Ich packte Charlie und setzte ihn auf meinen Rucksack. Er ließ Pfoten und Kopf über meine Schulter hängen und ließ sich tragen.

»Sei vorsichtig«, sagte Ethan und ging voraus.

Zum Glück waren hier keine Leute, die nach uns suchten. Offenbar vermuteten sie uns in einer der Ortschaften.

Der Weg war uneben. Überall gab es Risse in der Wiese, wo die Erde sich abgesenkt hatte.

Schließlich fanden wir den Pflock, an den Zoe die beiden Esel angebunden hatte. Er ragte nur noch wenige Zentimeter aus einer Spalte heraus. Der Zugang zur Höhle war tatsächlich weg. Von hier aus gab es keine Möglichkeit mehr, die Steintreppe nach unten zu erreichen.

Ethan stampfte zornig auf. »Fuck, fuck, fuck!«, rief er.

Was er in der nächsten Minute außerdem noch von sich gab, werde ich nicht wiederholen. Jedenfalls hatte ich ihn noch nie so schimpfen gehört.

»Wir haben es zumindest probiert«, versuchte ich ihn zu beruhigen. »Sobald Simon mitkriegt, dass wir nicht da sind, wo wir sein sollten, wird er garantiert Darwin steigen lassen, um nach uns zu suchen.«

»Wenn uns die Typen nicht vorher geschnappt oder Darwin mit einem Gewehr vom Himmel heruntergeholt haben.«

Er hatte recht. Ich sah mich um. Bis jetzt war niemand auf dieser Anhöhe. Warum sollten sie auch ausgerechnet hier nach uns suchen? Hier gab es nichts außer …

»Ich hab's!«, rief ich plötzlich.

Ethan sah mich verdutzt an, als könnte er nicht glauben, dass auch ich einmal eine gute Idee hatte.

»Erinnerst du dich, als wir von der Kopernikus durch die Höhle gegangen sind? Bevor wir auf Zoe trafen, haben wir einen Riss in der Decke gesehen, durch den Tageslicht fiel und wo Wurzeln herunterhingen. Vielleicht gibt es diese Stelle noch, dann könnten wir dort …«

»Weißt du«, sagte er anerkennend, »du bist gar nicht so blöd, wie alle immer behaupten.«

Ich entgegnete nichts Ätzendes darauf, ich war bloß froh, dass Ethan seinen Kampfgeist zurückgewonnen hatte.

»Komm!«, rief er und setzte sich in Bewegung.

Ich folgte ihm.

Nach einigen Metern hielt er an. »Wenn ich mich richtig

erinnere, müsste es irgendwo hier gewesen sein.« Er sah sich um.

Ich drehte mich ebenfalls langsam im Kreis, fand jedoch nichts, machte einen Schritt zur Seite und plötzlich gab die Erde unter meinen Füßen nach. Schreiend versank ich bis zum Knöchel und stürzte. Der Schmerz fuhr mir durchs Bein, und ich spürte, wie es mir den ohnehin schon lädierten Knöchel umdrehte. Ich biss die Zähne zusammen. *Schon wieder!* Venedig und Santorin schienen nicht gerade meine Lieblingsorte zu werden.

Als ich versuchte, mich aufzurappeln, bemerkte ich neben mir einen kühlen Luftzug auf der Wange. Ich schob das hohe Gras beiseite und starrte in ein dunkles schwarzes Loch. Einen halben Meter weiter links und ich wäre da hineingefallen.

»Alles okay?«, fragte Ethan, der erst jetzt mitbekam, dass ich im tiefen Gras lag.

»Ja, hab mir nur den Fuß gebrochen und den Schädel an einem Felsen aufgeschlagen«, murrte ich.

»Oh, gut, dachte schon, es sei etwas Ernstes.«

Idiot!

Charlie kletterte umständlich über meinen Kopf, setzte sich neben mich ins Gras und blickte ebenfalls in den Schlund. Er war gerade mal so breit, dass ich mich durchschieben konnte.

»Ich habe die Felsspalte gefunden«, murmelte ich und rieb mir den Knöchel.

Ethan lief sofort her und hockte sich neben mich ins Gras. Das Erdbeben hatte den Riss verengt und die Wiese großteils hineinstürzen lassen.

»Mit etwas Glück sind die Wurzeln noch da.«

»Wer klettert zuerst rein?«, fragte ich.

»Ladies first!«

Lady? Gerade eben hast du mich noch Amöbe genannt.

»Aber du bist der Kräftigere von uns beiden«, entgegnete ich, »und falls du abstürzt und dir das Gehirn verletzt, entsteht zumindest kein großer Schaden.«

»Witzig, ich …« Ethan verstummte und sah auf.

Ich hatte es auch gehört. Jenseits des Waldes startete ein Helikopter. Das sirrende Geräusch der Rotorblätter erfüllte die Luft. Anscheinend hatte Milo letztendlich doch verraten müssen, dass er uns gefahren hatte und wo wir aus dem Wagen gestiegen waren. Und nun waren sie uns auf den Fersen.

Wir hielten beide den Atem an.

Im nächsten Moment verstummte das Geräusch, wich einem Husten, und Sekunden später stieg eine schwarze Rauchwolke über den Baumwipfeln auf, die der Wind in unsere Richtungen trug.

»*Uuups!* Kabelbrand in der Treibstoffleitung«, stellte Ethan fest.

Hoffentlich ist Milo und Orwell nichts passiert, dachte ich. Aber wer einen Sturz fünfzig Meter in die Tiefe überlebte, den brachte so leicht nichts um.

Ethan steckte die Beine in den Spalt, klammerte sich an die Grasbüschel und schob Hüfte und Oberkörper nach.

»Hier sind tatsächlich noch Wurzeln«, keuchte er. »Wie es aussieht, halten sie. Ich versuch es weiter.«

»Aber sind sie lang genug, damit wir den Boden der Höhle erreichen?«

»Sag ich dir in einer Minute«, keuchte er.

Diese Höhle war unsere letzte Hoffnung, rechtzeitig die Kopernikus zu erreichen, bevor sie die Insel verlassen würde. Sollten wir zu spät kommen, saßen wir dort unten fest. Rasch verdrängte ich den schrecklichen Gedanken.

Im nächsten Moment war Ethans Haarschopf verschwunden. Ich wartete, hörte ihn aufstöhnen und spähte in den Spalt hinunter. In der Dunkelheit konnte ich gerade noch erkennen, wie er in einem Geflecht aus Wurzeln hing – wie eine Spinne in ihrem Netz.

»Ich seh nichts!«, rief er nervös nach oben.

»Sorry.« Ich zog den Kopf zurück, damit wieder mehr Licht durch den Spalt fallen konnte.

Dann hörte ich ihn erneut keuchen, ächzen und stöhnen. Der Geschickteste war er ja nicht gerade – zumindest was das Klettern betraf.

Erdkrumen rieselten hinunter und Steine schlugen klickernd gegen die Felswand.

»Bin unten!«, rief er schließlich hinauf. Seine Stimme klang gedämpft und hallte mit einem Echo nach.

Charlie und ich warfen uns einen kurzen Blick zu. Ich nickte, danach verschwand das Frettchen im Loch. Bestimmt kletterte es geschickt von einer Wurzel zur anderen und hangelte sich in Windeseile nach unten.

»Ist Charlie unten?«, rief ich nach einer Weile.

»Ja.«

»Ich werfe jetzt meinen Rucksack runter.«

»Mach schon!«

Ich ließ den Rucksack durch den Riss fallen.

»Ist hängen geblieben«, rief Ethan.

Mist!

Ich schob die Beine voran durch den Spalt. Als ich wieder einen Stich im Knöchel spürte, biss ich die Zähne zusammen.

Ignoriere den Schmerz!

Plötzlich hörte ich Stimmen. *Verdammt, die sind schon hier!* Rasch rutschte ich mit dem Oberkörper bis zum Hals in das Loch und sah mich noch einmal kurz um. Durchs Gras erkannte ich, wie einige Männer über die Anhöhe liefen. Offenbar hatten sie gerade über Funk erfahren, dass die Helikopter den Geist aufgegeben hatten. Zum Glück waren sie so beschäftigt, dass sie mich nicht bemerkten. Rasch ließ ich mich tiefer gleiten und packte das Gewirr aus Wurzeln.

Viel war nicht mehr davon da. Anscheinend hatte Ethan bei seiner Klettertour bereits einige Stränge ausgerissen. Doch andererseits war ich leichter als er.

Erdkrumen rieselten mir ins Gesicht und plötzlich umfing mich Kälte. Es roch nach Erde, Moos und Salzwasser.

Das spornte mich an. Der Zugang zum Meer konnte nicht mehr weit sein.

Ich hangelte mich einen weiteren Meter nach unten und zuckte zusammen. Neben mir hing etwas Großes, Schwarzes in den Wurzeln.

Der Rucksack!

Mein Puls hatte sich beschleunigt.

Verflixt!

Ich konnte die Hände nicht lösen, also trat ich den Rucksack hinunter. Er fiel in die Tiefe.

»Aua! Verflucht!«, hörte ich Ethan direkt unter mir schimpfen.

»Sorry«, keuchte ich.

Dann fand ich keinen Halt mehr. Meine Beine baumelten im Leeren.

»Die letzten Meter musst du springen.«

»Wie viel?«

»Drei.«

»Wie ist Charlie runtergekommen?«

»An der Felswand runtergelaufen.«

Ich spürte, wie das Wurzelwerk mit einem Ruck nachgab, hörte meinen eigenen schrillen Schrei an der Felswand widerhallen und merkte, wie ich hin und her baumelte.

»Mein Knöchel ist verstaucht«, presste ich hervor.

»Ich fang dich auf, jetzt mach schon!«

Im Geiste zählte ich bis drei, dann stieß ich die Luft aus der Lunge und ließ mich fallen. Bei der Landung versuchte ich mein Gewicht auf die Seite meines gesunden Fußes zu verlagern. Ich schlug auf und fiel in Ethans Arme. Gemeinsam stürzten wir zu Boden.

»Mann, bist du schwer«, keuchte er.

Sogleich rollte ich von ihm herunter und rappelte mich hoch. Neben ihm lag mein Rucksack. Ich schnappte ihn und reichte Ethan die Hand.

»So viel wie auf Santorin haben wir schon lange nicht mehr gemeinsam unternommen«, sagte ich.

»Und das wird auch nicht wieder so schnell passieren«, knurrte er und zog sich hoch. »Wenn ich wieder auf der Kopernikus bin, sperre ich mich in meiner Kajüte ein.«

»Wir sollten uns beeilen.«

Ethan orientierte sich kurz. Wir befanden uns zweifellos auf dem Pfad, den wir gestern entlanggegangen waren, bevor wir Zoe getroffen hatten. Doch die Lichtverhältnisse hatten sich verändert. Es war viel dunkler, vermutlich hatte das Erdbeben die Risse zugeschüttet.

Ethan wollte sich in der Dunkelheit bereits in eine Richtung vorantasten, als ich ihn stoppte.

»Moment!« Ich kramte in meinem Rucksack herum.

»Sag bloß, du hast doch ein Funkgerät mit.«

»Nein, aber die Taschenlampe, die Milo mir heute Morgen gegeben hat.« Ich schaltete das Licht ein und gab Ethan die Lampe.

Er beleuchtete den Weg, dann liefen wir los, besser gesagt, Ethan und Charlie liefen los, ich humpelte hinterher. Zum Glück versperrte uns kein heruntergestürztes Geröll den Weg.

Nach wenigen Minuten erreichten wir die Höhle. Es roch nach Salzwasser, die Wellen klatschten wild an die Felsen. Anscheinend war jetzt der höchste Stand der Flut, weil der Wasserspiegel so hoch war, dass es nur noch einen winzigen Spalt gab, durch den Tageslicht in die Höhle blinzelte.

Auf einem Felsen lag ein Haufen, den Ethan mit der Taschenlampe beleuchtete. Drei Neoprenanzüge, Flossen, Tauchermasken und drei Pressluftflaschen. Daneben befand sich ein in wasserdichte Folie verpacktes Bündel mit Geldnoten. Von Simon, Pierre und Johann war keine Spur zu sehen.

»Leuchte mal dort rüber!«, rief ich.

Ethan richtete den Strahl der Lampe übers Wasser, der sich aber bald in der Dunkelheit verlor. Wellen breiteten sich kreisförmig aus, und ich glaubte, den Turm der Kopernikus zu sehen, kurz bevor er untertauchte.

Verflucht, zu spät!

22. KAPITEL

»Verdammt, nein!«, rief Ethan, der nicht wahrhaben wollte, dass die Kopernikus ohne uns verschwand.

Er reichte mir die Taschenlampe und bückte sich nach einem Stein, den er übers Wasser springen ließ, bis er an die Außenhülle der Kopernikus schlug.

Ein letzter verzweifelter Versuch!

Ich leuchtete zur Taucherausrüstung. *Wir könnten aus der Höhle tauchen*, überlegte ich, verwarf den Gedanken aber wieder. Erstens würde es Ethan niemals in der Unterwasserströmung zwischen den Felsen hindurch schaffen, ohne Panik zu bekommen und sich aufzuschlitzen, und zweitens sah ich keine Möglichkeit, Charlie mitzunehmen.

Indessen hatte Ethan zwei weitere Steine auf die Kopernikus geschleudert, die ein dumpfes Klicken von sich gaben. Ich hörte, wie das Brummen des Antriebs unter Wasser verstummte. Der Turm verlangsamte seine Fahrt, und kurz bevor er gänzlich aus der Höhle verschwinden konnte, hielt er an.

Es hat geklappt!

Das Sehrohr fuhr aus und das Periskop drehte sich in

einem Rundblick und verharrte dann in unserer Richtung. Mit der Taschenlampe gab ich Morsezeichen.

SOS – erbitten, an Bord kommen zu dürfen.

Unter Wasser blinkte ein trübes gelbes Licht aus dem Bullauge auf.

Erlaubnis erteilt!

»Was sagen sie?«, fragte Ethan, der anscheinend die gemorste Antwort verpasst hatte.

»Du sollst aufhören mit Steinen nach dem Boot zu werfen«, sagte ich, »sonst musst du hierbleiben.«

»Ha, witzig!«, rief er.

Während wir warteten, dass die Maschinen der Kopernikus mit voller Kraft zurückfuhren, betrachtete ich das Geldbündel genauer. Es befanden sich bestimmt über dreißigtausend Euro darin. Vermutlich stammten sie aus Simons Geldkiste, die Johann und ich bei den Niagarafällen ausgegraben hatten und die uns als finanzielle Sicherung dienen sollte. Das Geld war bestimmt als Entschädigung für Milo und Zoe gedacht, um neue Sonden für ihre Forschung zu kaufen oder die Erdbebenschäden an ihrem Haus zu reparieren. Simon hatte sicher ein genauso schlechtes Gewissen wie ich, da alles nur wegen uns passiert war. Das Geld würde ihnen zumindest ein wenig helfen.

Falls Zoe jemals wieder einen Weg in diese Höhle findet, überlegte ich. Aber ich war sicher, Zoe würde schon bald eine neue Taucherausrüstung auftreiben und hierherkommen.

Inzwischen hatte uns die Kopernikus erreicht. Die Luke am Turm öffnete sich mit einem hydraulischen Zischen und Simon streckte den Kopf heraus.

»Was macht ihr hier? Und wo ist Milo?«, rief er.

Ich wollte gerade zu einer Antwort ansetzen, als der Boden unter meinen Beinen zu wackeln begann. Steine rieselten von der Decke und Felsbrocken stürzten an mehreren Stellen platschend ins Wasser.

»Ein Nachbeben!«, rief Simon. »Rasch!«

Ethan sprang mit einem Satz von der Felskante auf den Turm und klammerte sich an der Leiter fest.

»Charlie!«, rief ich und schnalzte mit der Zunge.

Das Frettchen kletterte mit zwei raschen Sätzen über mein Bein und den Rücken auf meine Schulter, wo es sich festkrallte. Ich steckte die Lampe in die Hosentasche, holte tief Luft und versuchte den Schmerz in meinem Knöchel auszublenden. Während ich Felsen auf die metallene Außenhülle krachen hörte, nahm ich Anlauf und sprang ebenfalls. Hart knallte ich gegen die Leiter des Turms, rutschte ab, konnte mich jedoch festklammern.

Ethan packte mich, half mir hoch und dann war ich auch schon im Turm. Während ich den Deckel über mir schloss, war Simon bereits bei den Armaturen auf der Kommandobrücke und rief den nächsten Befehl in den Maschinenraum.

»Tauchen! Alle Tanks fluten!«

Ich rutschte die Leiter hinunter, als die Kopernikus auch schon im Wasser versank. Simon stand angespannt neben dem piependen Sonar und manövrierte das U-Boot zwischen die Felsen hindurch aufs offene Meer.

Durch die Bootsverbände hörte ich ein unheimliches Dröhnen im Wasser.

»Das stammt vom Nachbeben.« Simon klang beunruhigt. »Ein Grad Backbord! Tiefenruder hart nach unten!«, rief er zu Johann in den Steuerraum.

Einige herunterfallende Felsen schrammten im Wasser an der Außenhülle entlang und gaben ein schrilles Quietschen von sich, als würde man mit einer Gabel den Lack eines Autos zerkratzen.

»Nur ein paar Schrammen, nichts, worüber wir uns Sorgen machen sollten.« Simon ließ erneut den Kurs korrigieren und wir gingen tiefer.

»Aber wenn die Felsen das Glas eines Bullauges einschlagen?«, fragte ich. Eigentlich genügte schon ein feiner Haarriss, dann würde der Wasserdruck das Fenster zerspringen lassen.

Simon gab keine Antwort. Anscheinend wollte er an diese Möglichkeit nicht denken.

Minuten später waren wir endlich im offenen Meer, und ich spürte, wie Simon erleichtert aufatmete. *Wassertiefe zweihundertfünfzig Meter*, las ich vom Sonar ab. Der Meeresboden fiel steil ab.

»Zwei Drittel Fahrt voraus«, befahl Simon.

Wir riskierten gar nicht erst, das Periskop auszufahren, sondern gingen auf eine Tiefe von vierzig Meter. Still und heimlich verließ die Kopernikus den Archipel von Santorin und verschwand in der Dunkelheit des Ozeans.

Während Simon auf der Kommandobrücke blieb, humpelte ich in die Bibliothek, kramte durch unser Kartenmaterial, bis ich schließlich fand, wonach ich suchte, und hinkte anschließend zur Kombüse. Dort legte ich mir einen Eisbeutel auf den geschwollenen Knöchel und umwickelte ihn mit einem Tuch.

In der Zwischenzeit verkroch sich Ethan, wie er angekündigt hatte, nach einer heißen Dusche in seine Kajüte. Ich wusste, ich würde ihn die nächsten Stunden, möglicherweise Tage, nicht zu Gesicht bekommen.

Eine halbe Stunde später übernahm Johann das Steuer

und Simon kam zu mir in die Kombüse. Er war blass, holte eine Flasche Whisky aus der Bordbar und goss sich ein Glas bis zum Rand ein.

»So schlimm?«, fragte ich.

Kommentarlos kippte er den Inhalt des Glases in einem Zug hinunter. Sekunden später gewann sein Gesicht wieder an Farbe. Er vernichtete ein zweites Glas und verstaute die Flasche wieder in der Bar. »Ja, so schlimm«, sagte er nur und setzte sich zu mir an den Tisch.

Er hob mein Bein hoch, legte es auf seinen Oberschenkel und nahm meinen Kälteverband ab. Dann fischte er eine Tube mit einem Gel aus seiner Hosentasche und massierte damit meinen Knöchel.

»Besser?«, fragte er.

»Ja, danke.« Das Gel ließ mich frösteln.

»Das war unsere letzte Spur«, sagte er, während er mir wieder den Kälteverband um den Knöchel legte und fachmännisch verband. »Wir haben absolut keinen Hinweis, wo wir ansetzen könnten, um mehr über Amandas Forschung herauszufinden. Und selbst wenn, was würde uns das nützen? Egal, wo wir hinfahren – Finn und seine Schergen folgen uns auf Schritt und Tritt.«

»Du gibst einfach so auf?«, fragte ich.

»Du weißt, dass ich nie leichtfertig aufgebe … aber was bleibt mir im Moment anderes übrig?«

Ich fischte die Karte aus der Gesäßtasche, die ich zuvor aus der Bibliothek geholt hatte. Diese breitete ich vor uns auf dem Tisch aus.

»Schottland?«, fragte Simon verwundert.

Ich erzählte ihm, was Milo uns beim Abschied erzählt hatte, woraufhin Simon sich interessiert über die Karte beugte und den Küstenstreifen Schottlands studierte.

»Hm … der Geldgeber deiner Mutter lebt also in einem Schloss an der schottischen Steilküste«, murmelte er.

Dummerweise war Schottland im Norden, Osten und Westen von Wasser umgeben, was die Suche nach dem Mann nicht gerade vereinfachte.

»Die *Scottish Castles Association* schätzt, dass es früher über 3000 befestigte Gebäude in Schottland gegeben hat«, erklärte Simon. »Alle 100 Quadratmeilen eines.«

»Scheiße!«, entfuhr es mir.

»Nicht fluchen, Terry!«, mahnte er mich. »Die gute Nachricht ist, dass es mittlerweile nur noch etwa 1400 davon gibt und wiederum nur ein Teil davon an der Küste liegt. Die schlechte Nachricht ist, dass die Küste verdammt lang ist.«

»Wenn wir sie der Reihe nach abklappern …«, schlug ich vor.

»Sind wir in zwanzig Jahren damit fertig«, antwortete er.

Mutlos ließ ich die Schultern sinken. Mein Plan mit der Karte Schottlands war zwar gut gemeint, aber völlig nutzlos. »Darf ich auch ein Glas Whisky haben?«, fragte ich.

Simon sah mich mit aufgerissenen Augen an.

»Ich mache nur Spaß«, murmelte ich.

»Für einen Moment dachte ich wirklich …«, sagte er kopfschüttelnd, wurde jedoch von Johann unterbrochen.

Der blieb draußen stehen und steckte nur den Kopf zur Tür herein. »Der Autopilot hat übernommen.«

»Gut, Johann, wir …«

Da marschierte Ethan an ihm vorbei in die Kombüse, gut gelaunt und voller Tatendrang, frisch geduscht, in Jeans und seinem Lieblings-T-Shirt, und hockte sich mit einem Satz auf die Küchenarbeitsfläche, als hätte ihn der Ausflug an die frische Luft für kurze Zeit aus seinem nerdigen Dämmerschlaf gerissen.

»Was stimmt dich so fröhlich?«, fragte Simon.

»Hat der Sauerstoff dein Nerd-Gehirn endlich in Gang gesetzt?«, fragte ich.

»Während ihr hier doofe Witze reißt«, begann er und deutete völlig unbescheiden auf den Spruch auf seinem T-Shirt – *Nicht stören! Genie bei der Arbeit*, »habe ich nachgesehen, ob mein Computerprogramm das Passwort zu Amandas Testament knacken konnte.«

»Du warst allen Ernstes in meinem Büro?«, fragte Simon.

»Yepp«, antwortete Ethan ohne jegliches schlechtes Gewissen.

Schlagartig setzte ich mich auf. »Und was steht drin?«

Ethan grinste. »Wollt ihr nicht zuerst das Passwort erfahren?«

»Ja, spuck es schon aus!«

Ethan ließ sich mit der Antwort Zeit. Wenn er einmal zufällig etwas Wichtiges herausgefunden hatte, genoss er es, andere auf die Folter spannen – und Mann, das konnte er ziemlich gut. »Es beginnt mit dem Buchstaben L und einer Zahlenreihe, gefolgt von B und einer Zahlenreihe.«

Ich sah ihn verwirrt an.

»Längen- und Breitengrade«, erklärte er, als wäre ich dämlich. »Es sind die Koordinaten von Wreck Island!«

»Kluges Kind.« Simon runzelte die Stirn. »Und was schreibt sie in ihrem Nachlass?«

»Der Brief ist an Terry gerichtet.«

»Aber du hast ihn natürlich trotzdem gelesen«, stellte ich schnippisch fest.

»Zu reinen Recherchezwecken.« Ethan nahm den Riemen seines Notebooks von der Schulter, klappte es auf und las vor. *»Liebe Terry, wenn du das liest, bist du etwa so alt wie ich jetzt, während ich das schreibe. Du bist eine* *erwachsene Frau geworden, vielleicht sogar schon selbst Mutter, und wirst meine Beweggründe möglicherweise besser verstehen.*« Er hob kurz den Blick und linste zu mir herüber, sagte aber nichts.

»Weiter!«, drängte ich.

»Ja, doch!«, knurrte Ethan. »*Es tut mir so leid, was ich entdeckt habe* … bla, bla, bla … *niemand hätte je davon erfahren dürfen* … bla, bla, bla … *die Forschung darf nicht in die falschen Hände fallen, denn die Menschheit ist noch nicht reif genug, mit diesem Wissen verantwortungsbewusst umzugehen, aber ich hoffe, dass das in fünfundzwanzig Jahren anders ist* … bla, bla, bla …, und aufgepasst, meine Damen und Herren, denn hier kommt die entscheidende Stelle: … *aus diesem Grund gibt es nur wenige, wie den Earl of Huntington, der davon profitiert hat. Die Familie des Earls kann dir mehr über mich und meine Forschung erzählen.*« Strahlend grinste Ethan uns an.

»Wer ist der Earl of Huntington?«, fragte Simon.

»Äh … keine Ahnung«, sagte Ethan.

»Und wo sollen wir den finden?«, fragte Johann, der immer noch im Türrahmen stand.

»Äh …« Ethan wurde unsicher, sein Grinsen verflog und er ließ die Schultern sinken. »Das weiß ich nicht.«

Schließlich warfen Simon und ich uns einen wissenden Blick zu.

»Aber wir.« Ich griff zur Karte, drehte sie herum und schob sie über den Tisch. »An der schottischen Steilküste.«

3. TEIL

SCHOTTLAND

23. KAPITEL

Die Überfahrt nach Schottland mit über zweieinhalbtausend Seemeilen dauerte nur knapp 33 Stunden – und diesmal pflügten wir mit Höchstgeschwindigkeit durchs Mittelmeer und von dort in den Atlantik, damit Finn es nicht wieder schaffte, uns zuvorzukommen. Die Reise verlief ohne nennenswerte Zwischenfälle, bis auf eine kleine … na ja, merkwürdige Sache.

Im Grunde genommen standen wir vor einem Rätsel, das damit begann, dass unsere Kompassnadel vom Normalwert abwich. Simon suchte nach einer magnetischen Quelle unbekannten Ursprungs, die offenbar unsere Geräte irritieren musste, konnte sie jedoch nicht finden. Danach begannen andere Geräte an Bord mit kleinen Abweichungen zu spinnen, was sie – solange ich mich erinnern konnte – noch nie getan hatten. Die Zeiger zuckten irritiert und die Digitalanzeigen sprangen wahllos um. Immer nur für Sekunden! Danach war alles wieder für eine Weile in Ordnung.

Beinahe kam es uns so vor, als lenkte der Teufel unser Boot – als tauchten wir durchs Bermudadreieck, das ja bekannt dafür war, die Geräte zu stören. Aber wir waren im Mittelmeer, mit Kurs auf Schottland. Und hier gab es weit und breit keine Pole oder irgendetwas anderes, das die Maschinen hätte stören können. Und noch etwas bemerkten wir. Je weiter vorne im Bug sich die Geräte in der Kopernikus befanden, umso seltsamer verhielten sie sich. Aber in der Spitze des U-Boots lagen nur Simons Forschungslabor und seine Kapitänskabine; und dort vorne stimmte irgendetwas nicht.

Am zweiten Tag unserer Fahrt glaubte ich schließlich, den Grund für all das Merkwürdige entdeckt zu haben. Ich war in Simons Kabine, um Teetasse und Obstschale abzuräumen, die ich ihm zum Frühstück gebracht hatte. Aber er war zu beschäftigt gewesen und hatte weder Äpfel noch Weintrauben angerührt. Ich blieb stehen und stutzte. Mir fiel auf, dass das Obst angefangen hatte zu schimmeln, obwohl es frisch aus dem Kühlraum kam.

Normalerweise hätte ich mir nichts dabei gedacht, wenn Charlie mich nicht begleitet hätte. Er stand mit gesträubtem Fell vor Simons Kajüte, die Tür stand einen Spalt offen. Gewöhnlich hätte sich das neugierige kleine Frettchen keine Chance entgehen lassen, in Simons Kabine herumzuschnüffeln, doch diesmal nicht.

Warum?

Da fiel mein Blick auf das Horn. Jerichos Splitter lag in der offenen Kiste neben Simons Schreibtisch und glänzte im Licht der Deckenlampe. Daneben flimmerte Simons aufgeklapptes Notebook.

Ich nahm den Laptop und hielt ihn über das Horn, woraufhin der Bildschirm stärker flackerte. Das Gerät gab ein merkwürdiges Knistern von sich wie bei einem defekten Funkgerät. In der Menüleiste erschien eine Nachricht.

Soll das System versuchen, die zerstörten Dateien wiederherzustellen?

Was? Zerstört?

Oh nein!

Ich fand Simon auf der Kommandobrücke, mit den Händen tief zwischen den Kabeln in einem der Elektroschächte. Verzweifelt versuchte er, die Geräte neu zu verdrahten und zu justieren. Johann und Pierre halfen ihm, die Systeme hochzufahren, und auf Simons finsterem Gesichtsausdruck lag der Satz: *Sprich-mich-jetzt-bloß-nicht-an-ich-könnte-explodieren!*

»Simon«, begann ich. »Ich …«

»Nicht jetzt!«

»Ich glaube …«

»Nicht jetzt, habe ich gesagt!« Er sah mich streng an.

Ich schluckte. »Das Horn ist schuld an den verrückten Anzeigen«, sprudelte es aus mir heraus. »Irgendwie zerstört es die Festplatte deines Laptops. Möglicherweise auch die Daten auf dem Server in der Bibliothek. Und außerdem hat Charlie Angst davor und das Essen verdirbt in seiner Nähe.«

»In Charlies Nähe?«

»Was? Nein!«, rief ich. »In der Nähe des Horns.«

Simon sah mich mit einem irritierten Blick an, als wollte er jeden Moment sagen: »Milos Gruselgeschichten haben dir offenbar ziemlich zugesetzt!«, doch er schwieg.

Schließlich räusperte sich Johann. »Das könnte durchaus sein. Denk an die sich ständig ändernden Ergebnisse, die Flavio erzielte, als er das Horn untersucht hat.«

Pierre nickte zustimmend. »Und Zoe hat sich übergeben, als sie noch klein war und damals den Fund gefilmt hat.«

»Okay, Schluss damit.« Simon nahm die Hände aus dem

Schacht und legte ein Messgerät auf die Baupläne des Navigationssystems. »Versuchen wir, das Horn mit Bleiplatten aus dem Reaktorraum zu isolieren, dann sehen wir weiter.«

Ich hatte recht behalten, was mir von Simon einen Klaps auf die Schulter und von Ethan einen nur Millisekunden andauernden anerkennenden Blick eingebracht hatte – immerhin!

Wir wussten zwar nicht warum, aber Jerichos Splitter beeinflusste unsere Geräte. Zum Glück war das Artefakt in einer mit Blei verkleideten Truhe harmlos. Das allein bewies schon Charlies Verhalten, dessen gesträubtes Fell sich schlagartig wieder legte, als hätten wir das Horn über Bord geworfen – und auch die Geräte funktionierten wieder einwandfrei. Allerdings waren tatsächlich jede Menge Dateien auf Simons Festplatten zerstört worden – Patente, Erfindungen, Forschungsergebnisse und Auftragsdokumentationen –, was bei Simon einen mittelmäßigen Wutausbruch bewirkte. Und während wir uns der schottischen Küste näherten, versuchte Simon verzweifelt, die Daten mit einigen Restaurationsprogrammen und Sicherungskopien wiederherzustellen.

Deswegen hatte er keine Zeit, sich um den Earl of Huntington zu kümmern. Das überließ er vertrauensvoll Ethan, Johann und mir. Und wir hatten inzwischen einiges herausgefunden.

Als wir spät abends die schottische Steilküste nördlich von Aberdeen erreichten, wo die Felsen wie Nadeln aus dem Wasser ragten, hatte ich bereits meinen Rucksack gepackt, mit einem neuen Funkgerät und Dosenfutter für Charlie. Johann stand neben mir, diesmal in schwarzer Regenjacke, und hielt sich an der Ausstiegsleiter im Turm fest, da wir heftigen Seegang hatten. Er wollte mich begleiten.

Ethan blieb unter Deck – er war unsere Verbindung zur Kopernikus. Nun kam auch er zur Kommandobrücke, mit seinem aufgeklappten Notebook, das zum Glück keinen Schaden abbekommen hatte.

»Also …«, begann er, »… letzte wichtige Informationen für euch, die ich noch herausgefunden habe. Der siebte Earl of Huntington müsste jetzt siebzig Jahre alt sein. Weder er noch seine ältere Schwester, Lady Huntington, haben Nachfahren. Sie leben, wie schon ihre Vorfahren, auf Schloss Darkfall Gates, so heißt der Kasten. Liegt oben auf dem Felsen. Von der Stelle, die wir anlaufen, führt ein Holzsteg an Land und danach eine lange Felstreppe entlang der Klippe hinauf. Zum Glück bist du ja wieder gut zu Fuß.« Ethan grinste. »Aber das Wetter ist ziemlich mies.«

Wie nett! Am liebsten hätte ich *ihn* in das miese Wetter hinausgestoßen. Denn in Wahrheit tat mein Knöchel immer noch etwas weh.

»Mehr hast du nicht erfahren?«, fragte ich.

»Entschuldige, aber es gibt keinen Wikipedia-Artikel über den Earl«, rief Ethan entrüstet. »Im Moment lade ich aber noch ein paar Daten über ihn herunter, doch die Internetverbindung ist nicht die beste. Sobald ich mehr weiß, funke ich euch an.«

»Wir sind da!«, rief Pierre vom Steuerraum.

Ich hörte, wie die Ankerkette hinunterrasselte. Von Simon, der in seiner Kabine arbeitete, hatte ich mich bereits verabschiedet. Charlie saß in meinem Rucksack, und ohne viele Worte zog ich den Reißverschluss der Regenjacke zu, kletterte die Leiter hinauf und öffnete die Ausstiegsluke.

Sogleich blies mir der Sturm eine Böe Salzwasser ins Gesicht. Die Wellen zischten und schäumten.

Verdammt!

»Willst du nicht doch mitkommen?«, rief ich zu Ethan hinunter.

»Wie du weißt, lebe ich stets nach dem Prinzip, niemals das zu tun, was jemand anders für mich erledigen könnte«, antwortete er.

Klugscheißer!

Ich kletterte raus. Die feuchte Kälte ließ mich frösteln. Die Küste war zerklüftet und schroff, der Sturm peitschte die Wellen hoch an die Felsen und zudem stach mir Nieselregen ins Gesicht. Die Mondsichel über dem Meer tauchte die Felsen in mattes Licht. Vor mir lag ein morscher Holzsteg, auf den ich kletterte und über die glitschigen Bohlen an Land rutschte. Johann folgte mir und packte mich sicherheitshalber am Rucksack, damit ich nicht ins Wasser fiel.

»Dort hinauf!«, murrte er wenig begeistert.

Vor uns lag eine lange steile Steintreppe, die in Wassernähe noch mehrere gefährliche tunnelähnliche Durchbrüche hatte, aber weiter oben stabil aussah. Ich setzte mich in Bewegung und knipste die Taschenlampe an, um zu sehen, wohin ich trat. Falls ich ausrutschte, würde ich über die Felswand hinunter in die tosende See stürzen.

Kaum waren wir zehn Minuten unterwegs und trotz Regenjacke durchnässt, weil uns der Wind ständig die Kapuze vom Kopf riss, knackte das Funkgerät an meinem Gürtel.

»Genie bei der Arbeit an nasse Ratte«, meldete sich Ethan.

»Abenteurerin an Stubenhocker«, antwortete ich. »Was gibt es?«

»Ich habe Neuigkeiten – leider keine guten.«

Ich wischte mir mit dem Ärmel das Wasser aus dem Gesicht. »Schlimmer kann es nicht mehr kommen.«

»In einem Artikel des *Scottish Castles Association Magazine* steht, dass der Earl vor zehn Jahren seine Teilnahme an einem Kongress der schottischen Adelsgesellschaft aus gesundheitlichen Gründen absagen musste. Damals wurde ihm eine unheilbare Krankheit diagnostiziert. Das ist leider alles.«

Mist!

»Danke – over and out!« Ich blickte nach oben.

In diesem Moment erhellte ein Blitz den Himmel, und ich hatte das Gefühl, dass das Krachen des Donners das gesamte Felsmassiv, auf dem wir standen, erschütterte.

Im Blitzlicht sah ich die spitzen Türme von Darkfall Gates, die drohend über den Klippen thronten.

Hoffentlich war der Earl noch am Leben.

24. KAPITEL

Pitschnass erreichten Johann und ich das massive, mit Eisenbeschlägen verzierte Tor des Schlosses. Darkfall Gates hätte aus einem Gruselfilm stammen können, mit seinen hohen Mauern und Wasserspeiern, die wie steinerne Dämonen von den Turmzinnen auf uns herunterblickten.

Nachdem Johann mehrere Male kräftig mit dem runden Türklopfer in Schlangenform an das Eingangstor gepocht hatte, öffnete es sich. Eigentlich hätte ich ja damit gerechnet, dass uns ein kleiner, buckliger, einäugiger Diener öffnen würde, der ein Bein hinter sich herzog. Stattdessen stand ein großer, breitschultriger Mann in weiß-grau gestreifter Butleruniform vor uns. Er hatte echt lange Arme, eine hohe Stirn mit Halbglatze und – für einen Butler ungewöhnlich – einen dichten roten Vollbart. Außerdem war er sogar eine Spur größer als Johann.

»Sie wünschen?«, fragte er mit tiefer Stimme und musterte uns ohne jegliche Gesichtsregung, während das Regenwasser an uns hinunterlief.

Johann übernahm das Reden und stellte zuerst einmal sich vor und dann mich als Dr. Amanda Wests Tochter. »Ich weiß, wir sind nicht angemeldet, aber wir würden gern mit dem Earl of Huntington sprechen. Es ist dringend!«, fügte er hinzu. Der Ton in seiner Stimme ließ keinen Zweifel daran, dass wir uns nicht abwimmeln lassen würden.

»Das ist ganz und gar unmöglich«, sagte der Mann unbeeindruckt.

»Dann mit der Lady«, fügte ich rasch hinzu.

Der Butler neigte langsam den Kopf und sah auf mich herunter. »Die Lady also, wie Sie wünschen – ich bitte einzutreten.« Er gab uns den Weg frei. »Die junge Dame kann sich gern im Gästebad frischmachen. Dritte Tür links.« Mit seinem langen Arm zeigte er mir den Weg, und als er den Kopf neigte, sah ich, dass er ein Hörgerät im Ohr trug.

Frischmachen war gut gesagt. Ich musste erst einmal *trocken* werden.

»Danke«, murmelte ich und huschte in den Gang. Die Räume des Schlosses waren doppelt so hoch wie in einem normalen Haus. Das Licht elektrischer Kerzenleuchter flackerte, was bei dem Sturm kein Wunder war. Überall lagen dicke Teppiche und an den Wänden standen tatsächlich frisch polierte Ritterrüstungen. Möglicherweise gab es in diesem Schloss sogar Führungen für Touristen, da alles sehr mittelalterlich und ein wenig spooky aussah. Was hatte meine Mutter bloß hierher geführt?

Gedankenverloren öffnete ich eine Tür und stand in einer Garderobe.

»Die nächste Tür!«, rief der Butler.

»Sorry.« Ich schloss die Tür und betrat den Nebenraum. Das Badezimmer war zwar klein, aber mit vielen Lampen, Spiegeln und weißen Fliesen ausgestattet. Ich öffnete den Rucksack und ließ erst einmal Charlie heraus, der sein Fell sofort ausschüttelte, die Barthaare putzte und danach den

Raum inspizierte. Ich schlüpfte aus meinen nassen Klamotten, ließ die Regenjacke in der schmalen Badewanne mit gusseisernen Füßen abtropfen, trocknete mich mit einem Handtuch ab und rubbelte meine Haare trocken, die mir danach zu Berge standen. Dann wechselte ich in trockene Jeans und ein blaues Sweatshirt, was ich sicherheitshalber in einer Plastiktüte mitgenommen hatte.

Der Versuch, meine Haare zu bändigen, scheiterte kläglich. *Pfeif drauf! Das ist kein Schönheitswettbewerb auf diesem Schloss.* Da fiel mein Blick auf die Ablagefläche des Handwaschbeckens. Es war offensichtlich das Bad des Butlers, da hier Zahnbürste und jede Menge Fläschchen mit Bart-Shampoo und Bartpflegemittel herumstanden. Im Spiegel sah ich, dass sich hinter mir eine Tür befand.

Neugierig öffnete ich sie, knipste das Licht an und gelangte in ein zweites, viel größeres und nobleres Bad mit zwei Handwaschbecken. Charlie folgte mir neugierig.

Wie seltsam! Zwei Bäder nebeneinander mit Verbindungstür? In diesem Moment gurgelte ein Rohr an der Wand. Vermutlich war das der Grund: das Abwassersystem in so alten Schlössern wie diesem.

Ich hielt kurz den Atem an und lauschte.

Eine Frauenstimme auf dem Flur!

Offenbar sprach Johann bereits mit Lady Huntington, das war gut so. Ich sah mich kurz noch weiter um. In diesem Bad gab es zwei weitere Zahnbürsten, zwei Zahnpastatuben und zwei Haken für rosa und blaue Handtücher und einen Damen- und Herrenbademantel. Auf der Ablagefläche lag unter anderem ein Rasiermesser, daneben standen Rasierschaum, Pinsel und ein After-Shave-Fläschchen. Andere Marken als zuvor. Der Pinsel war noch feucht.

Ich lauschte. Johann sprach immer noch mit der Frau. Rasch öffnete ich einige Schränke – und mein Verdacht bestätigte sich. In diesem Schloss wohnten eine Frau und zwei Männer. Der Butler, Lady Huntington und ein weiterer Mann – wenn wir Glück hatten –, der noch lebende und frisch rasierte Earl!

Ich stieß einen leisen Pfiff aus und verließ den Raum, Charlie folgte mir. Rasch knipste ich das Licht aus und schlich aus dem zweiten Badezimmer wieder ins Gästebad. Dort stopfte ich meine nasse Kleidung in der Plastiktüte in den Rucksack und trat auf den Gang. Charlie lief sogleich vor mir her, was der Butler mit dem Hochziehen einer Augenbraue quittierte. Zum Glück verwechselte er Charlie nicht mit einer Schlossratte.

Johann sprach tatsächlich mit einer Dame. Klein und schlank in einem schicken schwarzen Kleid, mit hochgesteckten grauen Haaren, vielen Halsketten und Ringen. Sie schien uralt zu sein, hatte jede Menge Falten am Hals und knochige Finger – trotzdem sah sie immer noch gut und sehr elegant aus.

Sie wandte sich zu mir. »Johann hat mir bereits alles erklärt. Du musst Terry West sein.« Sie hatte eine angenehme großmütterliche Stimme. »Mein Gott, wie groß du bist. Du siehst deiner Mutter sehr ähnlich, nur dass du grüne Augen und helles Haar hast.«

In diesem Augenblick schlug die Pendeluhr im Gang neun Uhr.

»Sie kannten meine Mutter?«

»Wer kannte deine Mutter nicht?« Sie lächelte. »Dr. Amanda West war eine der berühmtesten Wissenschaftlerinnen … damals. Es tut mir leid, dass sie so früh von uns gegangen ist.«

»Und Ihr Bruder, der Earl«, platzte es aus mir heraus, »kannte auch er meine Mutter?«

Lady Huntingtons Blick wurde traurig. »Seit vielen Jahren lebe ich mit Benson alleine im Schloss.«

Benson musste wohl der Butler sein. *Aber allein?* Was war mit den drei Zahnbürsten? »Und der Earl?«, fragte ich vorsichtig nach.

Lady Huntington seufzte. »Wenn du möchtest, erzähle ich dir alles beim Abendessen. Benson hat eine köstliche Erbsensuppe gekocht.«

Brrrr …

Innerlich schüttelte es mich.

»Wie lecker«, presste ich hinter zusammengebissenen Zähnen hervor. »Sehr gerne.«

Johann warf mir einen überraschten Blick zu, schwieg jedoch.

Nachdem auch Johann sich mit einem Handtuch halbwegs trocken gerubbelt hatte, betraten wir den Speiseraum. Es roch nach Tannenzapfen, im offenen Kamin prasselte ein Feuer und über dem Sims hing das Familienwappen der Huntingtons. Der Raum glich einem Rittersaal mit Rüstungen, Wandteppichen und großem Kronleuchter, dessen Licht jedes Mal flackerte, wenn ein Blitz die Schatten der Fensterkreuze durch den Raum warf und zeitgleich ein Donner krachte, der die Burgmauern in ihren Grundfesten zu erschüttern schien.

Rund um einen langen Tisch standen Eichenstühle mit hohen Lehnen. Benson legte drei Gedecke auf den Tisch.

»Im Badezimmer habe ich *drei* Zahnbürsten entdeckt«, flüsterte ich Johann zu, der neben mir durch den Raum ging.

»Sei still!«

»Außerdem habe ich Herrenbademantel, Rasiermesser und einen *nassen* Pinsel gefunden«, murmelte ich leise hinter fast verschlossenem Mund.

»Du siehst Gespenster, und jetzt halt endlich die Klappe!«

»Glaubst du, es ist ihr behinderter Sohn, der im Burgverlies …?«

»Schweig!«, zischte Johann und sagte danach laut: »Ah, das Essen! Das sieht aber appetitlich aus.« Er stieß mir mit dem Ellenbogen in die Seite. »Stimmt's?«

Während Benson mit einem Wägelchen kam, auf dem sich einige Schüsseln befanden, die alles andere als köstlich dufteten, nahmen wir Platz. Und als Benson die Deckel abnahm, wusste ich, dass es nicht schlimmer hätte kommen können.

Maissalat als Vorspeise, Erbsensuppe und Polenta mit Linsen.

Ich hasse Mais! Und Erbsen! Und Linsen!

Ich merkte, wie Johann schadenfroh zu mir herüberschielte und sich ein Grinsen verkniff.

Während wir aßen, ließ ich ab und zu ein Stückchen unter den Tisch fallen, um Charlie zu füttern, der bettelnd an meinem Hosenbein hing. Zum Glück liebte er Mais. Eine *Win-win-Situation* hätte Ethan es genannt.

»Wann und wie haben Sie meine Mutter kennengelernt?«, fragte ich, während ich auf der Polenta herumkaute, die in meinem Mund immer mehr wurde.

»Zwei Tage vor ihrem Tod.« Lady Huntington senkte den Blick, um zu sehen, was Charlie unter dem Tisch trieb, dann sah sie wieder auf. »Nach einigen Telefonaten kam sie hierher zu Besuch. Mein Bruder war damals schwerkrank, aber deine Mutter hat ihm das Leben gerettet. Warum interessiert dich das?«

Ich ignorierte die Frage. Stattdessen ging mir ein anderer Gedanke durch den Kopf. *Kurz vor Mutters Tod bin ich viereinhalb Jahre alt gewesen.* »Aber ich war nicht dabei, oder?«, fragte ich vorsichtig, da ich mich nicht dran erinnern konnte, jemals dieses Schloss betreten zu haben.

Lady Huntington lächelte. »Nein, deine Mutter war allein bei uns. Allerdings hat sie von dir erzählt und mir Fotos von dir gezeigt.«

Ich blickte zu Johann. *Dann muss er zu dieser Zeit in Miami auf mich aufgepasst haben.* »Woran hat Ihr Bruder gelitten?«, fragte ich als Nächstes. Schließlich hatte meine Mutter in dem Brief an mich ja geschrieben, dass mir die Familie des Earls mehr über sie und ihre Forschung erzählen würde. Die Lady war überraschend redselig, das musste ich ausnutzen.

Sie sah mich traurig an. »An einer schweren Lungenentzündung.«

Hä? Hatte Ethan nicht von einer unheilbaren Krankheit erzählt? Ich versuchte mir mein Erstaunen nicht anmerken zu lassen.

»Der Earl war zu jener Zeit schwer krank, falls Sie mir die Bemerkung erlauben«, mischte sich Benson in das Gespräch, während er Saft in mein Glas nachfüllte und den halb vollen Teller abservierte. »Aber Dr. Amanda West konnte ihn heilen.«

Ich runzelte die Stirn. »Und deswegen ist sie von Miami nach Schottland gereist?« *Wegen einer Lungenentzündung?*

»Die ärztliche Behandlung hat ihr ein paar Tausend Pfund eingebracht«, erklärte Lady Huntington.

Und das soll der Finanzier von Mutters Forschung gewesen sein? Ein paar Tausend Pfund waren dafür ziemlich mickrig. Hier stimmte etwas nicht.

»Nachdem deine Mutter wieder abgereist war, hat mein Bruder noch ein Jahr lang gelebt, ist dann jedoch bei einem Spaziergang über die Klippen abgestürzt.« Lady Huntingtons Blick verlor sich in der Ferne. »Es war schrecklich. Seine Leiche wurde nie gefunden.«

Kein Wunder bei diesem Seegang und den scharfen Felswänden!

Allerdings beschäftigte mich immer noch die Sache mit dem Geld. Mit ein paar Tausend Pfund hätte meine Mutter nicht lange forschen können. Damit hätte sie gerade mal die Kosten für die Reise nach Schottland drin gehabt – und so blöd wäre sie doch nicht gewesen. Außerdem konnte eine lumpige Lungenentzündung auch schon vor zehn Jahren mit dem richtigen Medikament rasch geheilt werden, auch ohne Sonderbehandlung von jemandem wie meiner Mutter.

Irgendjemand log hier kräftig – entweder Ethan oder die Lady und ihr seltsamer Butler – und ich tippte auf Letztere.

»Was hast du?«, fragte mich die Lady plötzlich.

Ich hatte mich noch nie gut verstellen können; wenn ich sauer war, sah man das sofort.

»Geht es dir nicht gut?«, setzte die Lady nach.

Ich schob Teller und Schüssel von mir. »Darf ich ehrlich sein?«

Die Lady lächelte. »Ich bitte darum.«

Johann verzog unglücklich das Gesicht, als ahnte er, was jetzt gleich kommen würde.

»Tatsächlich mag ich weder Erbsen noch Mais«, begann ich, »und Ihre Geschichte ist ziemlich schlecht erfunden. In Wahrheit litt Ihr Bruder an einer unheilbaren Krankheit.«

Benson funkelte mich an, sein Körper spannte sich, und die Lady presste die Lippen aufeinander.

»Ich fürchte, du hast dich im Ton vergriffen, junges Fräulein«, knurrte Benson schließlich, woraufhin die Lady die Hand hob und ihn zum Schweigen brachte.

»Schon gut, Benson«, sagte sie. »Sie hat recht. Außerdem ist sie so weit gereist und hat es verdient, die Wahrheit zu erfahren. Ich denke, wir können ihr vertrauen. Können wir doch, oder?«

Johann verzog keine Miene. Ich nickte.

»Und du behältst die Informationen auch für dich?«, fügte die Lady hinzu.

Erneut nickte ich. Was zur Hölle würde sie mir gleich erzählen?

25. KAPITEL

Mit stoischer Ruhe, die ihn garantiert einige Nerven kostete, servierte Benson uns den Nachtisch. Ich rührte nichts an. Der gelbe Pudding sah verdächtig grobkörnig aus und roch nach Mais. Währenddessen erzählte Lady Huntington bei einem Glas Wein endlich die Wahrheit.

»Bei meinem Bruder wurde Bauchspeicheldrüsenkrebs diagnostiziert, eine der aggressivsten Krebsformen, die es gibt. So weit fortgeschritten, dass sie unheilbar war! Die Ärzte gaben ihm nur noch wenige Wochen zu leben. Eigentlich hätte er als Vorsitzender an einem Kongress teilnehmen sollen, hat ihn jedoch abgesagt, woraufhin die Presse darüber berichtete. So hat deine Mutter von der Krankheit meines Bruders erfahren und Kontakt mit ihm aufgenommen.«

Ich nickte – so weit deckte sich die Geschichte mit Ethans Nachforschungen.

»Deine Mutter hatte ein Serum entwickelt, das jedoch noch streng geheim und noch nicht auf dem Markt erhältlich war. Sie hat es meinem Bruder angeboten, und der hat schließlich eingewilligt.« Die Lady machte eine Pause. »In

Wahrheit betrug das Honorar …« Sie senkte die Stimme. »… eine Million Pfund.«

Ich nickte. Das klang schon besser – vor allem plausibler! Und es war die erste konkrete Spur.

Das Serum konnte also diese Krebsart heilen.

Vermutlich war *das* der Grund, warum Biosyde hinter der Formel her war.

»Hat das Serum geholfen?«, wollte ich wissen.

Die Lady nickte. »Es war fantastisch. Es hat die Krebszellen zerstört. Allerdings hat mein Bruder nur ein Jahr lang etwas davon gehabt, danach folgte sein tragischer Sturz über die Klippen.« Sie seufzte. »Gegen so etwas ist man natürlich nicht gefeit.«

»Und mit dieser Million Pfund wollte meine Mutter ihre Forschung weiterentwickeln?«, bohrte ich weiter. In der ganzen Geschichte steckte noch ein Detail, das nicht ganz stimmte. »Warum hat sie so verbissen daran gearbeitet? Wollte sie ihre Ergebnisse …«, überlegte ich laut, »… dem Militär verkaufen? Oder einem Pharmakonzern?«

»Soviel ich weiß …«, die Lady blickte zu Johann, als suchte sie seine Unterstützung, »… wollte sie das Leben ihres Adoptivvaters retten, nicht wahr?«

Johann räusperte sich. »Äh, ja …«

»Admiral Nathan West?«, platzte es aus mir heraus. Ich blickte ebenfalls zu Johann. Wieder einmal stellte sich heraus, dass er mehr wusste, als er zugeben wollte.

»Ja, Admiral West war todkrank«, sagte Johann. »Während Simon aus Interesse Meeresbiologie studiert hat, hat sich Amanda vor allem auch deshalb für Biologie und Genetik interessiert, weil sie dem Mann helfen wollte, der die beiden damals als Kinder aus dem Heim geholt hatte.« Er presste die Lippen aufeinander.

Nun war es heraus. Aber war das wirklich alles? An mir nagten Zweifel. Möglicherweise gab es noch weitere Geheimnisse, die Johann verschwieg. Aus Erfahrung wusste ich jedoch, dass die nicht so leicht aus ihm herauszuholen waren.

»Aber für meinen Großvater kam die Entwicklung des Serums zu spät, richtig?«, fragte ich.

Johann nickte. »Der Admiral starb kurz vor deiner Geburt. Vermutlich gab es das Serum zu diesem Zeitpunkt nur in einer unausgereiften Null-Serie.«

»Und trotzdem hat sie nach seinem Tod weitergeforscht?«

»Sie dachte, sie stünde kurz vor dem Durchbruch.«

Inzwischen hatte Benson den Nachtisch abserviert; mein Teller war unberührt. Die Lady hatte indessen ihr zweites Glas Wein geleert und sah mich auffordernd an. »Nun weißt du alles.«

Okaaay …

Mein Gefühl sagte mir ganz klar, dass das nicht stimmte. Vor allem war ich überzeugt, dass außer der Lady und Benson noch jemand in diesem Schloss lebte. Wem sonst sollte das Rasiermesser gehören? Wenn die Lady in dieser Hinsicht log, konnte es gut sein, dass sie generell log.

Nicht alles, was wahr ist, solltest du auch sagen, hatte Simon mir einst eingeschärft, *aber alles, was du sagst, sollte wahr sein.*

»Ich fürchte, mehr kann ich nicht für dich tun«, seufzte die Lady. »Ich denke, es wird Zeit, dass du …«

»Das Wetter ist schlimmer geworden«, stellte ich rasch mit einem knappen Blick zum Fenster fest. Man konnte tatsächlich hören, wie der Wind ums Schloss heulte und den

Regen sintflutartig gegen die Fensterscheiben schleuderte. »Unser Boot liegt unten in der Bucht.« Ich ließ die Schultern sinken und setzte den treuherzigsten Blick auf, den ich zustande brachte. »Ich habe Angst, auf den glitschigen Treppen auszurutschen. Dürften wir hier vielleicht übernachten?«

26. KAPITEL

Johann und ich wurden im Gästeflügel des Schlosses untergebracht, in zwei nebeneinander liegenden Zimmern mit einer Verbindungstür, die ich jedoch abschloss und den Schlüssel stecken ließ. Johann brauchte nicht zu erfahren, dass ich in dieser Nacht vorhatte, ein wenig im Schloss zu spionieren.

Das Zimmer war mehr als dreimal so groß wie meine Kabine an Bord der Kopernikus, mit einem Himmelbett mit vielen frisch duftenden Kissen, aber einer viel zu weichen Matratze.

Als kleine Aufmerksamkeit vor dem Schlafengehen hatte mir der gruselige Benson ein Glas warme Milch mit Honig gebracht, das ich jedoch nicht anrührte. Erstens wusste ich nicht, ob er mir nicht etwas ins Glas gemixt hatte, und zweitens hatte ich keine Lust, die Nacht seelenruhig schlummernd im Bett zu verbringen.

Meine nasse Kleidung hängte ich unter dem Fenster über einen Radiator. Und dort stand ich nun. Der Wind drückte die Efeuranken an die Scheibe, und ich blickte hinunter auf die vom Mond beschienenen Klippen. Mit etwas Fantasie konnte ich sogar die Schatten der Steintreppe erkennen, die Johann und ich hinaufgestiegen waren. Dort unten in der Brandung musste sich der Holzsteg mit der Kopernikus befinden.

Während Charlie auf einer Decke in einem Hundekörbchen lag und vermutlich Blähungen vom Essen bekam, kramte ich das Funkgerät aus dem Rucksack, drehte es leiser und schaltete es ein.

»Schlossgespenst an Wasserfloh«, flüsterte ich.

Sogleich knackte es im Walkie-Talkie. »Ach, wie schön, dass du dich auch mal meldest«, drang Ethans Stimme aus dem Lautsprecher. »Mein Vater hat sich nämlich schon ein bisschen Sorgen um dich gemacht.«

So zynisch wie Ethan klang, hatte er sich bestimmt auch Sorgen gemacht, aber das hätte er natürlich niemals zugegeben. Ich musste grinsen.

»Alles roger, keine Panik«, versicherte ich ihm. »Johann, Charlie und ich sind gut im Schloss angekommen.« Danach erzählte ich ihm sämtliche Details von dem Gespräch mit Benson und der Lady.

»Und es gab *Mais* zum Abendessen?«, wieherte er lauthals los, nachdem ich fertig berichtet hatte.

»Das ist alles, was du zu sagen hast?«, fragte ich.

Ethan kriegte sich wieder ein. »Nein, da ist einiges faul im Staate Dänemark.«

»Dänemark?«, fragte ich verwirrt.

»Vergiss es! Ein Zitat von Shakespeare.«

»Von wem?«

»Vergiss es!« Er räusperte sich. »In der Geschichte, so wie du sie mir erzählt hast, stimmt etwas nicht.«

»Ganz meine Meinung.« Ich blickte aus dem Fenster. »Und zwar?«

»Deine Mutter war also zwei Tage vor ihrem Tod auf diesem Gruselschloss«, begann Ethan. »Sie brauchte Geld für ihre Forschung und hat die Million Pfund auch erhalten. Kurz darauf ist sie im Hafen von Miami unter mysteriösen Umständen ertrunken … aber wo ist das Geld jetzt? Soviel ich weiß, gab es in ihrer Erbschaft nur euer Haus in Miami, aber keine großen Geldbeträge. Eine Million Pfund liegt nicht einfach so in einem Kuvert in einer Schublade herum, die man leicht übersehen könnte.«

»Und in Mutters geheimem Labor im Keller lag auch kein Geld«, überlegte ich laut. »Vielleicht liegt es auf einem geheimen Konto, von dem niemand weiß.«

»Oder jemand hat es sich geschnappt! Allerdings glaube ich nicht, dass Johann oder mein Vater es waren.«

Ich nickte. »Stimmt, das hätten sie niemals getan.«

»Auch glaube ich nicht, dass die Leiche des Earls einfach so spurlos verschwunden ist. Genauso wie die deiner Mutter – das ist schon sehr auffällig.«

»Außerdem wohnt noch jemand im Schloss«, fügte ich hinzu.

»Womöglich ist der Earl ja noch am Leben.«

Genau daran hatte ich auch schon gedacht. *Spooky!*

»Soll ich zu dir kommen?«, bot Ethan an.

Ich sah in die stürmische Nacht. In diesem Moment schlug die Standuhr in meinem Zimmer Mitternacht. »Nein, das regle ich allein. Danke – over and out!«

Ich schaltete das Funkgerät aus und klemmte es an meinen Hosengürtel.

Charlie fuhr aus seinem Dämmerschlaf hoch, reckte den Hals und sah mich neugierig an. Seine Barthaare zuckten aufgeregt. Offenbar hatte er gemerkt, dass ich etwas plante.

Gik-gik-gik-gik!

»Leise!«, zischte ich und ging zur Tür. Beim letzten Schlag der Standuhr löschte ich das Licht im Raum.

Vorsichtig öffnete ich die Tür und spähte in den Gang. An meinem Bein spürte ich, dass Charlie neben mir stand. Wäre er allein im Zimmer geblieben, hätte er sich wie ein Irrer aufgeführt, also musste ich ihn mitnehmen.

»Leise!«, flüsterte ich noch einmal sicherheitshalber, dann schlichen wir in den Korridor und ich schaltete die Taschenlampe ein.

Das Schloss lag im Dunkeln. Hin und wieder erhellte ein Blitz den Gang und warf lange Schatten an die Wände. Wir schlichen an Ritterrüstungen, Kommoden mit Büsten, hohen Spiegeln und Wandgemälden vorbei, die lauter altmodische Typen zeigten, wahrscheinlich die Ahnen des Earls.

Ohne genau zu wissen, was ich suchte, öffnete ich jede Tür und spähte hinein. Die meisten Räume waren jedoch unbewohnt, kalt und rochen muffig. Überall lag eine Staubschicht auf den Kommoden und dem Parkettboden. Hier war schon lange keine Seele mehr gewesen.

Doch durch den Türspalt eines Zimmers fiel Licht in den Gang. Zum Glück lag davor ein dicker Teppich im Korridor, der meine Schritte dämpfte. Geräuschlos schlich ich zur Tür und legte mein Ohr ans Holz. Dahinter hörte ich Hüsteln und das Rascheln von Papier. Ich bückte mich und warf einen Blick durch das Schlüsselloch. Lady Huntington lag im weißen Nachthemd in ihrem Bett und las beim Schein einer Nachttischlampe Briefe. Möglicherweise hatte unser Gespräch Erinnerungen in ihr wachgerufen. Charlie stand mucksmäuschenstill neben mir und verkniff es sich, an der Tür zu kratzen. Leise gingen wir weiter.

Bei Bensons Zimmer erhaschte ich durch das Schlüsselloch einen Blick auf den Butler, wie er in schwarzer Pyjamahose und mit nacktem Oberkörper vor einem Spiegel stand und zu klassischer Musik mit schweren Hanteln trainierte. Schnell versuchte ich, das Bild aus dem Kopf zu bekommen und folgte Charlie, der eilig vorauslief.

Nach einer knappen Stunde hatten wir alle Gänge und Räume auf dieser Etage genauestens inspiziert sowie die Küche und die Vorratskammer. Ich hatte nichts Interessantes entdeckt, auch keine Treppe, die nach unten in einen eventuellen Keller, ein Verlies oder die Familiengruft führte. Lediglich eine marmorne Wendeltreppe führte in die obere Etage. Lautlos schlichen wir hinauf. Hoffentlich waren unsere Schritte nicht durch die Decke zu hören.

Oben war es noch enttäuschender. Staubige Gästezimmer, Abstellkammern, ein Nähzimmer mit Wäschekörben und ein Stauraum, in dem sich Gemälde, Möbelstücke und Teile von Rüstungen befanden – sonst nichts. Nach weiteren zehn Minuten stießen Charlie und ich auf eine versperrte Tür. Ich versuchte, mit der Taschenlampe durchs Schlüsselloch zu leuchten und gleichzeitig hindurchzusehen, was mir jedoch nicht gelang.

Plötzlich begann Charlie an der Tür zu kratzen.

»Aus!«, zischte ich, als ich den bestimmt einen Zentimeter hohen Türspalt bemerkte.

Klasse!

Ich legte die Taschenlampe auf den Boden, leuchtete damit durch den Spalt ins Zimmer und blickte gleichzeitig durchs Schlüsselloch.

Eine Bibliothek!

Im matten Licht konnte ich die Umrisse hoher Bücherwände, einer Kommode und eines großen gepolsterten Lesesessels erkennen.

Das Türschloss war ziemlich alt, wie auch alles andere in

diesem Gebäude. Aber wie sollte ich es aufkriegen? Johann hatte mir mal von seiner Jugendzeit als Einbrecher erzählt und gezeigt, wie man Schlösser mit zwei Drähten aufknacken konnte. Allerdings hatte ich weder einen Draht noch eine Nadel, die ich verbiegen konnte.

Moment! Eine Nadel? Aber ja!

»Bleib hier«, befahl ich Charlie und lief zurück in das Nähzimmer. Dort wühlte ich durch einige Schubladen, fand jedoch nichts, bis ich in einem Korb ein Wollknäuel mit zwei Stopfnadeln entdeckte. Ziemlich dick, aber besser als nichts. Außerdem begutachtete ich die Nähmaschine, eine alte Singer mit Fußpedal und Handrad. Ich lockerte die Schraube und entfernte die lange spitze Nadel.

Damit war ich bestens ausgerüstet!

Zurück an der Bibliothek, hockte ich mich vor die Tür und schob die Ärmel hoch. Während ich die Taschenlampe im Mund hielt, fummelte ich mit der Näh- und der Stopfnadel im Schloss herum. Schweiß lief mir über die Schläfen und nach einer Weile begannen meine Schultern zu schmerzen und meine Finger zu zittern.

Verfluchter Dreck!

Bei Johann sah alles immer so einfach aus. Als ich bereits aufgeben wollte, machte es jedoch plötzlich *Klick* und der Riegel verschob sich. *Puuuh, endlich!* Ich wischte mir den Schweiß von der Stirn, drückte die Hand auf die Klinke und öffnete die Tür.

»Voilà!«, murmelte ich und stopfte die Nadeln in die längliche Seitentasche meiner Hose.

Kaum war offen, schoss Charlie ins Zimmer. Ich trat ein und schloss die Tür hinter mir. Durch die beiden Fenster der Bibliothek fiel das Mondlicht. Der Sturm hatte etwas nachgelassen und der Mond spiegelte sich glitzernd auf den

Wellen des Ozeans. Hier würde mich niemand entdecken, also schaltete ich das Licht der Stehlampe neben der Kommode ein, legte aber die Wolldecke vom Lesesessel vor den Türspalt. *Wow!* Im gesamten Raum befanden sich Bücherregale, die bis zur Zimmerdecke reichten und … Ich zuckte zusammen. *Dort an der Wand steht jemand!*

Mein Herz schlug bis zum Hals, instinktiv riss ich die Fäuste hoch. Doch dann musste ich über meine eigene Schreckhaftigkeit lachen. Dort in der Nische zwischen den Bücherregalen befand sich nur eine weitere Ritterrüstung mit heruntergeklapptem Helmvisier und einem Morgenstern in der Metallhand. Die Zacken dieser Eisenkugel waren ziemlich spitz.

Ich beruhigte mich wieder und musste im nächsten Augenblick schmunzeln. Denn vor der Rüstung lag ein Tigerfell mit ausgestopftem Kopf, der das Maul aufriss und spitze Zähne zeigte. Charlie lag knurrend davor, presste sich ganz flach auf den Boden, als wollte er jeden Moment zum Sprung ansetzen.

»Lass gut sein, Charlie. Diesen Kampf hast du schon gewonnen.« Ich ließ mich auf den gepolsterten Lesesessel fallen, auf dessen Lehne eine graue Weste hing und zog sämtliche Schubladen der Kommode auf. Briefpapier, leere Kuverts, Stempelkissen, Füllfederhalter, Zigarettenpapier, Tabakbeutel, eine Armbanduhr. *Nichts Interessantes!*

Oder?

Die Armbanduhr hatte eine kleine gerippte Krone zum Aufziehen und zeigte die richtige Zeit. *Mittlerweile zwei Stunden nach Mitternacht!* Ich hielt sie zum Ohr. Sie tickte. *Jemand muss unlängst hier gewesen sein!*

»Gehört die Uhr etwa dir?«, fragte ich zum Spaß die

Ritterrüstung, doch das Blechmonster gab keine Antwort und hielt nur bedrohlich den Morgenstern hoch.

Ich sah mich genauer um. In diesem Zimmer gab es keine Staubschicht. Aber weshalb hatte dieser jemand die Bibliothek abgesperrt? Demnach musste sich hier etwas Wichtiges befinden. Aber was?

Während Charlie immer noch vor dem Tiger hin- und herlief und ihn anknurrte – manchmal war das Frettchen ja clever, aber eben nur manchmal –, durchsuchte ich noch einmal die Kommode und entdeckte eine herausziehbare Tischplatte, die man als Schreibpult verwenden konnte. Doch weder auf der Platte noch darunter befand sich ein Hinweis. Kein Brief, kein Schlüssel. *Nichts!* Allerdings lagen neben der Kommode ein Paar Hauspantoffeln und dahinter stand ein Papierkorb, darin zusammengeknüllte Blätter. Ich kramte sie heraus und strich sie auf dem Pult glatt.

Jemand hatte begonnen handschriftlich Briefe zu schreiben, aber jeweils nach einer Zeile abgebrochen.

Liebe Samanta,
bei dem Sturm hier musste ich heute wieder an Sie denken. Ich hoffe, es geht Ihnen gut …

Das Datum der Briefe war erst ein paar Tage alt. Und noch etwas fiel mir auf: Es war – da war ich mir ziemlich sicher – die schnörkellose Handschrift eines Mannes. Doch etwas irritierte mich, als wollte mir mein Unterbewusstsein etwas sagen, aber ich kam nicht dahinter was, so sehr ich mich auch anstrengte.

Also konzentrierte ich mich wieder auf diesen Brief. Sollte der Butler hier oben eine kostbare Armbanduhr tragen und heimlich Briefe schreiben? Die graue Weste auf der Stuhllehne war zwar eine Herrenweste, da sich die Knöpfe auf der rechten Seite befanden, aber für den breit gebauten Butler war sie eindeutig zu eng. Und die Pantoffeln waren zu klein.

Falls also nicht *er* hier war, wer dann?

Etwa doch der angeblich vor neun Jahren verstorbene Earl? Ein Schauder lief mir über den Rücken.

Ich schnalzte mit der Zunge. Charlie kam hergelaufen, ich schnappte mir einen der beiden Pantoffeln und hielt ihn Charlie vor die Schnauze. Er schnüffelte begeistert.

»Such!«, rief ich. »Such!«

Sogleich sprintete Charlie los. Aber nicht, wie ich angenommen hatte, zur Tür, um die Bibliothek zu verlassen und über den Gang zu einem anderen Zimmer zu laufen, sondern er blieb in der Bibliothek und drehte ganz verrückt eine Runde nach der anderen, stets mit der Schnauze auf dem Boden. Schließlich kriegte er sich wieder ein und hielt auf die Ritterrüstung zu.

Oh nein! Ich verdrehte die Augen.

»Charlie, nein, da ist niemand. Du sollst die Spur aufnehmen und dem Geruch folgen.«

Ich versuchte, ihn ein weiteres Mal an dem Pantoffel schnüffeln zu lassen, doch Charlie ließ sich nicht abbringen. Wie besessen sprang er vor der Rüstung auf und ab und kratzte mit seinen Krallen quietschend über das Blech. Hoffentlich war die Rüstung nicht besonders wertvoll, sonst musste Johann womöglich tief in unsere Geldkiste greifen, um den Schaden zu bezahlen.

Dann stockte mir der Atem. *Was, wenn die Leiche des Earls in dieser Rüstung steckte? Alt und mumifiziert?*

Ich schluckte, schob Charlie mit dem Fuß beiseite und griff zum Visier des Helms. Vorsichtig schob ich es hinauf. In meiner Vorstellung sah ich bereits die starren eingetrockneten Augen des toten Earls of Huntington vor mir, die mich anglotzten, doch in der Rüstung war nichts. Nur Leere, Dunkelheit und ein muffiger Geruch!

Erleichtert ließ ich die Schultern sinken. Ich wollte das hartnäckige Frettchen bereits von der Rüstung wegzerren, als plötzlich ein Licht vor dem Fenster auftauchte und genauso rasch wieder verschwand. Mein Herz machte einen Satz, ich taumelte zurück und knallte mit der Schulter gegen den Blecharm mit dem Morgenstern, der sich scheppernd bewegte.

Aua! Verflixt!

War da jemand mit einer Taschenlampe vor dem Fenster gewesen und hatte ins Zimmer geleuchtet? *Bei dem Wetter! In dieser schwindelerregenden Höhe?*

Kurz darauf sah ich das Licht ein zweites Mal. Es flog am Fenster vorbei – und da erkannte ich, was es war. *Himmel noch mal!* Das war Darwin, unsere Drohne, die ums Schloss flog.

Ich griff zum Walkie-Talkie und funkte Ethan an, der sich sogleich meldete. »Kannst du nicht schlafen, du Nachtgespenst?«

»Ich habe eine geheimnisvolle Bibliothek entdeckt«, erklärte ich ihm.

»Hab dich über Darwins Kamera gesehen. Du hast ja ganz unauffällig das Licht angemacht.«

»Hier ist doch niemand«, verteidigte ich mich.

»Du irrst dich«, entgegnete Ethan.

»Was? Ich …«

Quiek-quiek-quiek!

Charlie gickerte nicht wie sonst, sondern quiekte aufgebracht. Aber das Geräusch klang seltsam – weit entfernt und mit einem Echo.

»Warte einen Moment!« Ich sah mich in der Bibliothek um. Charlie war verschwunden. Als mein Blick auf die Ritterrüstung fiel, wurde mir schlagartig kalt. Die vordere Hälfte der Rüstung war wie ein Schrank aufgeklappt, als hätte man eine Tür geöffnet. Aber dahinter befand sich nicht die Rückwand der Rüstung sondern … *nichts*. Nur absolute Dunkelheit. Und dieser muffige Geruch drang daraus hervor.

»Ich wollte dir nur sagen, dass …«, begann Ethan von Neuem.

»Nicht jetzt!«, unterbrach ich ihn und leuchtete mit der Taschenlampe in die Öffnung.

Ein Geheimgang!

Die Rüstung war bloß eine Tür, hinter der sich ein Korridor befand, der hinter der Bibliothek entlangführte. Anscheinend hatte ich sie unabsichtlich geöffnet. Und dem Quieken zufolge befand sich Charlie nun im Gang.

»Was ist?«, fragte Ethan.

»Ich habe etwas entdeckt«, flüsterte ich und leuchtete tiefer hinein.

Vorsichtig stieg ich durch die Öffnung. Es war feucht, und je weiter ich ging, desto mehr roch es nach Moder. Vor mir befand sich schließlich eine eng gewundene Wendeltreppe.

»Hier sind Stufen aus Stein«, flüsterte ich. »Sie führen sowohl nach unten als auch hinauf.«

»Darüber wollte ich gerade mit dir sprechen«, sagte Ethan, und ich merkte, dass nun auch er flüsterte. »Du bist nicht allein, denn schräg oberhalb der Bibliothek befindet sich ein Turmzimmer, in dem ebenfalls Licht brennt. Aber der Vorhang ist zugezogen, und ich kann mit Darwins Kamera nur einen Spalt im Vorhang erkennen.«

Ich leuchtete nach unten, danach nach oben. *Verlies oder Turmzimmer?*

Oben brannte immerhin Licht.

Also hinauf!

Soviel ich hören konnte, war Charlie ebenfalls nach oben gelaufen. Vielleicht folgte er ja tatsächlich der Spur und erschnüffelte sich den Weg zum Besitzer der Pantoffeln. Und ich war schon ziemlich gespannt, wer das war!

»Ich mach jetzt Schluss – over and out!«, flüsterte ich und steckte das Funkgerät an meinen Gürtel. Danach stieg ich die Treppe hinauf.

Nach einigen Windungen gelangte ich zu einer massiven Holztür. Ich presste das Ohr daran, hielt die Luft an und lauschte. *Nichts!* Falls jemand dahinter war, schlief er vielleicht. *Okay!* Ich atmete tief durch, legte die Hand auf die Klinke und drückte sie vorsichtig hinunter. Die Tür schwang auf und ich trat ein.

Es war ein rundes Zimmer mit zugezogenen Vorhängen, einer Couch, einem Schreibtisch und einer Tischlampe. Die Klappe eines kleinen Speiseaufzugs mit Handkurbel war offen. Davor stand ein Rollwägelchen mit Weinflasche, Glas, Schüssel, Teller, Servietten und Besteck auf einem Tablett. Es roch aufdringlich nach Erbsensuppe, Polenta und Linsen – ein Geruch, den ich seit heute Abend versucht hatte zu vergessen.

Anscheinend hatte hier gerade jemand zu Abend gegessen. Und dieser Jemand war ein älterer, grauhaariger Herr, der hinter dem Schreibtisch saß, von einem Buch aufsah und mich genauso überrascht anglotzte wie ich ihn.

Noch bevor ich etwas sagen konnte, nahm er die Hand vom Buch und drückte auf einen roten Knopf an seinem Telefon.

Oh – oh! Gar nicht gut.

27. KAPITEL

Der Mann versuchte freundlich zu lächeln. Er trug ein weißes Hemd, darüber eine schwarze Weste mit einer roten Schärpe. Langsam nahm er die Lesebrille ab, strich sich über den grauen Schnauzbart und erhob sich. »Mit wem habe ich das Vergnügen?«

»Mit wem habe *ich* das Vergnügen?«, platzte ich in einem spitzen Ton heraus, noch bevor ich überhaupt nachdenken konnte, ob es nicht besser gewesen wäre, den Mund zu halten.

»Du bist nur Gast in diesem Haus, und ich bezweifle, dass dich das etwas angeht.« Als er eine Augenbraue hochzog, erkannte ich eine verblüffende Ähnlichkeit zu Lady Huntington: die gleiche spitze Nase, die hohen Wangenknochen, die engstehenden Augen.

Das kann nur ihr Bruder sein! Neben ihm an der Wand hing ein großer rot-schwarz karierter Dudelsack mit drei abstehenden Pfeifen.

»Sie sind der Earl of Huntington«, stellte ich fest.

Der Mann lächelte überrascht. »Nun ja, das bin ich tatsächlich.« Mit einem Mal war er eine Spur freundlicher. Er legte ein Lesezeichen in das Buch, klappte es zu und schob es beiseite.

Stolz, dass er der Spur erfolgreich gefolgt war, saß Charlie neben dem Mann und putzte sich mit der Pfote genüsslich die Barthaare.

»Frisst dein Frettchen Mais?«, fragte der Earl, und noch bevor ich antworten konnte, stellte er den Teller mit den Resten seines Abendessens Charlie vor die Schnauze, der sich sogleich gierig darüber hermachte.

»Ja …«, sagte ich perplex. »Für jemanden, der angeblich vor neun Jahren über die Klippen gestürzt ist, erfreuen Sie sich bester Gesundheit.«

Der Earl lächelte. »Ich nehme an, du bist Sam… äh … Amanda Wests bildhübsche Tochter«, sagte er und kam um den Tisch herum, um mir die Hand zu reichen.

Jetzt erst bemerkte ich, dass er einen rot-karierten Schottenrock und dicke Wollsocken trug. Irritiert sah ich auf. Der Earl war klein und schlank, hatte einen festen Händedruck und sah alles andere als todkrank aus … und kräftige Waden hatte er auch, obwohl ich das gar nicht so genau hätte wissen wollen.

»Warum hat mich Ihre Schwester belogen?«, wollte ich wissen.

»Weil …«, erklang plötzlich eine Stimme bissig hinter mir, »… dich das nichts angeht!«

Ich fuhr herum. Hinter mir standen Lady Huntington und ihr Butler. Beide mussten über die Wendeltreppe in das Turmzimmer gerast sein. Benson hielt eine doppelläufige Flinte in der Hand, die in seinen klobigen Händen winzig wirkte.

Hä? Bedrohen die mich etwa? Warum zum Geier? Ich schluckte.

»Warum konntest du nicht einfach meine Geschichte glauben und wieder dorthin zurückgehen, woher du gekommen bist?«, keifte die Lady. »Warum nur musstest du hier herumschnüffeln? Das geht dich gar nichts an!«

»Tut es wohl!«, widersprach ich laut und wunderte mich im selben Moment, woher ich den Mut dazu nahm. Vielleicht hätte ich die Klappe besser nicht so weit aufgerissen, immerhin zeigte der Lauf eines Gewehrs auf mich. Aber ich hatte die Nase endgültig voll und war so zornig wegen der Lügen, die mir ständig aufgetischt wurden, dass ich mir endlich einmal Luft machen musste. Und wenn sie mich tatsächlich erschießen wollten, war mir das in diesem Moment auch egal, da ich es so verdammt satt hatte, ständig für dumm verkauft zu werden!

»Ach, tut es das?«, fragte die Lady spitz.

»Ja!«, rief ich. »An der Geschichte mit meiner Mutter, die angeblich hier war und eine Million Pfund bekommen hat, stimmt doch etwas nicht. Denn ich frage mich, wohin das Geld verschwunden ist.«

»Du bist hinter dem Geld her?«, fragte der Earl überrascht, der sich bis jetzt aus dem Gespräch herausgehalten hatte.

»Das Geld ist mir egal«, rief ich. »Ich möchte nur wissen, was damit passiert ist. Denn derjenige, der es hat, weiß vielleicht, warum meine Mutter gestorben ist.«

Anscheinend klang meine Stimme so verzweifelt, dass Benson für einen Moment das Gewehr herunternahm. In der Zwischenzeit hatte Charlie den Teller sauber geleckt und sich von hinten zwischen meine Beine gedrängt.

Lady Huntington machte einen Schritt auf mich zu. »Woher sollen wir wissen, was deine Mutter mit dem Geld gemacht hat? Wir haben es ihr in bar in einem großen Koffer gegeben, und mit dem ist sie abgereist.«

»Und warum all die Geheimniskrämerei?«, wollte ich wissen.

Die Lady funkelte mich an. »Deine Mutter wollte nicht, dass jemand erfährt, dass sie ein Heilmittel gegen Krebs gefunden hat, da es sich noch in der Testphase befand. Und damit niemand nachforschen oder neugierige Fragen stellen konnte, hat mein Bruder vor neun Jahren seinen Tod vorgetäuscht. So, nun weißt du es!«

Was für ein Mumpitz! »Und das soll ich Ihnen glauben?«, entfuhr es mir. »Sie alle haben mich an diesem Abend schon so oft belogen, dass ich Ihnen nichts mehr glauben kann. Womöglich haben Sie sogar etwas mit Mutters Tod zu tun!«

»Was für eine Unverschämtheit!« Die Lady warf ihrem Butler einen auffordernden Blick zu.

Benson hob das Gewehr und zielte nun auf mich. »Vorsicht mit deinen Anschuldigungen.«

»Da habe ich wohl einen wunden Punkt getroffen«, brodelte es weiter aus mir heraus. »Stecken *Sie* hinter Mutters angeblichem Unfall im Hafen von Miami? Haben *Sie* sich die Formel dieses Heilmittels geschnappt, um es vielleicht teuer zu verkaufen?«

»So ein Blödsinn!«, rief die Lady. »Wir wären verrückt, wenn wir das an die große Glocke hängen würden.«

Mit einem lauten Klicken spannte Benson den Hahn des Gewehrs, das bisher anscheinend nicht scharf gewesen war. »So, junges Fräulein, jetzt ist Schluss mit den Vorwürfen!«

Aber das schüchterte mich nicht ein. Ich war auf der ersten wirklich heißen Spur und hatte zu viel herausgefunden, um jetzt kleinbeizugeben.

»Ich mache Ihnen einen Vorschlag«, sagte ich, um eine

feste Stimme bemüht, obwohl meine Knie völlig weich waren. »Ich behalte das Geheimnis des Earls für mich. Dafür möchte ich aber die ganze Wahrheit über meine Mutter und ihre Forschung erfahren.«

»Glaubst du allen Ernstes, dass du uns drohen kannst? Womit denn? Etwa mit diesem hässlichen Frettchen?« Die Lady lachte auf, während Charlie sie anknurrte. »Du und dein Onkel werdet wegen Mordes und Einbruchs gesucht!«

Benson zielte immer noch mit dem Gewehr auf mich, als wäre ich tatsächlich eine Mörderin.

Verschrobene irre Schotten!

Ich schluckte. »Das wissen Sie?«

»Wir sind doch nicht blöd!«, keifte die Lady. »Oder denkst du, mein Bruder hat sich nicht über euch informiert, während wir zu Abend gegessen haben? Die Online-Zeitungen sind voll mit Artikeln über euch.«

Ich ballte meine Hände zu Fäusten. »Na und? Wenn ich wegen Ihnen ins Gefängnis komme, werde ich allen erzählen, was ich hier erfahren habe«, drohte ich diesmal, aber das schien niemanden zu beeindrucken.

»Falls du jemals hier lebend herauskommst«, knurrte Benson.

Nun wurde mir klar, dass die Lady nicht bluffte. Ich wich einen Schritt zurück und spürte, wie mir der Schweiß auf der Stirn ausbrach.

»Ist dir und Johann eigentlich jemand gefolgt, als ihr hierhergekommen seid?«, fragte die Lady lauernd.

Ich musste automatisch an Biosyde denken. »Nein … soviel ich weiß, nicht.«

»Weiß dein Onkel, dass du hier bist?«

Natürlich weiß er es, wollte ich bereits sagen, bremste mich jedoch in letzter Sekunde ein. »Nein«, log ich stattdessen. Andernfalls hätten sie garantiert versucht, auch Simon zu schnappen oder ihm etwas anzutun – und der war im Moment neben Johann meine einzige Hoffnung. »Ich bin heimlich hergekommen. Mein Onkel hätte mich niemals hierher gehen lassen.«

Die Lady sah mich mit einem bohrenden Blick an, als wollte sie meine Gedanken sezieren. »Benson hat recht. Mit dem, was du herausgefunden hast, können wir dich nicht gehen lassen.«

Was hatte ich denn herausgefunden? Dass der Earl noch lebte und mit dem Serum meiner Mutter seinen Krebs besiegt hatte?

Nun hörte ich, wie sich der Earl unbehaglich räusperte, um auch wieder etwas zu sagen. »Du willst sie und ihren Begleiter doch nicht wirklich töten?«

Die Lady schüttelte den Kopf. »Nein, aber zumindest ins Verlies sperren.«

Verlies?

Also hatte das Schloss doch einen Keller. Ich dachte an die geheimnisvolle Treppe, die nach unten führte.

Der Earl sah seine Schwester erschrocken an. »Und für wie lange?«

»Das weiß ich noch nicht.«

Mir wurde übel.

»Aber sie ist doch Amandas Tochter!«, sagte der Earl zögerlich. »Ihre Mutter hat mir das Leben gerettet!«

Ein kleiner Hoffnungsschimmer keimte in mir auf, doch die Gesichtszüge der Lady blieben hart.

»Du weißt, darauf können wir keine Rücksicht nehmen«, sagte sie. »Wir müssen dein Geheimnis hüten. Falls rauskommt, dass ich dir geholfen habe, deinen Tod vorzutäuschen, werfen sie Benson und mich ins Gefängnis, und du landest im Forschungslabor eines medizinischen Unternehmens, das Tag und Nacht Versuche mit dir anstellt.«

Wie zur Bestätigung nickte Benson grimmig.

Darum geht es also!

»Ehe ich mich einsperren lasse, lasse ich mich erschießen!«, schrie ich mit bebender Stimme und fragte mich neuerlich, woher ich den Mut dazu nahm.

Charlie drückte sich auf den Boden und legte die Ohren an.

Bensons Finger wanderte zum Abzug. »Wie du willst«, murmelte er und kniff ein Auge zu.

Die Lady verzog keine Miene. Der Earl stand stumm daneben, schluckte unbehaglich und wartete ab. Mir wurde heiß. In diesem Moment dachte ich, mein letztes Stündlein hätte geschlagen, als von hinten ein Schatten in den Raum flog.

Johann!

Er packte den Lauf des Gewehrs und drückte ihn nach oben. Ein ohrenbetäubender Schuss löste sich, das Projektil krachte in den Dudelsack an der Wand. Als Nächstes schlug Johann dem Butler den Handballen an die Schläfe, sodass dieser mit einem pfeifenden Geräusch bewusstlos zu Boden sank. Indessen fiel der Dudelsack mit einem hässlichen Quäken in sich zusammen. Von der Wand rieselten Holzspäne und Verputz herunter.

Im gleichen Augenblick sah ich, wie die Lady verzweifelt zum Schreibtisch lief, in der Lade wühlte und einen Revolver hervorholte. Geistesgegenwärtig schleuderte ich ihr die Taschenlampe an die Stirn, sodass sie aufschrie und zurücktaumelte. Da war Johann auch schon da und wand ihr den Revolver aus der Hand.

Nun riss sich der Earl aus seiner Erstarrung und wollte

sich auf Johann stürzen, doch der hielt bereits den Revolver hoch. »Wir sollten uns jetzt alle wieder beruhigen!«, rief er. »Dann wird niemandem etwas geschehen.« Er warf mir einen finsteren und vorwurfsvollen Blick zu. »Immer musst du allein losstiefeln und dich in Gefahr bringen!«

»Woher wusstest du eigentlich, dass ich hier bin?«, rief ich.

Er schüttelte den Kopf, als zweifelte er an meinem Verstand. »Denkst du, ich verlasse die Kopernikus ohne Funkgerät? Ich konnte dein Gespräch mit Ethan mithören.«

Wie peinlich! Verlegen sah ich zu Boden.

Inzwischen hatte der Earl die Verletzung seiner Schwester untersucht und sich anschließend neben seinen Butler gekniet, der langsam zu Bewusstsein kam.

»Der Schlag war nicht schlimm«, versicherte Johann ihm.

Ächzend und mit wackeligen Beinen kam Benson wieder hoch, die Lady rieb sich die schmerzhafte Stelle an der Stirn.

»Ich schlage vor, dass wir damit aufhören, uns gegenseitig umbringen zu wollen«, sagte Johann. »Schließlich stehen wir alle auf derselben Seite.«

Ich sah das ein wenig anders. »Meine Mutter muss mehr als ein gewöhnliches Serum gegen Krebs erfunden haben!«, protestierte ich, »sonst hätten diese Amöben wohl kaum versucht, mich zum Schweigen zu bringen.«

»Ich weiß«, knurrte Johann, »aber auch du beruhigst dich jetzt wieder, Terry. Dann kommt alles wieder in Ordnung.«

»Nichts kommt in Ordnung«, zischte die Lady.

»Doch, das wird es«, versicherte Johann ihr, »denn ich werde mit Terry reden.«

»Halten Sie das für eine kluge Idee?«, fragte ihn der Earl.

»Warum haben Sie das Mädchen überhaupt hergebracht? Sie weiß jetzt schon zu viel.«

»Mir blieb keine andere Wahl«, antwortete Johann. »Und ich werde ihr jetzt alles erzählen.«

»Alles?«, wiederholte die Lady erschrocken.

Johann nickte.

Wie bitte? Hatte ich soeben richtig gehört?

Der Earl, die Lady und Benson standen uns gegenüber. Johann hielt sowohl das Gewehr als auch den Revolver in der Hand. »Vertrauen Sie mir. Ihr Geheimnis ist bei uns sicher. Ich muss nur mit Terry unter vier Augen sprechen. Sie wird es verstehen.«

Der Earl nickte. »Einverstanden«, sagte er nun mit fester Stimme. »Und die Waffen?«

»Bleiben vorerst sicherheitshalber bei mir«, antwortete Johann in einem unnachgiebigen Ton. »Nach dem Gespräch bekommen Sie sie wieder – versprochen!«

Ich war fassungslos. Wovon sprach Johann da? Schon die ganze Zeit hatte ich das Gefühl gehabt, dass er mehr wusste, als er zugeben wollte – und nun war es offenbar so weit, dass er das Geheimnis endlich lüften musste.

28. KAPITEL

Nachdem die Huntingtons das Turmzimmer mit ihrem Butler verlassen hatten, lehnte Johann die Flinte an die Wand, steckte sich den Revolver hinten in den Hosenbund und deutete zum Schreibtischsessel. »Setz dich.«

Ich nahm Platz. »Was immer du mir jetzt erzählst«, warnte ich ihn, »Simon, Ethan und Pierre werden es von mir erfahren.«

Johann nickte mit zusammengepressten Lippen. »Gut, das ist nur fair«, sagte er schließlich.

Charlie sprang auf meinen Schoß, und während ich sein Fell kraulte, blickte ich Johann an. »Ich bin ganz Ohr.«

»Es fällt mir nicht leicht«, begann er mit krächzender Stimme, »denn ich musste deiner Mutter schwören, ihr Geheimnis ein Leben lang für mich zu behalten.«

»Johann! Ein bisschen weniger theatralisch, wenn es geht. Und beeil dich. Wer weiß, ob diese Verrückten nicht etwas gegen uns im Schilde führen.«

Johann nickte, warf einen Blick auf die Briefe, Zeitschriften und Ansichtskarten, die auf dem Schreibtisch lagen, holte tief Luft, um etwas zu sagen, verstummte jedoch.

»Was ist?«, fragte ich.

»Nichts.« Irritiert betrachtete er noch mal die Karten, raffte sie schließlich zu einem Stapel zusammen, den er beiseiteschob, und setzte sich auf die Kante. »Ich war nie in die Arbeit deiner Mutter involviert«, begann er zu erzählen, »aber ich wusste, dass dieses Serum, das sie aus der DNA von Jerichos Splitter entnommen hatte, nicht bloß in der Lage war, Krebs zu heilen, sondern generell kaputte Zellen zu regenerieren.«

»So viel habe ich selbst schon herausgefunden«, unterbrach ich ihn.

»Terry, es ist ein lebens*verlängerndes* Serum!« Er machte eine Pause, bis die Information gesackt war. »Nachdem Valerie De Boes bemerkt hatte, woran deine Mutter arbeitete, hat sie Finn darauf angesetzt, mit deiner Mutter auf dem Kopenhagener Kongress Kontakt aufzunehmen. Die war jedoch nicht dumm. Als sie dahinter kam, was Finn wirklich von ihr wollte, beendete sie die Beziehung zu ihm.«

Ich schluckte. »Beziehung?«

Johann nickte ein wenig peinlich berührt. »Ja, sie waren für kurze Zeit ein Paar«, seufzte er. »Doch je größere Fortschritte sie mit den Delfinen auf Wreck Island erzielte, umso aufdringlicher und rücksichtsloser wurde Biosyde. Ständig wurde sie bedrängt und schließlich sogar bedroht, ihr Wissen preiszugeben.«

»Wollte Biosyde sie töten lassen?«, entfuhr es mir.

»Terry … Biosyde würde *jeden* töten, um an dieses Serum zu gelangen. Deine Mutter hat es so weit entwickelt, dass es nicht nur Krankheiten heilen konnte, sondern auch den Alterungsprozess verlangsamt, wie du beim Earl of Huntington gesehen hast.«

»Aber das konnte meine Mutter doch unmöglich wissen – sie ist zwei Tage nach ihrem Besuch auf Darkfall Gates gestorben.«

»Oh, sie hat das Serum auch an anderen Lebewesen getestet.« Johann holte sein altes Handy aus der Hosentasche. In all den Jahren hatte ich ihn nur zwei- oder dreimal damit telefonieren sehen. Jetzt scrollte er durch das zerkratzte Display, öffnete eine Videodatei und hielt mir das Telefon hin.

Ich nahm es zögerlich, betrachtete das Video, und was ich sah, schnürte mir das Herz zusammen. Charlie lag von einer Leuchtstoffröhre beschienen auf einem silbernen Tablett. Er schlief, seine Brust hob und senkte sich nur leicht. Zwei Stellen an seinem Fell waren kahl rasiert. Daran hingen Elektroden. Im Hintergrund hörte ich das schwache Piepen seiner Herztöne.

»Ich erinnere mich an die beiden kahlen Stellen«, sagte ich. Damals musste ich vier gewesen sein. »Charlie hatte zwei schlimme Zeckenbisse.«

»Es waren keine Zecken.« Johann schüttelte den Kopf. »Das hat dir deine Mutter damals erzählt. In Wahrheit wurde er von einem Marder fast totgebissen. Das Vieh war tollwütig, und Charlie wäre innerhalb weniger Tage gestorben. Also hat deine Mutter das Serum an ihm ausprobiert.«

Mit angehaltenem Atem sah ich auf dem Video, wie sich eine Hand mit einer Spritze mit langer Nadel Charlie näherte. Ein blaues Serum wurde ihm verabreicht. Unwillkürlich streichelte ich Charlie, der zufrieden auf meinem Schoß schlummerte. »Und er hat den Eingriff überlebt?«, fragte ich, merkte aber im gleichen Augenblick wie blöd meine Frage war.

»Zum Glück«, sagte Johann. »Du hast dich doch schon

selbst mehrmals gefragt, warum er schon vierzehn Jahre alt und immer noch quietschfidel ist.«

Tränen stiegen mir in die Augen. »Und wie alt wird er?«

Johann hob die Schultern. »Keine Ahnung, wenn er sich nicht überfrisst, zwanzig oder fünfundzwanzig Jahre – dank des Serums.«

Ich wischte mir die Tränen weg.

»Das Serum funktioniert, aber für deinen Großvater kam es zu spät. Allerdings hat es Charlie und dem Lord of Huntington das Leben gerettet«, resümierte Johann.

Das war ja so irre! Ich streichelte Charlie und fragte mich in diesem Moment, ob er wusste, dass er ein einzigartiges Frettchen war, das uralt werden würde. Zufrieden gickerte er. »Weiß Valerie De Boes, dass Charlie dieses Serum in seinem Blut hat?«

Johann lachte gequält auf. »Wäre das der Fall, wären wir schon längst alle tot und Charlie wäre in einem Labor seziert worden.«

So schlimm war es also.

»Jahrelang hat Biosyde deine Mutter unter Druck gesetzt und sogar gewaltsam versucht, an ihre Forschungsergebnisse zu kommen«, erzählte Johann. »Der Absturz ihres Flugzeugs vor Wreck Island war bestimmt kein Unfall.«

»Ein Mordanschlag?«

»Vermutlich. Ab diesem Zeitpunkt zweifelte deine Mutter daran, ob es wirklich gut war und dem Wohl der Menschheit dienen würde, was sie entdeckt hatte. Jedenfalls hat deine Mutter an diesem Tag beschlossen, all ihre Unterlagen unwiederbringlich zu vernichten.«

»Aber die Formel befindet sich doch auch in Charlies Blut – und falls Biosyde meiner Mutter geschnappt und gefoltert hätte, dann …«

Johann nickte. »Genau aus diesem Grund wollte sie ihren drastischen Plan in die Tat umsetzen. Sie besuchte den Earl of Huntington, der sich freiwillig zur Verfügung stellte, ihr Serum am menschlichen Körper zu erproben. Dafür erhielt sie ein Honorar von einer Million Pfund.«

»Sie wollte also trotzdem weiterforschen?«

»Nein.« Johann seufzte, als fiel es ihm schwer mit der Wahrheit herauszurücken. »Sie wollte dieses Geld für etwas anderes verwenden.«

»Wofür, Johann?«

»Sie wollte untertauchen.«

Ich richtete mich schlagartig auf. Mir blieb die Spucke weg. »Untertauchen?«, wiederholte ich, während mir eine Gänsehaut über die Unterarme kribbelte.

Zum ersten Mal in meinem Leben bemerkte ich, dass Johanns Lippe bebte. Es schien ihm nicht leichtzufallen, den Schwur, den er meiner Mutter einst geleistet hatte, zu brechen.

»Ja, deine Mutter wollte untertauchen«, bestätigte Johann heiser. »Sie wollte zu ihrem eigenen, aber auch zu Simons Schutz und vor allem zu deinem, ihren eigenen Tod vortäuschen. Nachdem sie ihre gesamte Forschungsarbeit vernichtet hatte, war sie die Einzige, die die genaue Zusammensetzung der Formel kannte, und nach ihrem Tod hätte Biosyde euch in Ruhe gelassen.«

»Aber wie … wollte sie ihren Tod vortäuschen?«, stammelte ich. »Etwa im Hafen von Miami?«

Johann nickte. »Das war der Plan. Aber er ging schief, und dabei starb sie tatsächlich.«

O Gott!

Es schnürte mir das Herz zusammen. Instinktiv griff ich zum Medaillon an meinem Hals. *Hätte sie doch bloß einen anderen Weg gesucht. Mit Simon oder Tante Katherine gesprochen. Die hätten bestimmt einen Ausweg gewusst. Doch anscheinend wollte sie bis auf Johann niemanden in ihr Geheimnis einweihen.*

»Das erklärt einiges«, murmelte ich schließlich. Alles passte tatsächlich zusammen. Doch plötzlich sah ich auf. »Aber wo ist die Million Pfund geblieben?«

Johann hob die Schultern. »Ich weiß nicht, wo sie das Geld versteckt hat. Warum willst du das wissen? Wir brauchen es doch nicht.«

»Natürlich nicht, aber trotzdem scheint es der Schlüssel zu allem zu sein. Es war weder in ihrem Haus noch in ihrem geheimen Labor«, zählte ich an den Fingern auf. »Weder in ihrem abgestürzten Flugzeugwrack noch auf Wreck Island. Wo könnte es also sein?«

Johann sah mich ratlos an.

»Alle, mit denen wir bisher gesprochen haben«, überlegte ich weiter, »haben mir versichert, wie großartig und intelligent meine Mutter war. Wenn sie wirklich so clever war, wie alle behaupten, und alles bis ins kleinste Detail geplant hat, warum ist die Inszenierung ihres eigenen Todes dann missglückt?«

Johann kniff die Augenbrauen misstrauisch zusammen. Ein bohrender Blick, der aber auch bei mir Misstrauen weckte. Warum sah er mich so an?

»Angeblich ist sie im Hafen von Miami ertrunken«, fuhr ich fort und bemerkte, wie Johann immer unruhiger wurde. »Aber ihre Leiche wurde nie gefunden.«

Warum schwitzt er plötzlich?

Ich blickte zu dem Stapel, den er vorhin so lange betrachtet und schließlich nervös zusammengeschoben hatte. Die Papiere schienen ihn irgendwie irritiert zu haben. Warum nur? Nun griff ich danach und blätterte durch die Briefe, Zeitschriften und Ansichtskarten.

»Terry, ich habe es leider nicht verhindern können, dass deine Mutter verunglückt ist …«, begann er rasch, als wollte er mich ablenken.

Warum ist er plötzlich so nervös?

»Terry, ich …«

»Johann! Sei bitte einen Moment still«, bat ich ihn und blätterte durch die Ansichtskarten, die aus allen Winkeln der Erde gekommen waren. Palmenmotive aus der Karibik, Schneehütten aus dem Gebirge, Dünen aus der Wüste. All diese Motive lösten Erinnerungen in mir aus, allerdings nicht an Simons Forschungsreisen, sondern an die Fotos, die in Mutters Haus in Miami an der Wand gehangen hatten.

»Terry, Finger weg! Die Sachen des Earls gehen dich nichts an«, maßregelte mich Johann. »Ich …«

»Johann, ich warne dich!«, sagte ich scharf.

Während Johann ein unzufriedenes Grunzen von sich gab, blätterte ich weiter und fand eine Karte aus einer italienischen Küstenregion … den Cinque Terre. Als Motiv war ein hoher Leuchtturm auf einer vorspringenden felsigen Halbinsel zu sehen, die sich Vernazza nannte.

Ein Schauder erfasste mich. *Mutter hat doch immer für alte Leuchttürme wie diesen geschwärmt.* Laut Poststempel war das die jüngste Karte – erst ein halbes Jahr alt. Die handschriftliche Notiz bestand nur aus zwei Sätzen.

Ich habe mich gut eingelebt, aber langsam wird mir der Boden unter den Füßen zu heiß. In fliegender Hast, liebe Grüße, Samanta Dew.

Alle Karten stammten von dieser Samanta Dew. Was für ein seltsamer Name. Da erinnerte ich mich an die zerknüllten Briefe, die ich im Papierkorb der Bibliothek gefunden hatte.

Liebe Samanta, bei dem Sturm hier musste ich heute wieder an Sie denken … Und plötzlich wusste ich, was mir mein Unterbewusstsein vorhin hatte mitteilen wollen. Samanta war ohne das übliche th geschrieben! *Das ist es gewesen!*

Da erfasste mich ein neuerlicher eiskalter Schauder. *Natürlich!* Der Versprecher des Earls, als er mich in diesem Büro begrüßt hatte! Was waren noch gleich seine Worte gewesen? *Ich nehme an, du bist Sam… äh … Amanda Wests bildhübsche Tochter.*

Er hatte meine Mutter einen Augenblick lang mit Samanta Dew verwechselt – wer immer diese Frau war. Aber warum?

»Terry, was ist mit dir?« Johanns Stimme klang besorgt.

Ohne ihm eine Antwort zu geben, starrte ich auf die Karte. Anscheinend waren Regentropfen darauf gefallen, denn die Unterschrift war teilweise verwischt. Statt Samanta war nur … aman … gut zu erkennen. Gedankenverloren griff ich nach einem Bleistift und sortierte die Buchstaben des Namens *Samanta Dew* in einer anderen Reihenfolge – wie bei einem Scrabblespiel. Der Name war ein Anagramm! Wenn man die Buchstaben vertauschte, kam der Name *Amanda West* dabei heraus. Mir wurde schwindelig. Demnach war *Samanta Dew* der Deckname meiner Mutter.

Ich sah zu Johann auf, und offenbar wirkte mein Blick tödlich, denn Johann zuckte zum ersten Mal in seinem Leben vor mir zurück. Offenbar ahnte er, worauf ich gerade gekommen war.

»Terry, ich …«

»Du Aas hast mich schon wieder belogen!«, fuhr ich ihn an und wedelte mit der Ansichtskarte.

Er wollte mir die Karte wegnehmen, doch ich war schneller.

»Die stammt von meiner Mutter«, sagte ich. »Und sie lebt!«

29. KAPITEL

Sidney Stone lief hinter Valerie De Boes her und wischte gleichzeitig über ihr Tablet. Zum Glück gab es nur noch einen Tagesordnungspunkt dieser nicht enden wollenden Marathonsitzung, die sich bereits bis weit nach Mitternacht zog. Eigentlich sehnte sich Sidney schon seit Stunden nach einem Bett, aber an Schlaf war erst zu denken, wenn sie alle Punkte mit ihrer Chefin durchgearbeitet hatte.

»Weiter!« Valerie stieß die Eingangstür des *Biosyde Hills Asylum* auf und marschierte die Treppe hinunter ins Freie.

Sidney folgte ihr. Die Nacht war voller Sterne und kühl, irgendwo schrie eine Eule, und Sidney fröstelte. Hoffentlich waren sie bald fertig. Der letzte Punkt ihres Protokolls betraf die Mediziner, die in der Kelleretage in den Chromosomenlabors arbeiteten. »Einige der Ärzte haben protestiert, weil sie zu wenig Schlaf bekommen und …«

»Die sollen erst einmal eine Leistung bringen.«

Valerie De Boes' unerbittliche Haltung war nachvollziehbar, aber manche dieser Menschen waren immerhin Nobelpreisträger, die gegen ihren Willen hier gefangen gehalten wurden. »Sie lassen fragen, ob sie …«

»Nein! Die Freiheit dieser Leute besteht darin, dass jeder tun kann, was *ich* will«, entschied Valerie. »Noch etwas?«

»Nein, das ist alles«, stöhnte Sidney erleichtert auf. »Kann ich jetzt …?«

»Ja, *mir folgen*!«

Sidney begleitete Valerie um das Sanatorium herum zu einem flachen containerartigen Gebäude, das auf einer kleinen Anhöhe stand. Es war eine umgebaute ehemalige Wetterstation, auf deren Flachdach eine riesige Satellitenschüssel angebracht war – an der höchsten Stelle auf dem Felsen von Gibraltar. Daneben drehte sich eine ebenso große Radaranlage mit gewaltigen Antennen. Sidney ahnte, wohin Valerie und sie gingen – und dieser Besuch würde alles andere als angenehm werden.

Vor zwei Tagen hatte Sidney die besten Hightech-Spezialisten von Biosyde hierher fliegen lassen, und seitdem wurde rund um die Uhr an der Ortung des Medaillons gearbeitet. Bisher erfolglos – das Signal blieb verschwunden.

Vor dem Gebäude stand Finn in schwarzer Anzughose und Sakko mit aufgestelltem Kragen. Er beendete soeben ein Telefonat und zertrat einen Zigarettenstummel auf dem Boden. Im Licht der Eingangsbeleuchtung fiel Sidney sein Gesichtsausdruck auf. Er sah aus, als hätte er große Lust, einen Mord zu begehen. Besser sie sprach ihn nicht darauf an, ob er bei seiner Suche nach dem Spion schon Fortschritte erzielt hatte.

»Guten Abend«, knurrte Finn übel gelaunt.

»Was ist? Hast du heute nur zweihundert Situps geschafft?«, spöttelte Valerie.

Finn ignorierte die Frage. »Beide Helikopter sind defekt. Einer hatte beim Start auf Santorin sogar einen Triebwerksschaden. Die Maschine ist komplett hinüber.«

»Material lässt sich ersetzten. Aber was mir viel mehr an die Nieren geht, ist, dass unser Häschen wieder einmal in letzter Sekunde entkommen konnte.«

Sidney konnte richtig hören, wie Valerie mit den Zähnen knirschte. Bisher hatte ihre Chefin die Rückschläge mit Fassung getragen, doch mittlerweile war sie mächtig sauer.

Zu dritt betraten sie das Gebäude. In einem Großraumbüro befanden sich sieben Computerarbeitsplätze mit etlichen Riesenbildschirmen und einem Kabelsalat von bestimmt einigen Kilometern Länge. Während auf dem Dach die große Schüssel rotierte, ratterte hier eine mächtige Großrechenanlage.

Einer der Techniker sprang sofort auf, als er Valerie bemerkte. Ein kleiner Mann von schmächtiger Statur, der sich seine dicke Brille über die Nase schob. »Es freut mich, dass Sie persönlich kommen, Madam De Boes, um …«

»Keine Festreden! Kriechen Sie wieder aus meinem Arsch. Sind *Sie* der verantwortliche Techniker?«

Der Mann nickte. »Ja, mein Name ist …«

»Interessiert mich nicht. Ich nenne Sie Bug, weil Sie mich an einen Käfer erinnern.«

»Ganz wie Sie wollen.« Der Mann blickte zu Boden.

Er sieht wirklich aus wie ein Käfer, dachte Sidney.

»Ergebnisse?«

»Es ist nicht so einfach, die Quelle der Omikronwellen aufzuspüren. Wir arbeiten jetzt bereits seit über dreißig Stunden an der Lösung dieses Problems.«

»Ich dachte, ich beschäftige die besten Techniker, die es gibt.« Valerie blickte zu Sidney.

»Wir haben bis jetzt keine einzige Pause gemacht«, verteidigte sich Bug.

»Mit Ihren lausigen Fähigkeiten würde ich mich auch nicht vor die Tür wagen«, fuhr Valerie ihn an. Dann drehte sie sich erneut zu Sidney. »Es gibt beinahe acht Milliarden Menschen auf diesem Planeten, und Sie mussten ausgerechnet diesen Stümper engagieren?«

Sidney schluckte. »Mir wurde versichert, Mister … äh … Mister Bug und sein Team wären die besten Hightech-Spezialisten weit und breit.«

»Jemand muss die Quelle isoliert haben«, versuchte Bug sich erneut zu rechtfertigen. »Die Quelle ist so schwach, dass …«

»Schluss damit, Sie Nachwuchstalent!«, brachte Valerie den Mann zum Schweigen. »Wenn Sie eine schwache Quelle empfangen können, dann verstärken Sie das Signal.« Sie deutete zur Decke. »Wir haben hier eine der besten Anlagen der Welt.«

»Ja, aber um die Omikronwellen vom Satelliten zu empfangen, würden wir so enorm viel Strom verbrauchen, dass die Generatoren überhitzen und es uns sämtliche Sicherungen rauswirft«, stammelte Bug verzweifelt.

»Dann fliegen sie eben raus!«

»Aber dann …«

»Dann stecken Sie die Sicherungen eben wieder rein – und zwar jedes Mal, wenn sie rausfliegen. Mein Gott, das kann doch nicht so schwer sein«, rief Valerie. »Verstärken Sie den Empfang des Signals und finden Sie das verdammte U-Boot!«

Bug blickte mit geröteten Augen auf seine Armbanduhr. »Jetzt …?«

»Nein, zu Weihnachten«, antwortete Valerie. »Natürlich jetzt!«

Bug atmete tief durch. »Gut, wie Sie wollen.« Dann

drehte er sich um und hob die Stimme. »Sie haben es gehört. Wir gehen auf doppelte Leistung.«

Die Techniker warfen sich entsetzte Blicke zu.

»Los!«, rief Valerie.

Bewegung kam in die Gruppe. Die Männer hämmerten auf ihren Tastaturen herum und augenblicklich ertönte ein sirrendes Geräusch, das immer lauter wurde und Sidney in den Ohren schmerzte.

Die Deckenlampen begannen zu flackern, das Bild der Computermonitore löste sich in grobe Pixel auf.

»Weiter!«, rief Valerie.

»Da!«, rief Bug plötzlich. Er zeigte auf einen großen Bildschirm. Darauf war Großbritannien zu sehen. Von der Nordostspitze Schottlands breiteten sich blaue Wellen aus, jedoch konnte man die exakte Quelle nicht erkennen.

»Geht es genauer?« Valeries Stimme klang heiser.

Bug presste die Lippen aufeinander. »Nicht mit unseren Kapazitäten. Außerdem stehen die Wetterverhältnisse nicht gerade gut für uns.«

»Keine Ausflüchte! Was heißt das konkret?«

»Der Sturm über Schottland verzerrt den Ursprung des Signals. Nebel und starker Regen unterbrechen die Signalstärke.«

Das ohrenbetäubende Surren nahm zu. Einige Lampen fielen aus, ein Bildschirm gab knisternd den Geist auf. Bug starrte Valerie verzweifelt an.

»Gut.« Valerie nickte. »Fahren Sie das System wieder auf Normalbetrieb herunter.«

Dankbar gab Bug seinen Kollegen ein Zeichen, die sofort wieder in ihre Tastaturen hackten. Das sirrende Geräusch wurde wieder dumpfer, bis es schließlich nicht mehr zu hören war. Unters Bugs Achseln hatten sich riesige Schweißflecken gebildet. Nun merkte Sidney, dass auch ihre Hände schweißnass waren.

»Die Küste Schottlands …«, überlegte Valerie laut. »Wie konnten die in so kurzer Zeit von Santorin nach Schottland fahren?«

»Der Kavitationsantrieb«, erinnerte Finn sie.

Valerie hob die Hand. »Unterbrich mich nicht, wenn ich Selbstgespräche führe!«

Sidney schluckte. So dermaßen übel gelaunt hatte sie ihre Chefin bisher nur selten erlebt.

»Machen Sie eine Pause!«, sagte Valerie schließlich zu Bug. »Meine Sekretärin sorgt dafür, dass Sie stärkere Geräte bekommen. Um sechs Uhr früh machen Sie sich wieder an die Arbeit, ist das klar?«

»Ja, danke, Madam.« Bug rang verzweifelt die Hände.

Indessen machte sich Sidney eine Notiz in ihrem Tablet. *Doppelt so starke Strom-Generatoren!* Sie stockte, sah die Entschlossenheit im Gesicht ihrer Chefin und korrigierte den Vermerk. *Dreimal so starke!*

»Gute Nacht.« Valerie wandte sich ab und bedeutete Finn und Sidney, ihr vor die Tür zu folgen.

Als sie draußen waren und den Sternenhimmel über sich sahen, senkte Valerie die Stimme. »Dr. Simon West hat mich zu sehr herausgefordert und gereizt. Ich will jetzt nicht mehr nur die Formel und das Horn, sondern auch sein U-Boot.«

Sidney schluckte und sah, wie Finn die Stirn runzelte. »Das U-Boot?«, wiederholte er.

»Du hast richtig gehört«, antwortete Valerie. »Wir sind zwar der zweitgrößte Pharmakonzern, aber ich habe gute Kontakte zum Militär und zur Hightech-Branche. Wir werden *Dr. Simon West* …«, sagte sie, wobei sie den Namen wie einen verdorbenen Fisch ausspie, »... sämtliche Geheimnisse entreißen, die sein U-Boot birgt. Ich will die Kopernikus! Ich will den Kavitationsantrieb! Und ich will seinen Reaktor mit der Kalten Fusion.«

»Und wenn wir es nicht in unsere Gewalt bringen können?«, fragte Finn.

»Dann löschen wir ihn aus und versenken sein Boot!«

Sidney schluckte erneut. In diesem Moment wollte sie nicht in Dr. Wests Haut stecken.

30. KAPITEL

Im Turmzimmer herrschte spürbar dicke Luft. Eine Zeit lang reagierte Johann nicht, er starrte mich nur an. Dann wanderte sein Blick zwischen den Ansichtskarten und mir hin und her, während sein Unterkiefer mahlte. *Reden oder weiterhin schweigen*, schien er sich zu fragen. Schließlich räusperte er sich. »Ich habe deiner Mutter versprochen, ihr Geheimnis für mich zu behalten.«

»Aber sie lebt!«, rief ich vorwurfsvoll. »Du und die Huntingtons, ihr wusstet das!«

Er nickte bedächtig. »Auch das hatte ich versprochen, ein Leben lang für mich zu behalten.«

Ich schob Charlie von meinem Schoß hinunter und sprang auf. »Du wusstest es die ganze Zeit und hast geschwiegen?«, warf ich ihm vor. »Du wusstest es, während wir verfolgt und fast verhaftet wurden, Ethans Mutter sterben musste und wir keine Ahnung hatten, warum alle hinter uns her waren – während all der Zeit hast du … einfach geschwiegen?« Ich warf die Arme in die Luft. »Ich fasse es nicht!« Mein Magen verknotete sich.

Ich fühlte mich um meine Mutter betrogen. Ohne diese

Lügen hätte ich nie auch nur eine Sekunde lang um sie trauern müssen. Aber nicht nur das: Johann hatte mich ein Leben lang belogen. Was war diese Freundschaft noch wert? Wem konnte ich eigentlich noch vertrauen?

»Ich musste so tun, als wüsste ich von nichts – zu deiner eigenen Sicherheit, und der deiner Mutter«, versuchte Johann sich herauszureden. »Hätte Valerie de Boes jemals erfahren, dass deine Mutter noch lebt, hätte sie uns dazu gezwungen, ihren Aufenthaltsort preiszugeben, und danach deine Mutter über den gesamten Globus gejagt, um an Jerichos Splitter und die Formel des Serums zu kommen.«

»Toll, stattdessen jagen sie uns jetzt.«

Johann sah unglücklich aus, völlig am Boden zerstört. Ich merkte sogar, wie schwer ihm die Worte fielen. Aber trotzdem war *ich* es, die belogen, getäuscht und verarscht worden war – ein Leben lang – und zwar von Johann und meiner eigenen Mutter. Wie konnten sie das nur tun?

»Bist du nicht froh und erleichtert, jetzt, da du weißt, dass sie noch am Leben ist?«, fragte er mich vorsichtig.

Erleichtert?

»Darauf geschissen!«, rief ich, packte das Medaillon und warf es gegen die Wand, wo es aufsprang. Charlie machte einen erschrockenen Satz zur Seite.

»Meine eigene Mutter, die mich zur Welt gebracht und viereinhalb Jahre lang großgezogen hat, hat sich gegen mich entschieden«, rief ich, immer noch fassungslos. Und je mehr ich darüber nachdachte, umso wütender wurde ich. »Warum hat sie nicht *unseren* Tod vorgetäuscht? Sie hätte gemeinsam *mit mir* untertauchen können.« Tränen liefen mir übers Gesicht. »Sie hat mir die Mutter und meine Kindheit genommen!«

Johann wollte mich in die Arme nehmen, doch ich schlug seine Hand zur Seite. Daraufhin bückte er sich, hob das Medaillon auf, legte Ethans goldene Folie wieder hinein und schloss es. »Weißt du, deine Mutter hat das tatsächlich in Erwägung gezogen, aber …« Er schüttelte traurig den Kopf. »… aber sie wollte dir ein normales und gefahrloses Leben ohne Flucht ermöglichen. Du solltest Freunde kennenlernen, herumreisen und unbekümmert die Welt sehen können. Dieser Entschluss ist deiner Mutter nicht gerade leichtgefallen, das kannst du mir glauben.« Er reichte mir das Medaillon. »Nimm es wieder«, bat er mich. »Amanda ist kein schlechter Mensch. Sie hat dir ihr Haus und ihr gesamtes Vermögen hinterlassen und nur das Geld des Earls benutzt, um sich irgendwo zu verstecken und unentdeckt zu leben.«

Ich wischte mir die Tränen aus dem Gesicht, atmete tief durch und hängte mir die Kette um den Hals. »Hast du Kontakt zu ihr?«, fragte ich.

Er presste die Lippen aufeinander und schüttelte den Kopf.

Ich sah ihn streng an und ballte die Faust. »Ist das auch die Wahrheit?«

»Ja, ich schwöre es.« Es klang aufrichtig.

»Weißt du, wo meine Mutter jetzt ist?«, fragte ich.

»Glaube mir, ich würde es dir sagen, aber leider weiß ich es nicht. Ich wusste nicht einmal, dass sie dem Earl Karten geschrieben hat, bis ich zufällig auf diesen hier ihre Handschrift entdeckt habe.«

»Warum hat sie das wohl getan?«

Johann hob die Schultern. »Um zu erfahren, wie es ihm geht und wie ihr Serum wirkt? Schließlich gibt es noch keine Langzeitstudie.«

»Und mit dir stand sie nie in Kontakt?«, fragte ich, immer noch misstrauisch.

Er verzog das Gesicht und schüttelte den Kopf. »Anscheinend war ihr das zu riskant.«

»Ist das auch wirklich die Wahrheit?«

»Ja, ich schwöre es, ich weiß nicht, wo sie steckt.«

»Gut.« Ich nahm die Ansichtskarte von den Cinque Terre mit dem Leuchtturm zur Hand und betrachtete sie länger. Dann sah ich auf. »Aber ich.«

31. KAPITEL

Johann starrte auf das Motiv. »Du glaubst, dass sie noch dort ist?«

»Möglich.« Ich blätterte durch die anderen Karten. »Anscheinend schreibt sie als Samanta Dew alle sechs Monate eine Ansichtskarte von einem anderen Ort.«

»Gut, nimm die letzte Karte mit – es wird Zeit, dass wir verschwinden!«, beschloss Johann und schnappte sich die Flinte.

Ich steckte die Karte in meine Hosentasche, schnalzte mit der Zunge, sodass Charlie mir folgte, dann ging ich hinter Johann die enge Wendeltreppe hinunter. Wir kletterten durch die offene Ritterrüstung in die Bibliothek.

Ich hätte schwören können, dass der Earl, die Lady und ihr Butler hier auf uns warten würden oder uns zumindest belauscht hatten. Aber hier war niemand. *Wie seltsam!* Weit und breit keine Spur von Benson und den Huntingtons.

An Johanns Reaktion merkte ich, dass er ebenso überrascht war. Er nahm die Patronen aus dem Gewehr, steckte sie in seine Hosentasche und lehnte die leere Flinte an eine

Bücherwand. Den Revolver behielt er vorerst. Anscheinend traute er dem Earl genauso wenig über den Weg wie ich. Und deshalb wischte ich, bevor wir die Bibliothek verließen, sicherheitshalber Johanns Fingerabdrücke mit meinem Sweatshirt von der Büchse. Wir hatten schon genug Schwierigkeiten und mussten uns nicht unnötig weitere aufhalsen.

Während wir über die Treppe in das untere Stockwerk liefen, wo unsere Zimmer lagen, gingen mir die wildesten Gedanken durch den Kopf. »Hättest du uns von Anfang an die Wahrheit erzählt und uns auf die Spur meiner Mutter gebracht …«

»… hätte Biosyde erfahren, dass sie noch lebt und wir sie suchen«, ergänzte Johann meine Überlegung.

»Dann wäre Biosyde hinter ihr und der Formel her gewesen, und unser Leben wäre keinen Pfifferling mehr wert gewesen, richtig?«, fragte ich.

»Ja«, knurrte Johann und blickte sich um.

»Allerdings steckt die Formel nicht nur in Mutters Kopf, sondern auch in der DNA der Delfine, mit denen sie experimentiert hat, und in Charlie.«

»Ja, richtig – worauf willst du hinaus?«

»Und natürlich auch in der DNA des Earls«, ergänzte ich und blieb stehen. Wir hatten den unteren Korridor erreicht. Er war menschenleer, allerdings brannte jetzt das elektrische Licht, das lange Schatten in den Gang warf. »Falls Finn hier auftaucht, genauso wie auf Santorin, und uns hier findet«, flüsterte ich, »schwebt der Earl in Gefahr! Wir müssen so schnell wie möglich von hier abhauen, bevor wir Biosyde einen Hinweis auf diesen Ort geben.«

Johann sah sich in dem leeren Gang um. »Du hast recht, pack deinen Rucksack, wir kratzen die Kurve. Beeil dich!

In zwei Minuten beim Ausgang.« Nach diesen Worten verschwand er in sein Gästezimmer.

Ich brauchte nur eine Minute, stopfte meine mittlerweile getrocknete Wäsche in den Rucksack, schlüpfte in die Regenjacke und verließ das Zimmer. Charlie folgte mir. Es war gespenstisch, denn bis auf uns war hier unten niemand zu sehen. Es schien, als wären Johann, Charlie und ich allein in dem Schloss. Wo waren bloß der Earl und seine verrückte Schwester?

Rasch lief ich in Richtung Eingangstür. Ich sah, dass Johann bereits in der Halle auf mich wartete.

Da bemerkte ich sie.

Vor der Tür standen der Earl, seine Schwester und Benson. Der Earl und sein Butler hielten jeweils ein Gewehr in der Hand. Offenbar gab es in diesem Schloss genauso viele Waffen wie Rüstungen. *Warum hab ich nicht den Morgenstern aus der Bibliothek mitgenommen?*

»Haben Sie Terry alles erzählt?«, fragte die Lady.

Johann blinzelte argwöhnisch auf die Waffen. »Ja, das habe ich.« Er wollte nach dem Revolver hinten in seinem Hosenbund greifen, doch der Earl hob die Hand.

»Oh-oh!«, warnte der Earl ihn. »Keine hastige Bewegung.«

Was zum Teufel ging hier vor? Langsam schob ich meine Hand an der Hose entlang, um das Funkgerät an meinem Gürtel einzuschalten, damit Ethan mithören konnte, was hier passierte.

»Sachte, Kleine!«, rief die Lady. »Mein Bruder sagte *keine Bewegung*, und das gilt auch für dich.«

Mist!

»Jetzt ist keine Zeit für lange Erklärungen. Wir müssen von hier verschwinden. Zu Ihrer eigenen Sicherheit«, versuchte Johann den Schlossbesitzern zu verklickern.

»Was unserer Sicherheit dient, entscheiden immer noch wir selbst.« Die Lady wandte sich zu ihrem Butler. »Benson, halte die beiden in Schach!«

Ich schluckte. Das klang gar nicht gut.

»Um noch einmal auf unser Gespräch zurückzukommen – das heißt, das Mädchen weiß … *alles*?«, bohrte der Earl nach.

»Ja«, rief ich, »und ich habe auch die Ansichtskarten meiner Mutter entdeckt. Sie hätten mir sagen müssen, dass sie noch lebt. Wo hält sie sich jetzt auf?«

Der Earl schüttelte den Kopf. »Keine Ahnung.«

Als er den Gewehrlauf nun auf mich richtete, wurde mir klar, dass ich besser geschwiegen hätte. Doch neue Wut keimte in mir auf. »Wo ist sie?«, rief ich.

»Aus Sicherheitsgründen wechselt deine Mutter jedes halbe Jahr ihren Aufenthaltsort.«

»Und wohin schicken Sie Ihre Briefe?«, bohrte ich nach.

Überrascht kniff der Earl die Augenbrauen zusammen. Damit hatte er wohl nicht gerechnet. »Alle sechs Monate an ein neues anonymes Postfach«, knurrte er. »Und wo das ist, geht dich nichts an.«

Das musste ich auch nicht wissen. Die Karte aus den Cinque Terre war knapp ein halbes Jahr alt. Möglicherweise war meine Mutter noch dort, irgendwo in der Nähe dieses Ortes Vernazza. Doch mittlerweile war ich mir ziemlich sicher, dass mir der Earl keine Möglichkeit geben wollte, das herauszufinden. »Und jetzt?«

»In der Zwischenzeit haben wir das Thema ausführlich besprochen«, sagte der Earl. »Es tut mir leid, aber mit diesem Wissen können wir euch nicht gehen lassen.«

»Aber wir würden das Geheimnis doch nie verraten!«, rief ich.

»Und falls die Leute von Biosyde euch schnappen?«, fragte die Lady. »Falls sie dich foltern oder unter eine Wahrheitsdroge setzen?«

Sie haben also doch gelauscht!

Und darauf wusste ich keine Antwort. Immerhin kannte ich eine solche Droge bereits und hatte ihre Wirkung am eigenen Leib erfahren.

»Siehst du«, fügte die Lady hinzu, » dann würde die Spur direkt hierher führen.«

»Aber die Spur führt bereits zu Ihnen, und deshalb *müssen* wir verschwinden«, rief Johann.

»Zu spät«, fauchte die Lady. »Das Risiko, Sie gehen zu lassen, ist zu groß. Glauben Sie, wir haben Lust, dass mein Bruder von einem Pharmakonzern, dem Militär oder einem geheimen Regierungsprojekt wie eine Laborratte seziert wird? Oder dass man Benson und mich zum Schweigen bringt?«

Nun war es endgültig heraus. Die Geldgeber meiner Mutter waren nicht unsere Verbündeten, sondern verfolgten ihre eigenen Interessen. *Es ist doch zum aus der Haut Fahren!* Ich hätte vor Wut schreien können. Zum ersten Mal waren uns Finn und seine Leute von Biosyde nicht zuvorgekommen und wir hätten nicht Hals über Kopf flüchten müssen, und dann ließen uns Mutters ehemalige Freunde und Geschäftspartner nicht weg. Es war eine vertrackte Situation. Je länger wir hier waren, desto höher wurde das Risiko, dass Finn uns fand.

»Was haben Sie jetzt vor?«, fragte Johann.

»Wir sind keine Mörder«, antwortete der Earl. »Aber Benson wird dafür sorgen, dass Sie keine Gelegenheit mehr haben, weiterzuschnüffeln und sämtliche Konzerne oder Regierungen auf unser Geheimnis aufmerksam zu machen.« Er wandte sich an seinen Butler. »Los! Bring sie ins kleine Gästezimmer und verriegle die Tür!«

»Wenn wir hier bleiben, riskieren Sie, dass Biosyde hier auftaucht«, versuchte es Johann erneut.

Doch die Lady lächelte nur. »Dieses Risiko gehen wir ein. Ihr bleibt vorerst hier. Das ist das Beste für alle, bis wir eine Lösung gefunden haben.«

In diesem Moment pochte es an der Tür. Mir fiel das Herz in die Hose. Waren das möglicherweise schon die Leute von Biosyde? Vielleicht kamen wir jetzt sogar vom Regen in die Traufe, aber das war mir in diesem Augenblick egal. Ich schnappte nach Luft und schrie lauthals los. »Hilfe!«

Sogleich war der Earl bei mir, riss mich herum und presste mir die Hand auf den Mund, um meine Schreie zu ersticken.

Johann wollte einschreiten, doch Benson drängte ihn mit seiner Waffe zurück. Im nächsten Moment hörte ich im Gang das Splittern einer Scheibe. Jemand war ins Schloss eingedrungen!

»Benson! Sieh nach, wer das ist«, zischte die Lady.

Der Butler setzte sich in Bewegung, während der Earl mir immer noch den Mund zupresste und gleichzeitig versuchte, Johann mit seinem Gewehr in Schach zu halten.

Aus dem Augenwinkel sah ich, dass das Licht im Gang plötzlich flackerte und kurz darauf ausging. Entweder hatte es jemand ausgeschaltet oder die Glühbirne rausgedreht. Benson verschwand im Dunkeln.

»Ich bin bewaffnet!«, rief er. »Kommen Sie mit erhobenen Händen …«

Dann hörte ich einen dumpfen Knall, ein Stolpern und einen weiteren Knall, wie von zwei Faustschlägen, woraufhin Benson rücklings auf dem Teppich zu uns in die Halle rutschte und dort liegen blieb. Im nächsten Moment trat ein Mann aus dem Schatten ins Licht der Halle.

Simon!

Er rieb sich die Faust und schüttelte den Arm aus. Offenbar hatte er so fest zugeschlagen, dass er sich dabei selbst verletzt hatte.

Der Earl drehte sich herum und bedrohte nun auch Simon mit seinem Gewehr. In diesem Moment stellte ich mich auf die Zehenspitzen, riss den Arm hoch und knallte dem Earl den Ellenbogen gegen die Nase, die mit einem lauten Knacken brach. Und weil er mich immer noch hielt und ich nur zappeln konnte, zog ich die Stopfnadel aus der Seitentasche meiner Hose und rammte sie ihm in den Oberschenkel, sodass er lauthals aufbrüllte.

»Oh, sorry«, murmelte ich kaltherzig.

In diesem Moment war Johann auch schon da und entwand dem Earl das Gewehr.

»Du blöde Göre ha*sch*t mir die Na*sch*e gebro*sch*en …«, röchelte der Earl und hielt sich mit einer Hand das Gesicht, während er die andere auf die Wunde am Oberschenkel presste.

»Mit dem Serum meiner Mutter wird es sicher bald wieder heilen«, sagte ich ätzend und steckte die Stopfnadel wieder ein. Da bemerkte ich, dass die Lady plötzlich verschwunden war. Ich riss den Kopf herum.

»Simon!«, rief ich und zeigte zur Eingangstür.

Die Lady stand bereits am Tor, schloss es auf und wollte sich aus dem Staub machen.

»Keine Sorge«, sagte Simon, bückte sich zu dem ohnmächtigen Butler hinunter und wand ihm das Gewehr aus den schlaffen Fingern.

Was heißt hier keine Sorge? Die Lady wollte abhauen! Doch da hörte ich plötzlich ihre Schreie.

Vor der Eingangstür stand Pierre, der der Lady den Arm auf den Rücken bog und sie vor sich her wieder in die Halle schob. »*Mon Dieu, Madame!* Sie wollen uns doch nicht etwa schon verlassen? Sie sind völlig unpassend gekleidet für eine solch stürmische Nacht.«

Erleichtert atmete ich auf. Wir hatten die Situation wieder unter Kontrolle.

Simon sah mich streng an. »Dich kann man nicht eine Minute aus den Augen lassen, ohne dass du dich in Schwierigkeiten bringst.«

»Warum seid ihr überhaupt hergekommen?«, konterte ich.

»Glaub mir, ich hätte Wichtigeres zu tun, als mitten in der Nacht bei diesem Sauwetter die Klippe hinaufzulaufen«, murrte Simon, »aber Ethan hat über Darwins Kameraauge etwas hinter dem Vorhang im Turmzimmer aufblitzen sehen und über das Mikrofon einen Schuss gehört. Und da sowohl Johanns als auch dein Funkgerät ausgeschaltet waren, sind Pierre und ich losgelaufen. Wie mir scheint, gerade zur rechten Zeit.«

Pierre ließ den Arm der Lady los und stieß sie unsanft zu ihrem Bruder. Mittlerweile kam Benson zu sich – zum zweiten Mal in dieser Nacht – rieb sich das Kinn und rappelte sich auf.

Pierre betrachtete den Hünen von Butler. »*Oh, merde!* Was wollten die euch antun?«

Johann schilderte in knappen Worten die ganze Geschichte von der lebensverlängernden Wirkung des Serums, dem Formelcode in der DNA des Earls und dass er offiziell als tot galt. Was er verschwieg, war meine noch quicklebendige Mutter. *Diese Bombe soll dann wohl ich platzen lassen.* Doch jetzt war keine Zeit dafür, das musste ich mir für später aufheben.

»Wir sollten ganz schnell von hier verschwinden«, sagte ich stattdessen.

Simon nickte. »Die Gewehre nehmen wir sicherheitshalber mit. Los, Abmarsch!« Er setzte sich bereits in Bewegung.

Pierre und ich folgten ihm.

Johann trat noch einmal vor den Earl hin und senkte die Stimme. »Auch wenn Sie es nicht verdient haben, verspreche ich Ihnen, dass wir Ihr Geheimnis für uns behalten werden. Das ist nicht nur in Ihrem, sondern vor allem auch in unserem Interesse.«

Der Earl sah ihn verdutzt an.

»Und denken Sie daran«, fügte Johann hinzu. »Wir sind auf derselben Seite. Nicht *wir* sind es, die Sie fürchten sollten, sondern die Leute von Biosyde.« Nun wandte sich auch Johann ab und ging.

»Wer sind Sie beide eigentlich?«, rief der Earl meinem Onkel und Pierre nach. »Ich dachte, niemand wüsste von diesem Besuch ...«

Ich drehte mich noch einmal um. »Sie haben sich mit den Falschen angelegt. Wir sind die Familie West«, sagte ich, bevor ich das Schloss verließ.

32. KAPITEL

Eine halbe Stunde später erreichten wir die Kopernikus. Auf dem Holzsteg gab es keinerlei Diskussion, ob wir den Revolver und die beiden Gewehre der Huntingtons bei den Felsen zurücklassen sollten oder nicht. Einstimmig nahmen wir alles mit. In unserer Situation waren Waffen an Bord nicht verkehrt. Die Huntingtons würden es bestimmt verschmerzen, denn ich war sicher, dass sie noch genügend weitere alte Flinten in der Waffenkammer ihres Schlosses bunkerten. Wir kletterten rasch an Bord und gingen sofort auf Tauchfahrt.

Während wir uns in fünf Metern Tiefe mit ausgefahrenem Periskop von der Steilküste entfernten, begleitete Darwin uns über Wasser. Ethan beobachtete von seiner Kabine aus die Umgebung. Anfangs war die Luft noch rein, doch eine Stunde später tauchten am Horizont tatsächlich zwei Helikopter auf, die im Tiefflug in Richtung schottische Küste rasten. Und wir kannten diesen Flugzeugtyp!

Wenn das mal nicht unser Freund Mister Finn ist.

Ich lachte mir ins Fäustchen.

Zu spät gekommen, Arschloch!

Anscheinend wussten sie nicht, wo *genau* wir uns jetzt befanden oder woher wir gekommen waren, da sie orientierungslos herumkreisten. Dem Earl of Huntington und seinem Geheimnis blieben also noch eine Galgenfrist.

Als wir sicher sein konnten, nicht beobachtet zu werden, tauchten wir auf und nahmen Darwin wieder an Bord. Danach setzten wir unsere Tauchfahrt fort.

Eine halbe Stunde später dämmerte bereits der frühe Morgen und wir befanden uns auf südlichem Kurs. Nachdem Simon Waffen und Munition an Bord verstaut hatte, traf ich ihn endlich auf der Brücke. Ich brannte darauf, ihm zu erzählen, dass meine Mutter noch lebte und sich vermutlich in den Cinque Terre aufhielt, was in südlicher Richtung lag. Zufälligerweise näherten wir uns ohnehin dieser Gegend. Hatte Johann vielleicht schon mit ihm gesprochen?

»Simon …«, begann ich so unaufgeregt wie möglich, obwohl es mich innerlich fast zerriss. »… ich muss etwas Wichtiges mit dir besprechen.«

»Nicht jetzt.«

»Es ist wirklich wichtig und …«

»Nicht jetzt, habe ich gesagt!«, unterbrach er mich. »Ich muss den neuen Kurs berechnen.« Er tippte auf dem Navigationscomputer herum und warf einen Blick durch das Sehrohr. »Ich bin in zehn Minuten in der Kombüse.«

»Aye, Sir! Warum nehmen wir eigentlich diesen Kurs?«

»Johann hat diese Richtung vorgeschlagen«, antwortete Simon, während er durch die Seekarten blätterte. »Dort gibt es zumindest mehr Möglichkeiten, um unentdeckt zu bleiben.«

»Aha.« Ich nickte. »In zehn Minuten?«

»Ja.«

Ich verzog mich in die Kombüse. Dort saß ich allein,

machte mir eine Tasse starken Kaffee mit viel Zucker und studierte die Ansichtskarte meiner Mutter aus den Cinque Terre.

Samanta Dew heißt du jetzt also … Zwar war ich immer noch sauer, aber wenigstens hatte ich die Gewissheit, dass sie weder für eine Regierung noch das Militär oder einen Konzern gearbeitet hatte.

Ethan schlurfte in die Küche und sah sich müde um. »Wo steht mein Frühstück?«, nuschelte er.

»Hier.« Ich warf ihm das Kochbuch zu. »Auf Seite zwanzig.« Danach drehte ich die Ansichtskarte wieder zwischen den Fingern und betrachtete das Bild vom Leuchtturm.

»Ha, witzig, und das, nachdem ich dir und Johann das Leben gerettet habe.«

Ich hatte keine Gelegenheit, etwas darauf zu erwidern, da Simon endlich in die Kombüse kam, und zwar in Begleitung von Pierre.

Ich fuhr von der Bank hoch. »Simon …«

»Wenn ich das richtig verstanden habe, was Johann mir soeben noch einmal erklärt hat«, begann Simon und goss aus der Kanne frischen Kaffee in seine Tasse, »steckt in Charlies Blut der DNA-Code von der Formel deiner Mutter.«

Ich schielte zu Charlie, der zufrieden neben mir auf der Bank schlummerte. Eigentlich wollte *ich* ihm ja etwas erzählen. »Ja, warum?«, fragte ich vorsichtig.

»Demnach müssten wir doch nur …«

»Stopp!« Ich sprang auf. Plötzlich war ich hellwach. »Niemand fährt Charlie mit einer langen Nadel in den Körper, um ihm Blut abzuzapfen«, warnte ich Simon. »Selbst dann nicht, wenn es sich dabei um die größte Entdeckung der Menschheit handelt.«

»Okay, beruhige dich wieder«, sagte Simon völlig entspannt und nippte an seinem Kaffee. »Das respektiere ich, aber überleg doch mal: Der Besitz dieser Formel könnte unser Leben retten.«

»Oder uns töten«, gab Ethan zu bedenken.

Zum Glück war er auf meiner Seite. Ich nickte zustimmend. »Meine Mutter hat ihren eigenen Tod nicht umsonst …« Ich verstummte. *Vorgetäuscht*, wollte ich bereits sagen, *und ist seit zehn Jahren auf der Flucht.* Doch ich bremste mich ein. »… nicht umsonst riskiert«, grummelte ich stattdessen, obwohl es mir unter den Nägeln brannte. War es jetzt vor allen Anwesenden ein guter Zeitpunkt, mit der vollen Wahrheit herauszurücken? Andererseits wusste ich nicht, ob es den überhaupt je geben würde. *Also jetzt!*

»Aber wenn wir diese Formel hätten«, überlegte Simon laut, »wären wir gegenüber denjenigen, die uns töten wollen, in einer besseren Verhandlungsposition.«

»Von mir aus.« Ich schlüpfte aus meiner Regenjacke und reichte sie Simon, der sie perplex nahm und mich in meinem Sweatshirt betrachtete. »Ich habe dem Earl of Huntington die Nase gebrochen, auf dem Ärmel klebt sein Blut«, erklärte ich ihm. »Das kannst du analysieren, dann hast du die Formel meiner Mutter. Außerdem muss ich dir sowieso etwas Wichtiges sagen …«

»Na ja.« Simon betrachtete nicht gerade euphorisch den eingetrockneten roten Fleck am Ellenbogen. »Das Blut hat sich mit dem Stoff vermengt und ist bestimmt verunreinigt.«

»Vielleicht ist das ja besser«, schlug ich vor und holte aus der länglichen Seitentasche meiner Hose die Stopfnadel, mit der ich dem Earl in den Oberschenkel gestochen hatte.

»Nicht schlecht.« Simon hob die Augenbrauen. »Das lässt sich zumindest besser analysieren.« Er kramte eine frische Klarsichtfolie aus einer Schublade, in die er die Nadel schob. Danach nippte er wieder seelenruhig an seiner Tasse, als wäre dieses Thema abgehakt. »Was wolltest du mir sagen?«

Nun kam auch Johann in die Kombüse, warf einen kurzen Blick auf die versammelte Crew und sah mich danach fragend an. »Hast du es ihnen schon gesagt?«

»Nein, wann denn?«, platzte es aus mir heraus.

»Was denn?«, fragte Simon und stellte die Kaffeetasse weg.

Ethan und Pierre sahen mich ebenso neugierig an.

Und dann ließ ich die Katze aus dem Sack. »Meine Mutter ist noch am Leben.«

»Was?«, rief Simon. »Das sagst du erst jetzt!«

Das ist ja nicht zu fassen!

Im selben Moment ging das Geschnatter auch schon mit ziemlicher Lautstärke los. Dutzende Fragen prasselten hintereinander auf mich ein, und nachdem sich alle Gemüter wieder abgekühlt hatten, erzählte ich in aller Ruhe jene Geschichte, die ich auf Darkfall Gates erfahren hatte – von Mutters Plan, ihren Tod zu inszenieren und unterzutauchen, um uns zu schützen.

Allerdings verschwieg ich, dass Johann von Anfang an in ihren Plan eingeweiht gewesen war. Es genügte, wenn *ich* auf ihn sauer war. Ich sah keinen Sinn darin, dass auch Simon sich von ihm hintergangen fühlen musste. Johann dankte es mir mit einem kurzen unauffälligen Blick. Er hatte seinen Schwur mir gegenüber gebrochen, und dieses Geheimnis würde ich für mich behalten.

Bei Simon mündete anfängliche Ungläubigkeit schließlich in Wut – was ich ihm nicht verdenken konnte, da ich anfangs ja genauso wütend auf meine Mutter gewesen war.

»Meine feine Schwester!«, spie er aus. »Hat sich mit einer Million Pfund aus dem Staub gemacht und mich einfach so mit euch beiden sitzen lassen«, fasste er zusammen, während er Johann und mich fassungslos anstarrte.

»Moment!«, widersprach ich. »So schlimm war die Zeit mit uns auch wieder nicht. Und Johann ist dir bei all deiner Forschung immer ein guter Assistent gewesen.«

Simons Kiefermuskeln mahlten. »Ja«, knurrte er und starrte grimmig ins Nichts. »Wenn ich daran denke, was deine Mutter uns eingebrockt hat. Katherine ist tot, wir sind auf der Flucht, ich musste sämtliche Aufträge absagen und habe gut die Hälfte meiner Forschungsergebnisse wegen diesem blöden Horn verloren.«

Ethan sah seinen Vater betroffen an. Seine Mutter war tot – und nun musste er erfahren, dass *meine* Mutter noch lebte. Es war bestimmt hart für ihn, diese Neuigkeit zu verarbeiten.

Er räusperte sich. »Amanda ist nicht schuld daran, dass meine Mutter tot ist. Außerdem hätte ich es an Amandas Stelle genauso gemacht«, fügte er hinzu, was jedoch nichts an Simons grimmigem Blick änderte.

Ich schielte zu Pierre, der sich bisher alles kommentarlos angehört hatte. Als sich unsere Blicke nun trafen, schien mir, als huschte ein heimliches Schmunzeln über sein Gesicht.

»Wusstest *du* davon?«, fragte ich ihn.

»*Mon Dieu*, natürlich nicht!«, versicherte er mir.

Seine Reaktion war echt. Aber trotzdem entging mir nicht, dass in seinen Augen etwas aufblitzte. Und da wurde mir wieder einmal bewusst, dass er sehr verliebt in sie gewesen sein musste – *oder vielleicht immer noch ist?*

»Am liebsten würde ich meine Schwester zum Mond schießen!«, knurrte Simon.

»Scheiße, Simon, ich bin genauso stinkwütend wie du und kann es kaum fassen, dass meine Mutter mich als Kind zurückgelassen hat«, ging es mit mir durch, dennoch bemühte ich mich im nächsten Moment um einen versöhnlichen Ton. »Aber trotzdem … wir müssen sie finden!«

Nun runzelte Johann die Stirn. »Ist es klug, wenn wir Biosyde zu deiner Mutter führen?«

»Wissen wir überhaupt, wo sie stecken könnte?«, fragte Simon.

Ich wedelte mit der Ansichtskarte aus den Cinque Terre. »Das ist ihre letzte Nachricht.«

Simon riss mir die Karte aus der Hand und betrachtete die kurze Notiz. »Hol mich der Teufel!«, entfuhr es ihm. »Das ist tatsächlich Amandas Handschrift.« Er reichte mir die Karte wieder. »Aber Johann hat recht. Obwohl Ethan das Signal aus deinem Medaillon abschirmen konnte, wissen wir nicht, wie Biosyde es anstellt, dass sie uns ständig auf den Fersen sind. Vielleicht können sie ja irgendwie den Reaktor der Kopernikus orten. Uns muss klar sein: Würden wir Amanda finden, bringen wir sowohl sie als auch uns in Gefahr.«

»Ich will das jetzt nicht diskutieren!«, unterbrach ich ihn laut. »Sie ist *meine* Mutter! Wir *müssen* sie finden.« Ich stand kurz davor, dass mir Tränen in die Augen traten. »Wenn wir jetzt warten, verlieren wir ihre Spur. Wir müssen sofort …«

»Du bist nicht der Käpt'n!«, unterbrach er mich in strengem Ton. »Was auf diesem Boot geschieht und wohin es fährt, bestimme immer noch *ich.*« Sein Blick duldete keinen Widerspruch. »Wenn wir also deine Mutter suchen, müssen wir sie finden, *bevor* Valerie De Boes sie findet. Es ist ein Wettlauf gegen die Zeit. Die Suche ist gefährlich und könnte für uns alle tödlich enden. Ich kann es niemandem verübeln, wenn er jetzt aussteigen möchte.« Er sah sich um. »Will jemand von Bord dieses U-Boots gehen? Jetzt wäre nämlich ein geeigneter Zeitpunkt, solange wir uns noch in Küstennähe befinden.«

Keiner hob die Hand, niemand sagte ein Wort.

»Dann ist es also entschieden. Wir steigen in den Ring. Johann, auf die Kommandobrücke! Wir nehmen Kurs auf die Cinque Terre.«

»Aye-aye, Käpt'n!«

Bevor Simon die Kombüse verließ, drehte er sich noch einmal um. »Falls wir nicht von einem Riesenkraken angegriffen werden, massiven Wassereinbruch haben oder ein Feuer an Bord ausbricht, möchte ich die nächsten zwei Stunden in meiner Kabine nicht gestört werden, ist das klar?« Mit diesen Worten verschwand er.

»Wow«, murmelte Ethan und legte mir die Hand auf die Schulter.

Und nun traten mir tatsächlich die Tränen in die Augen.

4. TEIL

CINQUE TERRE

33. KAPITEL

Nachdem wir die Meerenge von Gibraltar passiert hatten und wieder das Mittelmeer erreichten, empfing uns schwere See.

Während der gesamten weiteren Überfahrt nach Italien konnte ich nicht schlafen. Normalerweise schlief ich wie ein Stein, gerade wenn draußen ein Sturm tobte und ich mich in meiner Koje unter Decken und Kissen vergrub. Aber diesmal konnte ich kein Auge zutun – und ich wusste, es lag nicht am hohen Wellengang. Ich wälzte mich im Bett herum und musste ständig an meine Mutter denken.

Schließlich verließ ich meine Kajüte und tappte durch die Kopernikus. Nur die Displays und Lichter der Armaturen auf der Brücke und im Maschinen- und Steuerraum leuchteten. Der Antrieb schnurrte wie ein Kätzchen, sonst war es vollkommen still an Bord. Hin und wieder knisterte es in den Verbänden, aber das hörte ich nach all den Jahren schon gar nicht mehr.

Und während ich so vor mich hin grübelte, was ich meiner Mutter sagen würde, falls ich überhaupt jemals auf sie treffen sollte, merkte ich, dass ich im Maschinenraum vor der Bleikiste stand, in der Simon das Horn des Teufels abgeschirmt hatte. Keine Ahnung wie lange ich schon an dieser Stelle verharrte, das monotone Piepen des Sonars und des Autopiloten im Ohr, und auf die Kiste starrte, die sich vor mir in der Dunkelheit verborgen zwischen den Rohren und Leitungen befand. So völlig unscheinbar und harmlos. Aber das war sie nicht.

Je länger ich die Kiste fixierte und wieder das Kampfgeschrei in der Wüste vor den Stadtmauern Jerichos zu hören glaubte, desto schlimmere Kopfschmerzen bekam ich. *Rühren die bloß vom Schlafmangel?* Ich glaubte nicht. Trotz der Bleiplatten war das Horn immer noch gefährlich.

Gedankenverloren wischte ich mir übers Gesicht und erkannte, dass ich Nasenbluten bekommen hatte. Mir flimmerte es vor den Augen.

Diese verdammte Kiste!

Ich warf eine Decke darüber, trat einen Schritt zurück und wischte mir mit einem Taschentuch die Nase ab. Ich hätte diese Truhe niemals rauftauchen, sondern das Horn einfach für immer auf dem Meeresgrund des Bermudadreiecks vor sich hin rotten lassen sollen.

Aber nun war es da, an Bord der Kopernikus. Die Frage war, ob sich dieses Horn überhaupt zerstören ließ, falls es wirklich ein Splitter des Teufels war? Und wenn es ihm gehörte, was war die Konsequenz? Dass es ihn wirklich gab und er jetzt nur mit *einem* Horn und einem abgeschlagenen Stumpf herumlief? Was, wenn er plötzlich auftauchte und es wiederhaben wollte? Der Gedanke ließ mich schaudern.

Vielleicht sollte ich die Kiste heimlich im Meer versenken? Ich blickte zum Sonar. Die Wassertiefe betrug vierhundertfünfzig Meter. Tief genug, um das Horn für immer verschwinden zu lassen.

Plötzlich näherten sich die Umrisse einer Gestalt aus der Dunkelheit. Ich schreckte hoch. Im nächsten Moment hörte ich auch schon die Schritte im Gang.

»Nanu, du bist noch auf?« Simon trat ins Licht des Sonardisplays und rieb sich über den stoppeligen Dreitagebart. Er war barfuß, trug Shorts und ein offenes Hemd. Seine Lesebrille steckte in den Haaren.

»Ich konnte nicht schlafen.« Rasch wischte ich mir noch mal das Blut von der Nase, in der Hoffnung, dass er es nicht bemerkte. Aber er starrte nur mit müdem Blick auf die Decke, unter der sich die Kiste verbarg.

»Warum bist *du* noch auf?«, fragte ich ihn.

Er gähnte. »Milo hat mich angefunkt. Ihm und Zoe geht es gut. Sie ist bereits in die Höhle getaucht. Er wollte sich für das Geld bedanken, dass ich ihnen hinterlassen hatte.«

»Das war sehr großzügig.«

Er zuckte mit den Achseln. »Wir haben genug davon. Außerdem hat er mir erzählt, dass sich Signor Flavio bei ihm gemeldet hat, um ihn vor Biosyde zu warnen. Anscheinend hat dieser Massimo noch einmal Flavios Labor besucht und ihn entsprechend *behandelt.*«

»Wobei er wohl verraten musste, dass wir nach Santorin unterwegs waren, oder?«, vermutete ich.

»Richtig. Deshalb haben sie uns gefunden. Flavio ist jetzt im Krankenhaus, aber es geht ihm gut.«

Ich biss mir auf die Lippen. Überall, wohin wir kamen, richteten wir Verwüstung an.

Simon betrachtete mich merkwürdig. »Übrigens hat Milo mir ausgerichtet, ich soll Ethan von Zoe recht herzlich grüßen lassen. Weißt du mehr darüber?«

Ich musste plötzlich grinsen. »Nein, und deshalb warst du so lange auf?«, wechselte ich rasch das Thema.

»Nein, nicht nur deswegen.« Er gähnte wieder. »Ich war bis jetzt im Labor.«

»Hand vorhalten«, ermahnte ich ihn.

»Das sagst gerade du«, murmelte er, »dabei hatte ich die Hoffnung längst aufgegeben, dass aus dir mal eine richtig feine Dame wird.« Er strich mir versöhnlich über die Schulter.

»Hast du die Blutprobe fertig analysiert?«, wollte ich wissen.

Er nickte. »Die DNA des Earls of Huntington besteht aus 24 Chromosomenpaaren.« Er zog die Augenbrauen hoch, als wäre das die größte Erkenntnis der letzten Jahre.

»Und?«, fragte ich.

Er musterte mich streng, gleichzeitig verfinsterte sich sein Blick. »Hast wohl in Johanns Biologieunterricht nicht aufgepasst.«

»Ich lerne gerade Latein, Italienisch und Integralrechnung«, rechtfertigte ich mich.

»Die menschliche DNA besteht aus 23 Chromosomenpaaren«, erklärte er, »doch der Earl hat eines mehr. Es ist ziemlich komplex und hat jede Menge neue Gene, die offenbar der Grund für seine Gesundheit und den verlangsamten Alterungsprozess sind.«

»Aha … könnten wir das auch für uns verwenden?«, fragte ich vorsichtig.

Entsetzt schüttelte er den Kopf. »Ich spiele auf keinen Fall Gott.« Mit einer gewissen Abscheu, aber auch Respekt schielte er zu der Bleikiste. »Um ehrlich zu sein, bin ich geneigt, diese Erkenntnis mitsamt dem Horn zu vernichten. Ich bekomme nämlich schreckliche Kopfschmerzen, wenn ich zu lange auf dieses Ding starre.«

Ich auch.

»Könnte es vielleicht radioaktiv sein?«, fragte ich.

Simon schüttelte den Kopf. »Habe ich schon überprüft.« Dann zuckte er die Achseln. »Ich weiß nicht, woran es liegt.« Er strich mir noch einmal über die Schulter. »Ich leg mich aufs Ohr. Du solltest jetzt auch schlafen. Kurz nach vier Uhr früh werden wir in den Cinque Terre ankommen.« Er drehte sich um und ging zurück zu seiner Kabine.

Ich wusste, ich würde nicht schlafen können, also sah ich ihm nach, bis er verschwunden war und setzte mich danach in die Kombüse. Dort blickte ich durch die Bullaugen im Heck ins tiefe dunkelblaue Meer, das von den beiden Schiffsschrauben aufgewühlt wurde. Schließlich schlief ich doch ein.

Stunden später erwachte ich und sah, wie das Meer um eine leichte Nuance heller wurde. Es war kurz nach vier. Bewegung kam ins Boot, Türen knallten und Stimmen erfüllten den Gang.

»Johann, Kavitationsantrieb auf normalen Antrieb umschalten«, hörte ich Simons Stimme.

»Aye, Käpt'n«, antwortete Johann.

»Reaktor abschalten, ein Drittel Fahrt voraus, wir gehen auf Sehrohrtiefe.«

»Aye-aye.«

»Umschalten auf Nachtlicht.«

Es klickte, die Kopernikus wurde in dunkelblaues Licht getaucht.

Müde erhob ich mich und schlurfte auf die Brücke. »Morgen allerseits«, grüßte ich.

»O Gott«, rief Johann. »Das Ungeheuer aus der Kombüse ist erwacht.«

Ja, ja, verarsch mich nur! Ich grinste und fuhr das Periskop aus.

Zum Glück war die Nacht noch stockfinster. Sterne und Mond verbargen sich hinter den Wolken. Wir erreichten Italien also völlig unbemerkt. Langsam wuchs die Küste der Cinque Terre aus den Wellen. Einige Lichter brannten in dem Küstenstädtchen.

Als wir noch näher kamen, machte ich einen Sehrohrrundblick und bemerkte erst da, wie klein dieser Ort war. Vernazza erstreckte sich über einen schmalen Küstenstreifen zwischen dem Meer und einer hohen Felswand. Die Häuser waren teilweise auf und in den Fels gebaut, und der Rest lag auf einer vorspringenden felsigen Halbinsel.

Eigentlich sehr idyllisch, aber ich fand keinen Platz, wo wir anlegen konnten. Schließlich nahm ich die Augen vom Okular. »Wo ankern wir?«

Im Licht des Sonar-Displays sah ich, wie Simon eine Landkarte studierte, die er auf dem Kartentisch ausgebreitet hatte. »Hm …«, murmelte er und blätterte im italienischen Hafenhandbuch. »Die Cinque Terre bestehen aus fünf Orten, die hintereinander an einem zerklüfteten Küstenstreifen liegen.«

»Daher auch der Name *Cinque Terre – fünf Landstriche*«, übersetzte ich mit meinen mageren Italienischkenntnissen.

»Klugscheißerin«, sagte Simon, ohne aufzusehen. »Die Region ist Naturschutzgebiet, zwar jede Menge Touristen, aber ohne Straßenverkehr. Darum gibt es auch einen Hafen, aber der ist voller Boote.« Er verzog das Gesicht. »Kaum eine Möglichkeit, um ungesehen an Land zu kommen.«

»Wenn es eine Touristengegend ist, müsste es doch eine Anlegestelle für Sightseeing-Boote geben.« Ich presste mein Gesicht wieder ans Okular und blickte durch das Periskop. »Ich sehe eine vorgelagerte halbkreisförmige Betonmole. Ist es da tief genug?«

»Nein, eigentlich nicht. Wir müssten mit der Pressluft alle Wassertanks leer blasen und mit dem Turm ganz aus dem Wasser rauskommen.«

»Es ist stockfinster, ich sehe keine Menschenseele«, sagte ich. »Wenn nicht jetzt, wann dann?«

»Wenn nicht jetzt, wann dann«, wiederholte Simon, klang dabei aber nicht gerade begeistert. »Also gut. Johann, wir schmiegen uns wie ein Aal an die Mole.« Er betätigte eine Handkurbel. »Terry, du hast zehn Sekunden Zeit, um von Bord zu gehen. Danach tauchen wir wieder. Mach dich bereit.«

»Nur ich?«, fragte ich verblüfft.

Simon nickte. »Diesmal versuchen wir es mit Ablenkung. Für den Fall, dass sie nämlich die Kopernikus doch irgendwie orten können, werden wir die gesamte Küstenregion entlang auf- und abfahren. Wir werden sie von Vernazza weglocken, während du dich im Ort unauffällig – und ich betone *unauffällig* – und in Ruhe nach deiner Mutter umhören und umschauen wirst.«

»Soll ich das Medaillon hier lassen?«

Simon schüttelte den Kopf. »Nimm es ruhig mit, aber mach es auf keinen Fall auf – sicherheitshalber. Vernazza ist eine Gegend voller Touristen, dort kann dir nichts passieren. Also verhalte dich einmal normal.« Dann fügte er hinzu: »... Ohne Chaos und Zerstörung anzurichten.«

Ich ignorierte Simons letzten Satz und überlegte stattdessen, wie ich es anstellen sollte, möglichst unauffällig durch den Ort zu streifen. »Am besten, ich lasse Charlie hier«, beschloss ich. »Ein Frettchen an meiner Seite würde zu viel Aufsehen erregen.«

Simon nickte. »Ganz wie du meinst.«

»Prima Idee«, stimmte Johann zu. »Er liegt sowieso noch in deiner Kabine; ich habe ihn durch die geschlossene Tür im Schlaf schnarchen und gickern hören.«

Ich grinste. Vermutlich träumte er zufrieden von Eichhörnchen, die er durchs Unterholz jagte.

Nun kam Pierre auf die Brücke. Den letzten Teil der Unterhaltung hatte er mitbekommen. »Ich könnte dich begleiten, kleiner Kolibri«, bot er sofort an.

»Danke, aber nein … das muss ich allein machen.«

Pierre nickte verständnisvoll. »Viel Glück.«

Ich ging in die Kombüse, stopfte Wasserflasche, Fotoapparat, Taschenmesser, Funkgerät, Lampe und ein kleines Werkzeugset in meinen Rucksack und kletterte danach im Turm hoch. Auf der Leiter stehend wartete ich auf das Rendezvous-Manöver mit der Betonmole und auf Simons Signal.

»Bereit?«, fragte Simon nach einer Weile.

»Aye, Sir.« Ich öffnete mit der Hydraulik die Luke und steckte den Kopf ins Freie. Eine salzige Meeresbrise schlug mir entgegen.

Es war immer noch dunkel, bloß ein zarter Silberstreifen lag am Horizont. Einige neugierige Möwen kreisten bereits über dem Hafen. Bis auf das Plätschern der Wellen war es mucksmäuschenstill. Nach dem grässlichen feuchten Wetter in Schottland würde mich jetzt die aufkommende Wärme eines Spätsommertages erwarten.

»Jetzt«, rief Simon.

Ich schwang mich aus dem Turm, kletterte an der Außenleiter hinunter und sprang auf die Mole. Hinter mir hörte ich, wie die Luke geschlossen wurde. Das Wasser brodelte auf, die Wassertanks wurden geflutet und die Kopernikus versank wieder im dunklen Meer.

Ich richtete mich auf und blickte mich um. Weit und breit war niemand zu sehen. Nur wenige Meter neben mir befand sich ein Holzsteg mit brüchigem Geländer. Er führte zu einer vorgelagerten Felsinsel, auf der ein Leuchtturm emporragte.

Es war derselbe Turm wie auf der Ansichtskarte.

34. KAPITEL

Beim ersten Tageslicht war ich bereits einmal durch den ganzen Ort gelaufen. Ich konnte zusehen, wie die Sonne aufging, die ersten Menschen aus ihren Häusern kamen, die Rollläden der Geschäfte hochgezogen wurden und sich der Reihe nach die Touristen einfanden. Boote legten an, Menschen kamen und gingen. Es wurde ein halbwegs warmer, aber trotzdem etwas windiger Tag, an dem die Wolken rasch über den Himmel zogen.

Gegen zehn saß ich auf einer kleinen Anhöhe in einem Café bei einem Frühstück mit Tomaten, Mozzarella, Weißbrot und Oliven und blickte auf die Stadt hinunter. Die Häuser leuchteten rot, gelb, blau und grün und drängten sich wie auf einem Gemälde dicht aneinander. Kein Wunder, dass dieser bunte und quirlige Ort so viele Urlauber anzog. Hier hätte ich auch gern gelebt.

Mit meinem bisschen Italienisch hatte ich bei einem Gespräch mit den ältesten Dorfbewohnern herausgefunden, dass es hier weder Hotels noch Mietwohnungen gab. Die Touristen kamen und gingen, sodass dieser Neunhundert-Seelen-Ort eine reine Durchzugsgegend war.

Aber wo lebte meine Mutter – oder wo *hatte* sie gelebt? Das zu erfahren, stellte sich als gar nicht so einfach heraus. Letztendlich blieb mir nur eine Möglichkeit. Gegen Simons Ratschlag öffnete ich mein Medaillon, entfernte für einen Augenblick die goldene Folie, um rasch das Foto herauszuholen. Es war ja nur für eine Sekunde. Dann schloss ich es schleunigst wieder.

Unter den misstrauischen Blicken des Kellners ließ ich das Medaillon schnell in meiner Hosentasche verschwinden. Als er sich wieder weggedreht hatte, gönnte ich mir kurz Mamas Bild zu betrachten – ihr langes schwarzes Haar, die strahlenden Augen, das Lächeln, die langen Wimpern. Sie war eine so schöne Frau gewesen.

Vielleicht würde jemand sie erkennen oder sich an sie erinnern, wenn ich ihr Bild zeigte. Ich zahlte, ging von einem Lokal zum nächsten und hielt den Besitzern das Foto unter die Nase.

»Kennen Sie diese Frau, Samanta Dew?«, fragte ich auf Italienisch, denn ich war sicher, sie würde sich wohl auch hier so nennen.

»No«, lautete die Antwort stets.

Niemand hatte sie je gesehen, niemand konnte sich an sie erinnern, was mein Herz immer schwerer werden ließ. Sie kaufte weder beim Bäcker ihr Brot, noch saß sie jemals am Strand oder war je bei einem der Souvenirläden gewesen. *Nichts!*

Um die Mittagszeit gab ich schließlich auf, hockte mich ausgelaugt in die Sonne an den Rand eines Brunnens und schöpfte eine Hand voll Wasser. Die ganze Fahrt hierher war umsonst gewesen. *Fuck!* Wütend starrte ich auf den Brunnen. Die Marmorengel grinsten mich an. *Dämliches Pack!*

Da fiel mein Blick auf die relativ neue Goldplatte mit Inschrift, die unter den Wasserspeiern montiert war, und die ich übersetzte.

Gespendet von Dana Stewam.

Bei dem Namen klingelte etwas in mir. Ich dachte an die Regentropfen auf der Ansichtskarte, die der Earl erhalten hatte.

Amanda West.

Samanta Dew.

Dana Stewam.

Was hatten all diese Namen gemeinsam? *Dieselben Buchstaben!* Ich sprang auf. Dana Stewam war verdammt noch mal ein weiteres Anagramm von Amanda West!

Mein Herz schlug schneller. Meine Mutter lebte also doch hier, allerdings so unauffällig wie möglich unter einem weiteren falschen Namen. Aber trotzdem wollte sie den Menschen im Ort anscheinend von dem Geld, das sie besaß, etwas Gutes tun. Vermutlich hatte sie deshalb diesen Springbrunnen gespendet.

Hastig sah ich mich um. Hinter dem Brunnen befand sich eine alte Leihbücherei. Ein Blick auf die Uhr sagte mir, dass sie in fünf Minuten zur Mittagspause schließen würde. Kurz entschlossen trat ich ein.

Drinnen roch es nach alten Schmökern. Am Tresen fand ich schließlich eine ältere Dame. Womöglich konnte sie mir sagen, wo meine Mutter steckte. Ich zeigte ihr das Foto. »Kennen Sie Dana Stewam?«

»Si, Dana.« Sie pochte mit dem Finger auf das Bild. »Aber da jung, sehr viel jung«, fügte sie in bruchstückhaftem Englisch hinzu.

»Ich weiß, es ist ein altes Foto, heute sieht sie älter aus«, sagte ich. »Wo wohnt sie?«

Die Frau deutete zur Küste. *»Il faro, il faro!«*, sagte sie nur.

»Il faro?«, wiederholte ich.

Mit den Händen formte sie einen hohen Turm.

Ah! Da begriff ich. Rasch zog ich die Ansichtskarte aus der Gesäßtasche und zeigte ihr das Motiv.

»Si, il faro!«, rief die Frau.

Das hätte ich mir ja eigentlich gleich denken können!

Meine Mutter wohnte *im* Leuchtturm!

»Grazie!«, bedankte ich mich und lief los.

Während ich hinunter zum Leuchtturm rannte, funkte ich die Kopernikus an.

Simon ging sofort ran. »Und, erfolgreich?«, fragte er knapp.

»Ja, ich habe eine Spur gefunden«, keuchte ich. »Bin auf dem Weg dorthin – over and out.« Mehr sagte ich nicht, für den Fall, dass wir doch irgendwie abgehört wurden.

Ich erreichte die Küste, lief über die betonierte Mole an einigen Kindern vorbei, die Steine ins Wasser warfen, und kam zum Holzsteg, der zur Felseninsel führte, wo der Leuchtturm stand. Die Flut setzte gerade ein und die Wellen peitschten über die Felsen. Vielleicht war das der Grund, warum es an dieser Stelle keine Touristen gab. Die meisten fotografierten nur den Leuchtturm, während sie daran vorbeigingen.

Ich schlitterte über die nassen Holzbalken und gelangte zum Turm. Vor dem Zugang spannte sich eine Kette mit Schild, auf dem auf Italienisch sinngemäß stand: *Privatbesitz – Zutritt verboten.*

Großzügig ignorierte ich es und kletterte über die Kette. Danach stand ich vor der Grundfestung des Turms, der sich in unzähligen Etagen in den Himmel schraubte. Unter der

Kuppel mit der Lampe befand sich eine Art Turmzimmer mit Fenstern in alle Richtungen. Hier sollte meine Mutter leben? Oder zumindest bis vor Kurzem noch gelebt haben?

Ich rüttelte an der Tür. *Abgesperrt!* Einen Klingelknopf gab es nicht, ebenso wenig einen Briefschlitz, durch den ich ins Innere hätte sehen können.

Bestimmt fotografierten mich jetzt einige Leute mit ihren Handys. Ich hatte zwar mein Werkzeugset dabei, aber wenn ich es hier auspackte und damit begann, im Schloss herumzufummeln, hätte ich bald die italienische Polizei, die Carabinieri, am Hals, die mich aufs Revier schleppen würden. Passkontrolle, internationale Computerabfrage, Nichte eines Mörders auf der Flucht, weltweit gesucht wegen Einbruchs, Diebstahls und Körperverletzung – und das wäre es dann gewesen! *Arrivederci!* Also lief ich über die Felsen um den Turm herum und erreichte die Rückseite, die aufs offene Meer zeigte. Hier würden mich höchstens ein paar Fischer auf ihren Booten bemerken.

Hinten gab es zwar keine Tür, aber ein Fenster in der zweiten Etage. Ich kletterte an den Rillen zwischen den Ziegelsteinen empor, setzte mich aufs Fensterbrett, kramte die Taschenlampe aus dem Rucksack und schlug mit dem Griff die Scheibe ein. Die tosende Brandung hatte bestimmt das Geräusch des Splitterns übertönt. Vorsichtig, um mich nicht zu schneiden, schlug ich mit der Lampe die restlichen Glasscherben aus dem Rahmen. Dann griff ich hinein, löste den Haken und öffnete das Fenster.

Das ist auch schon egal. Sollten sie mich eben wegen zweifachen Einbruchs suchen!

Ich kletterte ins Innere. Drinnen war es kühl, es roch nach Holz. Ich stand auf einer engen Wendeltreppe in der zweiten Etage. Unter mir befand sich nur der Eingangsbereich – und über mir die Treppe, die sich noch weiter nach oben schraubte.

Vorsichtig schob ich mit dem Schuh die Glassplitter zu einem Haufen, damit sich niemand verletzte, dann ging ich rauf.

Die Stufen knarrten. Auf jeder Ebene gab es ein Fenster, und je höher ich kam, desto weiter wurde mein Ausblick aufs Meer, die Küste und Vernazza. Schließlich war ich ganz oben angelangt und trat in das Turmzimmer. Es bestand aus zwei Etagen.

Offenbar war der Leuchtturm schon lange nicht mehr in Betrieb, denn die beiden Stockwerke waren zu einer Wohnung umfunktioniert worden. Auf engstem Raum war alles sehr luxuriös eingerichtet. Mit einer Million Pfund ließ sich natürlich vieles machen. Unten befanden sich ein bequemes Bett mit frischem blauem Überzug, ein Spiegelschrank und eine kleine Küchenzeile, und so viel ich erkennen konnte, standen oben ein gemütlicher Lesestuhl, ein Tisch mit Büchern und ein Schreibtisch mit Computermonitor. Bestimmt war das die coolste Wohnung in ganz Vernazza, denn die Aussicht war toll und es gab Fenster in jede Himmelsrichtung.

Schlau gemacht, Mama! Damit hast du immer einen guten Überblick.

Dazwischen hingen Fotos an den Wänden. Und die betrachtete ich nun genauer.

Mein Gott.

Die Fotos!

Mir stockte der Atem.

Da hingen tatsächlich Bilder von mir.

35. KAPITEL

Die *Biosyde One* hatte ihre Reiseflughöhe längst erreicht und befand sich über einer dichten Wolkendecke. Zwölftausend Meter darunter lag das aufgewühlte Mittelmeer. Der zweistöckige Jumbo-Jet war nach Italien unterwegs.

Valerie De Boes saß vorne im Flugzeug direkt über dem Cockpit in ihrem Büro auf ihrem hypermodernen Fitnessgerät und genoss die Aussicht durch die breite Fensterfront auf die hellblaue, gekrümmte Weltkugel.

Sie strampelte bereits seit fünfzig Minuten und schwitzte ihren engen atmungsaktiven Gymnastikdress durch. Um ihren Hals lag ein Handtuch, und auf dem Haltegriff befanden sich zwei Touch-Screen-Monitore, damit sie auch während ihrer Fitnesseinheit arbeiten konnte.

Diesem kleinen unscheinbaren Mr. Bug war es auf Gibraltar also tatsächlich gelungen, mit einem größeren Generator den Empfang des schwachen Signals aus dem Medaillon zu verstärken. Aber trotzdem erkannte Valerie auf dem Monitor jetzt nur, dass sich das U-Boot vor der Küste Italiens befand, in einem Gebiet nördlich der Toskana.

»Geht es etwas genauer?«, fragte Valerie ohne das geringste Keuchen.

»Wir bemühen uns, Madam«, antwortete Bug, dessen Gesicht auf dem anderen Monitor auftauchte, aber rasch wieder irritiert wegblickte.

»Sehen Sie mich an, wenn ich mit Ihnen spreche!«, befahl Valerie. »Ich muss Sie doch nicht daran erinnern, wie außerordentlich wichtig diese Information für mich ist. Wir landen in einer halben Stunde in Italien, und mein Pilot wüsste gern, welchen Flughafen er ansteuern soll.«

»Wir sind dran und ...« Bug verstummte. Seine Augen weiteten sich.

Im gleichen Moment hatte auch Valerie es bemerkt. Das wellenförmige Signal, das herumwaberte und sich an der Küste Italiens ständig woanders kreisförmig ausbreitete, war für eine Sekunde zu einem einzigen blauen Punkt zusammengeschmolzen.

»Haben Sie das gesehen?«, rief Valerie.

»Ja«, stammelte Bug. »Das Signal kommt aus ... einen Moment, bitte ... aus einem Ort namens Vernazza in den Cinque Terre.«

Im nächsten Augenblick hatte sich das Signal wieder in unbestimmte Kreismuster verwandelt, als würde man Steine in einen See werfen.

»Vernazza!«, wiederholte Valerie. »Gar nicht mal so miserable Arbeit, bleiben Sie dran!« Sie unterbrach die Verbindung und rief über den Touch-Screen ihre Sekretärin an. »Sidney, ich brauche Sie hier oben!«

Eine halbe Minute später klopfte es an der Tür und Sidney Stone trat ein. Auf einem Tablett trug sie einen Vitamin-Shake mit Strohhalm, Schirmchen und Eiswürfel.

Während Valerie auf ein höheres Level schaltete und

kräftig weiterradelte, trank sie einen erfrischenden Schluck und klemmte das Glas unter den Monitoren in einen Becherhalter.

»Sidney, wir ändern den Kurs. Wir fliegen nicht nach Rom, sondern landen in Genua. Kümmern Sie sich darum. Und dass am Flughafen zwei Helikopter für uns bereitstehen. Von dort sind es ...«, sie öffnete ein Programm und tippte auf dem Monitor herum, »... nur neunzig Kilometer nach Vernazza. Das ist unser Ziel. Wir brauchen eine Flugfreigabe für die Strecke entlang der Küste.«

»Aber wenn es nur neunzig Kilometer sind«, überlegte Sidney laut, »könnten wir doch mit dem Auto ...«

»Sidney!«, unterbrach Valerie sie schroff. »Wir müssen schnell und wendig sein. Außerdem werden wir, wenn alles klappt – und diesmal *wird* alles klappen – mindestens eine Person an Bord nehmen. Und auf Polizeikontrollen kann ich verzichten.«

Sidney nickte. »In Ordnung, ich werde alles veranlassen.«

Valerie sah zum Monitor. Die Funkwellen waren kein weiteres Mal zu einem Punkt zusammengeschmolzen, sondern hatten ihre Wellenform beibehalten. *Egal!* Mit Vernazza hatten sie einen ziemlich guten und konkreten Anhaltspunkt erhalten. Sie würden die Kopernikus finden – und das Boot entweder in ihren Besitz bringen oder versenken.

»Noch etwas, Madam?«, fragte Sidney.

Valerie blickte auf den Kilometerstand des Trainers. Noch fünf Kilometer, dann würde sie sich duschen und umziehen. »Ja«, murmelte sie. »Finn soll sich bereitmachen. Wir nehmen das gesamte Team mit. Kümmern Sie sich um die Diplomatenpässe für alle Männer. Von ihrer Ausrüstung sollen sie die kleinen, unauffälligen Waffen mitnehmen.«

»Wir?«, wiederholte Sidney. »Bleiben Sie nicht in Genua an Bord?«

Valerie lächelte. »*Sie* bleiben an Bord. Ich fliege mit in die Cinque Terre. Es wird Zeit, dass ich unserem Häschen persönlich gegenübertrete.«

Und ich fühle es, dachte sie, *die Jagd kommt nun endlich zu einem Ende.*

Sie schaltete das Level noch mal hoch und blickte auf die Uhr. Bis nach Vernazza war es nur noch ein Katzensprung.

36. KAPITEL

Die gerahmten Bilder an den Wänden waren tatsächlich der Beweis, dass nur meine Mutter hier leben konnte. Aber die Fotos zeigten nicht bloß Aufnahmen von mir als Kleinkind, wie ich im roten Bikini neben den Delfinbecken auf Wreck Island stand. Nein, es waren Bilder aus allen Lebensabschnitten.

Aus a-l-l-e-n!

Unfassbar!

Als Siebenjährige in San Francisco, als Neunjährige in Australien, als Zehnjährige in Shanghai. Mit elf in Bangkok, mit zwölf in Südafrika, mit dreizehn auf Madagaskar und mit knapp vierzehn auf Tahiti. Im Gegensatz zu den anderen Fotos waren die Bilder von Tahiti sogar aus der Nähe aufgenommen und ziemlich scharf. Dort hatte ich mir zur großen *Freude* meines Onkels ein Lippenpiercing stechen lassen. Gedankenverloren drehte ich jetzt den Ring mit der Zunge.

Woher verdammt noch mal stammen all diese Fotos?

Eines zeigte sogar Ethan am Strand von Tahiti. Aber das war doch unmöglich! Ich ging näher und betrachtete es.

Hä? Ich dachte, du bist damals an Bord geblieben? Während ich nämlich über die Insel gestreift war und mein Leben riskiert hatte, um in Käfige gefangene Papageien zu befreien, hatte er angeblich neue Flugrouten für die Drohnen programmiert. Aber dieses Foto unter den Palmen bewies eindeutig, dass auch er Tahiti betreten hatte. Etwa heimlich? Warum?

Aber noch mehr beschäftigte mich die Frage, wer die Fotos gemacht hatte. Und darauf konnte es nur eine Antwort geben: *Johann!*

Ich ballte die Faust.

Du Mistkerl hast mich schon wieder belogen!

Wer sonst sollte all die Fotos geschossen und meiner Mutter geschickt haben? Per Handy oder E-Mail. Ich hatte große Lust, ihn auf der Stelle anzufunken und zur Rede zu stellen. Doch dafür war jetzt keine Zeit.

Aber du kannst dich auf ein Feuerwerk gefasst machen, Ex-Knacki!

Je länger ich die Fotos betrachtete, desto mehr fiel mir ein, was ich ihm und meiner Mutter alles an den Kopf werfen wollte. Aber trotz meines Zorns bewiesen die Fotos vor allem eines: Meine Mutter lebte immer noch – und zwar hier!

Ich war so mächtig aufgewühlt, dass mir der Atem stockte. Trotzdem versuchte ich mich zu beruhigen. Mit zitternden Händen öffnete ich einen Schrank und schob die Kleiderbügel auseinander. Da hingen schicke Blusen in allen möglichen Farben.

Als ich mit geschlossenen Augen an einem geblümten blauen Stoff roch, überwältigte mich eine unglaubliche Erinnerung. Da war er! *Der Geruch meiner Mutter!* In diesem Moment war ich ihr so nahe, als wären keine zehn

Jahre, sondern nur Tage vergangen. In Gedanken hörte ich ihre Stimme. *Terry, keine Widerrede! Räum deine Spielsachen auf! Es ist Zeit fürs Abendessen. Und bring Charlie ins Haus. Gib ihm heute das Futter aus der blauen Dose.*

Die blaue Dose mit dem Frettchen-Aufkleber! Plötzlich brach ich in Tränen aus. Mit einem Mal wollte ich ihr gar keine Vorwürfe mehr machen, sondern wollte einfach nur von ihr in den Arm genommen werden. Wie damals, als ich noch klein war und mir das Knie beim Rollschuhlaufen aufgeschlagen hatte.

Ich wurde so heftig zwischen meiner Wut auf sie und dem Bedürfnis nach Geborgenheit hin- und hergerissen, dass ich bis auf die Knochen erschrak, als plötzlich ein Telefon schrillte.

Ich ließ den Stoff los und wischte mir die Tränen aus dem Gesicht. Es klingelte weiter. Woher kam das? Ich versuchte mich zu orientieren. Auf einer Kommode stand ein altes schwarzes Telefon mit Wählscheibe. Sollte ich abheben? Nachdem ich tief durchgeatmet hatte, nahm ich schließlich mit zitternden Fingern den Hörer von der Gabel. »Ja, hallo?«

Es war still in der Leitung. Ich hörte nur ein Knistern und den Atem einer Frau.

»Hallo?«, wiederholte ich. Mein Herz raste.

Ich konnte deutlich hören, wie die Person am anderen Ende schluckte und sich schließlich räusperte.

»Terry?«

Mir fuhr der Schreck in die Glieder. Meine Knie wurden weich und ich sank zu Boden.

Es war die Stimme meiner Mutter.

37. KAPITEL

Die Erinnerung an meine Mutter war so intensiv, als wäre seit meiner letzten Begegnung mit ihr kein einziger Tag vergangen. Erneut brach ich in Tränen aus und bekam kein Wort heraus. Mein Herz macht Sprünge. Alles kam mir so unwirklich vor. Ich fürchtete, jeden Moment in meiner Kabine an Bord der Kopernikus aufzuwachen, nur um festzustellen, dass wir uns auf einer Forschungsreise nach Grönland befanden. Aber die Worte meiner Mutter holten mich wieder in die Realität zurück.

»Terry, ich weiß, es ist schwer, das alles zu begreifen, aber bevor wir weiterreden, habe ich eine Bitte: Geh die Treppe hinauf ins obere Stockwerk. Dort steht ein Computer. Schalte ihn ein und aktiviere die Videokommunikation.«

Ich sagte nichts, musste nur schlucken.

»Terry? Alles okay?«

»Ja«, brachte ich hervor.

»Gut, das Passwort lautet *Terry14*.«

Danach wurde die Verbindung unterbrochen. Mit weichen Knien ging ich rauf, setzte mich an den Schreibtisch, startete den PC und schaltete den Monitor ein. Das Ding fuhr hoch und ich tippte das Passwort ein. Danach erschien ein Hintergrundbild. Es war ein Foto, das meine Mutter und mich als vierjähriges Mädchen zeigte, aber auch Johann, Simon und den siebenjährigen Ethan. Meine Geburtstagsfeier auf der Veranda im Haus in Miami!

Ich fand das Videoprogramm und startete es. Keine zehn Sekunden später kam ein Videoanruf, den ich annahm. Während die Verbindung hergestellt wurde, wischte ich mir rasch die Tränen aus dem Gesicht und kämmte mir mit den Fingern durchs Haar.

Auf dem Monitor erschien das Bild meiner Mutter. Sie sah aus wie damals, zwar etwas älter, mit Fältchen um die Augen, aber immer noch mit demselben schlanken Gesicht und den langen schwarzen Haaren. Ich war kurz davor, ohnmächtig zu werden.

Meine Mutter war braun gebrannt, trug ein schwarzes Poloshirt und eine Jeansjacke darüber, deren Kragen ich sehen konnte. Ich hörte den Wind, der ihr durchs Haar fuhr, sie musste also im Freien sitzen. Mehr konnte ich nicht erkennen, hinter ihr befand sich nur eine gelbe Wand.

»Bist du es wirklich?«, presste ich hervor.

Sie nickte. »Es tut mir so leid, mein Mädchen.« Ihre Stimme bebte. »Du hättest das alles niemals erfahren dürfen. Auch nie eine Spur zu mir finden oder nach mir suchen sollen.«

»Aber Mama, warum?« Ich schluckte. »Warum das alles?«

»Zu deiner eigenen Sicherheit und weil dein Leben dadurch in Gefahr geraten könnte.«

Das ist es bereits, Mama!

Wieder wurde ich zwischen meinen widersprüchlichen Gefühlen hin- und hergerissen. »Warum musstest du auch mit der menschlichen DNA experimentieren?«, warf ich ihr vor. »Warum konntest du kein normales Leben führen wie andere Mütter? Warum musstest du uns alle mit deiner Forschung in Gefahr bringen und dadurch die Familie zerstören?«

»Ja, ich war damals egoistisch und naiv«, gab sie zu und senkte den Blick. »Ich wollte meinen Vater retten. Ist es wirklich ein Fehler, wenn man ein Menschenleben retten möchte?«, fragte sie zerknirscht.

»Deinen *Adoptivvater*!«, stellte ich richtig.

Sie schwieg.

»Funktioniert dein Serum wirklich?«, wollte ich wissen.

Meine Mutter nickte.

»Aber wie kann tatsächlich das Horn des *Teufels* vor den Stadtmauern Jerichos im Wüstensand gelegen haben?«

Meine Mutter sah irritiert auf. »Du weißt von dem Artefakt?«

»Ja, Pierre und ich haben es …«

»Pierre?«, wiederholte meine Mutter. Plötzlich war sie noch verwirrter als vorher. Mehrere Gedanken schienen ihr gleichzeitig durch den Kopf zu gehen. »Du kennst Pierre?«

»Ja, er lebt bei uns an Bord.«

»Echt? Wie sieht er aus?« Für einen Moment glaubte ich ein Strahlen in ihren Augen zu erkennen, doch dann wurde sie wieder ernst.

»Na ja …«, murmelte ich und zuckte mit den Achseln. »Er ist fett geworden, hat einen Bierbauch und fast eine Glatze.«

Meine Mutter runzelte die Stirn und sah mich streng an. »Terry?«

Plötzlich musste ich lachen. »Nein, er sieht wirklich gut aus. Wir haben das Horn aus deinem Flugzeugwrack im

Meer geborgen, und dann haben Finn und seine Leute von Biosyde seine Hütten und sein Wasserflugzeug in die Luft gejagt.«

»Wow-wow-wow, langsam!«, unterbrach mich meine Mutter.

In knappen Worten fasste ich für sie unsere Erlebnisse im Bermudadreieck zusammen.

»Um Himmels willen!«, entfuhr es ihr. »Du musst mir versprechen, dass du das Horn vernichtest. Es darf niemandem in die Hände fallen.«

»Ja, diesen Gedanken hatten Simon und ich auch schon … aber es ist doch nicht wirklich das Horn des *Teufels*, oder?«, fragte ich unsicher.

Meine Mutter seufzte. »Weißt du, genau *das* frage ich mich schon seit sechzehn Jahren, und bisher bin ich zu keinem eindeutigen Ergebnis gekommen. Aber letztendlich ist es doch egal, ob es nun tatsächlich ein Splitter aus Luzifers Horn oder nur irgendein anderes unbedeutendes Knochenmaterial ist. Seine DNA hat mich zufällig auf die heilende Wirkung des Serums gebracht. Wichtig ist: Es *hat* funktioniert! Das Serum repariert kaputte Zellen.«

»Ich weiß, ich habe den Earl of Huntington gesehen.«

»Du warst *bei* ihm?« Sie kam aus dem Staunen nicht mehr heraus. »Wie geht es ihm?«

»Blendend.« Besser ich verschwieg, dass er Johann und mich mit einem Gewehr bedroht hatte und seine Schwester uns ins Burgverlies sperren wollte. Die Sache war auch so schon kompliziert genug. »Charlie ist übrigens ebenso quietschvergnügt.«

»Das weißt du also auch«, stellte sie fest. »Ja, dein kleines neugieriges Frettchen hat noch ein ziemlich langes Leben vor sich.«

»Aber wenn Biosyde davon erfährt und Charlie ihnen in die Hände fällt, würden sie ihn im Labor sezieren«, sprudelte es aus mir heraus.

Meine Mutter presste die Lippen aufeinander.

»Was?«, drängte ich.

»Nichts«, wischte sie meine Frage weg.

»Da ist doch noch etwas, das du mir verschweigst!«, bohrte ich weiter. »Belüg mich nicht noch einmal! Was ist es?«

»Gut, du weißt schon so viel, da kommt es darauf auch nicht mehr an«, seufzte sie. »Es ist so … dann wäre nicht nur Charlies, sondern auch Johanns Leben in Gefahr.«

»Was?«, rief ich. »Heißt das, auch er trägt das Serum in sich?«

38. KAPITEL

Meine Mutter nickte, und diese Erkenntnis traf mich wie ein Schock. Ich erinnerte mich an die alten Aufnahmen, auf denen Johann genauso aussah wie heute. Mehrmals schon hatte ich mich gewundert, warum er nicht zu altern schien, was er immer mit den Worten abtat, dass ihn die Seeluft jung und frisch hielt. Aber daran lag es offenbar nicht!

»Johann also auch …«, stammelte ich.

»Nach Charlie war er der erste Mensch, an dem ich es ausprobiert habe.«

»Weiß er davon?«, fragte ich.

Meine Mutter lachte auf. »Natürlich. Er hat sich freiwillig zur Verfügung gestellt. Nachdem ich beschlossen hatte, unterzutauchen, hat er mir geschworen, sich ein Leben lang um dich zu kümmern. Er würde sogar sterben, um dich zu retten.«

Einen Moment lang war ich gerührt. Und als ich über alles nachdachte, wurde mir schlagartig vieles klar. Johann hatte nicht nur deshalb die ganze Zeit geschwiegen, weil er es meiner Mutter versprochen hatte, sondern weil es auch in seinem eigenen Interesse lag. Mit dem Serum in seinen

Blutbahnen musste er dafür sorgen, dass auf keinen Fall jemals irgendwer davon erfuhr.

Ich räusperte mich. »Das bedeutet, auch Johann altert langsamer. Dann wird er also hundert Jahre alt?«

»Hundert Jahre?« Meine Mutter lacht wieder auf. »Mein Schatz, du hast noch nicht ganz begriffen, worum es da wirklich geht. Mein Serum *stoppt* den Alterungsprozess. Johanns Zellen regenerieren sich ständig, und er altert so langsam, dass er mindestens hundertfünfzig Jahre alt werden könnte – und das bei bester Gesundheit.«

Hundertfünfzig Jahre! Alter Schotte! Darum geht es also. Verbessert in den Labors von Biosyde, könnte es vielleicht sogar Ewiges Leben *bedeuten.* Mir wurde schwindelig. Deshalb wollte der Earl of Huntington also, dass niemand von seinem Geheimnis erfuhr. Er würde nämlich auch noch auf diesem Planeten wandeln, wenn sogar ich bereits alt und grau war.

Irgendwie war die ganze Sache nicht fair. Die Reichen könnten es sich leisten, die Armen um die doppelte Zeitspanne zu überleben. Kein Wunder, dass meine Mutter ihre Forschung vernichten wollte. Eigentlich hatte alles ganz harmlos begonnen, weil sie ihren Ziehvater Admiral Nathan West retten wollte.

Schlagartig schwand der Groll gegen meine Mutter. *Du bist fast erwachsen*, sagte ich zu mir. *Du hattest trotz allem eine tolle Kindheit. Verzeih deiner Mutter!* Aber das war leichter gesagt als getan. »Warum hast du eigentlich hier angerufen?«, fragte ich stattdessen. »Wie konntest du wissen, dass ich hier bin?«

»Ich wusste es nicht. Die Leiterin der Leihbücherei hat mich am Handy angerufen und mir erzählt, dass sich ein Mädchen nach mir erkundigt hat. Ein *hübsches* Mädchen mit Sommersprossen und grünen Augen. Ich wusste, das konntest nur du sein. Kannst du dich noch erinnern? Du hast als Kind versucht, dir deine Sommersprossen mit einem Radiergummi zu entfernen.« Meine Mutter lächelte.

Natürlich konnte ich mich daran erinnern. »Lenk nicht vom Thema ab«, sagte ich stattdessen.

Sie atmete tief durch. »Ich war mir sicher, du würdest den Leuchtturm finden. Also habe ich hier angerufen, in der Hoffnung, dass du abheben würdest.«

Schlagartig schlug mein Herz schneller. »Bist du in der Nähe?«

Meine Mutter zögerte. Sie presste die Lippen aufeinander.

»Mama, wo bist du?«, drängte ich.

»Das … kann ich dir nicht sagen.«

»Warum?« Am liebsten wäre ich aufgesprungen. »Könnten wir uns nicht treffen? Nur kurz!«

»Nichts wäre mir lieber, als dich in die Arme zu nehmen, glaube mir. Aber das geht nicht.«

»Das ist nicht fair!«, rief ich außer mir. »Ich habe von dir nur einen Zeitungsartikel und ein altes Schwarz-Weiß-Foto, aber von mir stehen hier überall Bilder herum. Die hat Johann dir geschickt, stimmt's?«

»Was?« Meine Mutter runzelte die Stirn. »Nein, Johann hat keine Ahnung, wo ich bin.«

»Und woher bitte schön stammen all die Fotos?«

»Die habe ich …«, sie senkte den Blick, als hätte sie ein schlechtes Gewissen, »… selbst gemacht.«

Selbst gemacht? »Das ist jetzt aber nicht wahr!«, entfuhr es mir. »Du warst auf Tahiti?«

»Glaube mir, es ist nicht leicht, seine Tochter aufgeben zu müssen. Manchmal, wenn sich unsere Wege überschnitten, bin ich euch gefolgt. Simon ist ein weltweit anerkannter Meeresbiologe und …«

»Das *war* er!«, korrigierte ich sie.

»Ja«, seufzte sie. »In seinem Blog schrieb er immer, wohin ihn sein nächster Forschungsauftrag führte. Außerdem hat die Fachpresse oft über ihn berichtet. Aufträge in Australien, Bangkok, Shanghai, Südafrika, Madagaskar oder San Francisco. Ich war oft in deiner Nähe, so gut es eben ging.«

»Aber du hast dich nie zu erkennen gegeben!« Ich war außer mir.

»Stimmt, ich habe Fehler begangen. Aber ich versuche, sie wiedergutzumachen. Weiß Gott, ich stand oft knapp davor, dir ganz einfach gegenüberzutreten und *Hallo* zu sagen. Am schlimmsten war es in Tahiti. Ich stand nur wenige Meter von dir entfernt, hinter einer Palme, als du dir das Lippenpiercing hast machen lassen.«

Ich rollte den Ring mit der Zunge hin und her. »Gefällt es dir? Er stammt von einem Voodoopriester«, sagte ich immer noch ein wenig gereizt, wollte aber meinen Ärger für einen Moment vergessen.

Meine Mutter lachte. Tränen traten ihr in die Augen. »Ja, sieht cool aus.«

»Ich wollte mich auch tätowieren lassen, aber dann hätte Simon mich sicherlich erschlagen.«

»Ja, das hätte er vermutlich.« Meine Mutter wischte sich eine Träne aus dem Augenwinkel. »Meine Güte, ich kann mich noch erinnern, wie klein du warst, und jetzt bist du groß und hübsch, eine junge Frau.«

»Bin ich wirklich während einer Passage durchs Bermudadreieck geboren worden?«

Meine Mutter nickte. »Ich war hochschwanger und mit

einer Fähre unterwegs nach Wreck Island. Ausgerechnet als wir in einen schweren Sturm gerieten, haben die Wehen eingesetzt. Es war kein Arzt an Bord, aber weißt du, wer dich zur Welt gebracht hat?«

Ich schüttelte den Kopf.

»Pierre. Er hat mich begleitet. Er war so tapfer, und während ich schlief, hat er dich die ganze Zeit im Arm gehalten.«

Pierre, mein Geburtshelfer! Das hatte er bisher mit keinem Wort erwähnt. Vermutlich wäre es ihm peinlich gewesen.

»Mama …« Ich kramte das Medaillon aus der Tasche, hängte es mir um den Hals und holte tief Luft, um für die nächste Frage meinen ganzen Mut zusammenzunehmen. »… wer ist eigentlich mein Vater?«

Meine Mutter sah mich mit aufgerissenen Augen an.

Ich wollte das Medaillon kurz öffnen, um das Bild meiner Mutter wieder hineinzustecken, stoppte aber in der Bewegung. »Mama, ich habe ein Recht darauf, es zu …«

»Terry!«, unterbrach sie mich. »Du trägst das Medaillon?« Ihre Stimme klang plötzlichen panisch. »Woher hast du es?«

Schlagartig erfasste auch mich eine leichte Panik. Ich zuckte mit den Achseln. »Aus deinem Nachlass vom Notar. Sonst habe ich ja nichts von dir«, sagte ich vorwurfsvoll. »Weder ein Tagebuch, noch Briefe oder Bilder. Ich habe schließlich ein Foto von dir aus einem Zeitungsartikel in das Medaillon getan.«

»Terry, du musst das Medaillon sofort wegwerfen!«, unterbrach sie mich wieder.

Weshalb war sie plötzlich so aufgebracht? Sie musste doch wissen, dass ich das Medaillon trug, schließlich hatte sie so viele Fotos von mir. Andererseits trug ich das Medaillon fast immer unter dem T-Shirt, vielleicht war es auf keinem der Fotos zu sehen gewesen. »Warum *wegwerfen*?«, fragte ich.

»Wenn du damit in die Nähe unseres alten Hauses in Miami kommst, aktiviert sich ein Sender, der den Zugang zu meinem Labor öffnet.«

»Das … ist bereits geschehen«, sagte ich nun auch etwas angespannt. »Ich war unten in deinem Labor.«

»O nein! Du hättest es niemals finden dürfen.« Ihr Blick war angsterfüllt. »Dadurch hast du vermutlich die Frequenz aktiviert, über die Finn dich orten kann. Du musst das Medaillon sofort loswerden!«, drängte sie.

»Mach dir keine Sorgen, Mama«, versuchte ich sie zu beruhigen. »Ethan hat das Signal mit …«, ich stockte, »… Haargel und zwei Goldfolien abgeschirmt.«

»Haargel?« Meine Mutter zog eine Augenbraue hoch, dann ließ sie die Schultern sinken. »Trotzdem ist es gefährlich!«, beharrte sie. »Du weißt nicht, wozu diese Leute fähig sind.«

Also lag es tatsächlich an dem Medaillon, dass Biosyde uns hatte aufspüren können, wo immer wir waren. »Okay, ich werde es los«, versprach ich ihr, ließ das Medaillon geschlossen und steckte das Foto wieder in die Tasche. »Aber *du* musst *mir* versprechen, dass wir uns wiedersehen!«

Meine Mutter nickte zögernd. »Einverstanden. Aber erst, nachdem du den Sender vernichtet hast. Und achte darauf, dass euch niemand folgt.«

»Wo und wann treffen wir uns?«

»In drei Tagen …« Meine Mutter überlegte. »Und zwar dort, wo du zur Welt gekommen bist.«

»Okay.«

Auf Wreck Island.

»Sei vorsichtig«, sagte meine Mutter.

Ich spürte, dass sie das Gespräch beenden wollte, doch eine Sache musste ich noch wissen. »Warte! Eine Frage habe ich noch.« Ich atmete tief durch. »Hattest du damals wirklich ein Verhältnis mit Finn?«

Meine Mutter sah mich stumm an. Ihre Kiefer mahlten. Vermutlich überlegte sie, wie sie sich am besten aus der Sache herausreden konnte.

»Hattest du?«, bohrte ich weiter.

»Woher weißt du davon?«, fragte sie, statt eine Antwort zu geben.

»Das ist doch egal«, erwiderte ich, da ich Johann schützen wollte, obwohl der es am allerwenigsten verdient hatte. »Ist Mister Finn mein Vater?«, fragte ich direkt heraus.

»Ist das so wichtig für dich?«

»Mein Gott, ja!«, rief ich.

»Ich muss Schluss machen«, sagte sie. »Mein Akku ist gleich leer. Wir treffen uns am vereinbarten Ort, dann erzähle ich dir die ganze Geschichte. Pass auf dich auf.«

Verdammt!

Meine Mutter hatte mir eine Kusshand zugeworfen und die Verbindung unterbrochen.

39. KAPITEL

Nach diesem Gespräch war ich nicht bloß aufgewühlt, ich war am Durchdrehen. Mein gesamtes Weltbild war auf den Kopf gestellt. Meine tote Mutter war gar nicht tot und hatte gerade mit mir über Videochat gesprochen. Johann würde ein steinalter Mutant werden. Und mein ärgster Feind, der Mann, der mich am liebsten tot sehen würde, war möglicherweise mein eigener Vater. Schon allein bei diesem Gedanken drehte sich mir der Magen um. Für einen einzigen Vormittag in einem Urlaubsort an der italienischen Küste war das alles ein bisschen viel.

Okay, deine eigene Mutter hat dich als Kind im Stich gelassen, aber sie hatte ihre Gründe dafür gehabt, versuchte ich mir einzureden. *Und in drei Tagen siehst du sie ja sowieso wieder.* Dann würde es vielleicht einen Neubeginn geben. Als ich an die Gesichter von Simon, Ethan, Johann und vor allem Pierre dachte, wenn ich ihnen von diesem Videogespräch erzählen würde, musste ich plötzlich übers ganze Gesicht grinsen. *Die werden Augen machen.* Doch bis es so weit war, gab es noch einige Dinge zu erledigen. Und zwar rasch.

Ich beugte mich über den Schreibtisch und öffnete das Fenster. Unter mir lagen die Klippen und das tosende Meer. Ein letztes Mal nahm ich das Medaillon vom Hals und betrachtete den im Verschluss eingefassten Stein, der im Sonnenlicht grün und blau leuchtete. *Time to say goodbye!* Fest umklammerte ich das Medaillon mitsamt der Kette, holte kräftig aus und wollte es bereits durchs Fenster ins offene Meer schleudern, hielt jedoch in letzter Sekunde inne.

Ich überlegte.

Nicht so einfallslos, Terry!

Ich hatte eine viel bessere Idee. Rasch kramte ich das Walkie-Talkie aus dem Rucksack und stellte eine Funkverbindung zu Ethan her.

»Genie an Turmspecht«, meldete er sich.

Turmspecht?

»Woher weißt du, dass ich im Leuchtturm bin?«, fragte ich verdattert.

»Ich … äh …«

»Bist du mir etwa gefolgt?«, fragte ich.

»Es war so, ich …« Er zögerte.

»*Wo* bist du?«

»In einer Eisdiele im Ort.«

»Und wie bist du an Land gekommen?«

»Etwa drei Kilometer nördlich von Vernazza gibt es eine Felsenbucht, wo ich an Land springen konnte.«

»Dein Körper ist so viel frische Luft nicht gewöhnt«, ätzte ich. »Pass lieber auf, dass du dir keinen Sonnenstich oder Hautausschlag holst.«

»Ha, ha, wie ich merke, sprichst du aus Erfahrung.«

Im Hintergrund hörte ich ein bekanntes Geräusch.

Gik-gik-gik-gik.

»Höre ich da etwa Charlie?«, fragte ich.

»Eigentlich wollte ich gar nicht an Land, aber Charlie hat so erbärmlich an Bord gequietscht, ist wie ein Irrer herumgelaufen und hat dich verzweifelt gesucht, dass ich ihn geschnappt und mit nach Vernazza genommen habe. Mein Vater dachte, es wäre besser, wenn jemand in deiner Nähe wäre … falls was passiert.«

Und da haben sie ausgerechnet dich geschickt – toll!

Aber ich verkniff mir jeglichen Kommentar. »Wie geht es Charlie jetzt?«, fragte ich stattdessen.

»Hat sich wieder beruhigt.«

»Gut. Kannst du Darwin steigen lassen?«

»Den Laptop habe ich mit und Darwin kreist sowieso schon seit einer Stunde über Vernazza. Hier im Ort ist alles ziemlich unauffällig.«

Fein, das spart mir Zeit. »Siehst du den Leuchtturm?«

»Nur die obere Hälfte, der Rest ist von Dächern verdeckt, warum?«

»Gut, kannst du die Drohne zu mir schicken?«

»Sicher, öffne das Fenster, das nach Osten zeigt.«

Ich sah mich kurz im Zimmer um, dann riss ich ein anderes Fenster auf. Da bereits eines offen war, blies nun die Zugluft durchs Turmzimmer und einige Blätter flatterten vom Tisch.

»Mensch, Terry, das *andere* Osten!«, stöhnte Ethan auf.

Mist!

Ich öffnete das gegenüberliegende Fenster.

»Drohne im Anflug«, gab er über das Walkie-Talkie durch. »Was hast du vor?«

»Die Typen von Biosyde können tatsächlich die Wellen im Stein meines Medaillons orten«, erklärte ich ihm. »Ich habe vor, sie auf eine falsche Fährte zu locken.«

»Verstehe …« Im nächsten Moment klang Ethan etwas betrübt. »Und dazu willst du Darwin opfern, richtig?«

»Es muss sein, damit wir die Mistsäcke endgültig loswerden!« Ich öffnete das Medaillon, entfernte die goldenen Folien und kratzte das hart gewordene Gel mit dem Fingernagel heraus. Jetzt müsste der Stein wieder volle Kanne senden. »Kannst du Darwin so programmieren, dass er sich automatisch von uns in entgegengesetzte Richtung fortbewegt?«

»Kleinigkeit. Entlang der Küste nach Süden und dann aufs offene Meer«, schlug Ethan vor.

»Wie lange wird er unterwegs sein?«

»Eine Woche bestimmt, bis die Solarbatterie den Geist aufgibt und meine clevere kleine Drohne ohne Saft ins Meer stürzt.«

Ich hörte, wie Ethan bereits auf der Tastatur seines Notebooks hämmerte. Offenbar programmierte er schon einen Kurs. *Sehr gut.* Während Finn und seine verdammten Häscher tagelang einer falschen Fährte folgen würden, waren wir längst über die sieben Weltmeere in Richtung Wreck Island verschwunden.

Durchs Fenster sah ich, wie sich die Drohne näherte und vor dem Fenster langsamer wurde. Darwins Haifischgebiss grinste mich an. Ich kletterte aufs Fensterbrett, hielt mich am Holzrahmen fest und lehnte mich ins Freie. Dann versuchte ich das Medaillon mit der Kette an den Haken unter Darwins Kameraauge zu hängen.

»Mach schon! Stell dich nicht so ungeschickt an«, hörte ich Ethans Kommentar aus dem Funkgerät.

Ja, du Besserwisser! Halt lieber die Drohne ruhig in der Luft.

Ich musste aufpassen, dass die scharfen Propellerblätter

nicht meinen Arm rasierten. Außerdem trudelte Darwin vor mir auf und ab, und der Luftzug seiner Propeller blies mir die Haare ins Gesicht. Ich rutschte mit dem Schuh auf dem Fensterblech ab, konnte mich aber rechtzeitig am Rahmen festhalten und wieder hochziehen. *Verdammt!* Das Holz knarrte verdächtig.

»Mach schon! Und pass auf, dass du nicht mitsamt dem Rahmen aus dem Fenster fliegst.«

Ja-haaa!

Endlich hatte ich die Kettenglieder mehrfach um den Haken gewickelt, in der Hoffnung, dass sie auch bei stärkerem Wind halten würden. Ich schwang mich zurück ins Zimmer und griff zum Funkgerät. »Auftrag erledigt.«

»Der Adler ist gestartet – over and out«, antwortete Ethan.

Die Drohne stieg hoch. Ich wechselte zum anderen Fenster und sah ihr nach, wie sie nach Süden der Sonne entgegenflog. Immer schön der Küste entlang, bis ich sie aus den Augen verlor.

»Over and out.« Ich schaltete das Funkgerät aus. Plötzlich übermannte mich ein Gefühl der Freude. Damit hatten wir Biosyde endlich abgehängt. *Außerdem werde ich meine Mutter in wenigen Tagen sehen!*

Ob sich Charlie noch an sie erinnern konnte? Gewiss, denn er hatte sich ja sogar an Pierre erinnern können.

Ob Pierre sie noch liebte?

Ob Johann erleichtert war, uns endlich nicht mehr belügen zu müssen?

Und ob Simon sich mit ihr versöhnen würde? Schließlich war er am meisten von uns allen von ihr angepisst, was ich auch gut nachvollziehen konnte.

Vielleicht war das Treffen mit meiner Mutter ja sogar ein

kleiner Trost für Ethan, der zwar seine Mutter verloren, aber dafür eine Tante wiedergewonnen hatte.

Ein regelrechtes Glücksgefühl durchströmte mich. Mit einem Mal fühlte ich mich eine Spur erwachsener. Ich war nicht länger das Mädchen, das nur tauchte, schwamm, angelte, in der Sonne lag, Abenteuerbücher las und Integralrechnung büffelte, wie noch bis vor Kurzem. Ohne meine Hartnäckigkeit hätten wir das Geheimnis um die Forschung meiner Mutter niemals gelüftet, geschweige denn sie gefunden. Aber nun musste ich auch die Verantwortung dafür übernehmen, dass ihr nichts zustieß.

Ich wollte das Programm auf dem PC schließen, als mich ein Geräusch erstarren ließ.

Was ist das?

Ich reckte den Hals und lauschte angespannt. Zwar pfiff der Wind immer noch durchs Zimmer, aber ich hatte deutlich das Knirschen von Glas gehört, als wäre jemand unten in den Scherbenhaufen getreten.

Jemand kam soeben die Treppe herauf.

40. KAPITEL

Ethan klemmte sein Funkgerät an den Gürtel und schlürfte den Rest seiner heißen Schokolade aus. *Igitt, die ist ja kalt!*

Während das nervige Frettchen abwechselnd um seine Beine schlich und sich dann wieder rücklings auf die Pflastersteine warf, um sich in der Sonne zu wälzen, tippte Ethan auf seinem Notebook herum.

Solange sich die Drohne noch in einem Radius von fünf Kilometern befand, konnte er Darwins Autopiloten programmieren, danach war das Gerät außer Reichweite und er würde den Funkkontakt verlieren.

Charlie biss ihn in die Wade.

»Verdammt!«, knurrte Ethan. »Nicht jetzt. Ich muss noch …« Er versuchte, das lästige Vieh abzuschütteln. Wie hielt Terry das nur aus? Ethan graute bei der Vorstellung, dass er dieses Biest noch die nächsten zehn oder fünfzehn Jahre an der Backe hatte … *Hätte Amanda das Serum nicht an einem Hamster oder Goldfisch ausprobieren können?*

Hastig programmierte er Darwins Kurs so, dass die Drohne – laut aktueller Wettervorhersage – in keinen Sturm geraten und den schlimmsten Windböen ausweichen würde. Bei den derzeitigen Sonnen- und Wolkenverhältnissen könnte die Solarbatterie sogar ganze elf Tage halten. In dieser Zeit würde die Drohne die italienische Küste auf der Höhe Roms erreichen, und von dort aus über das Mittelmeer fliegen, zwischen den Inseln Korsika und Sardinien hindurch in Richtung Spanien.

Perfekt!

Außerdem schaltete er Darwins Kamerafunktion aus. Das sparte Strom und die Drohne konnte noch länger unterwegs sein. Ethan schloss die letzten Codes ab, speicherte das Programm und übermittelte es an den Mini-Rechner in Darwins Gehäuse. Nach zwei weiteren Kilometern Distanz würde die Verbindung futsch sein.

Während die Übertragung lief, lehnte er sich zufrieden zurück, verschränkte die Arme hinter dem Kopf, genoss die warmen Sonnenstrahlen und die Aussicht auf den Hafen. Eigentlich war es gar nicht so verkehrt, statt an Bord der Kopernikus auch mal draußen unter einem Sonnenschirm zu sitzen und zu programmieren. Wie damals auf Tahiti, wo Terry wegen dieser dämlichen Papageien in Gefahr geraten war und er heimlich an Land gegangen war, um ihr zu helfen. Aber das würde er Terry garantiert niemals auf die Nase binden.

Mit einem Satz sprang Charlie auf seinen Schoß.

»Oooh! Charlie, alter Junge, pass auf, wo du hinspringst!«

Charlie rieb seinen Kopf an Ethans Bauch.

»Sorry, Ethan«, sagte Ethan mit hoher verstellter Stimme. *»Aber du bist so clever und das beeindruckt mich.«*

»Oh, danke, aber weißt du, sogar Terry ist manchmal ziemlich schlau.«

»Stimmt gar nicht, in Wahrheit ist sie völlig unterbelichtet«, imitierte er wieder Charlies Quieken.

»Ja, eigentlich hast du recht.« Ethan grinste. »Durch die vielen Tauchgänge hat sie wohl ziemlichen Sauerstoffmangel im Gehirn.«

»Und das restliche Gehirn ist in der Sonne ausgetrocknet.«

»Richtig.« Ethan lachte. »Und bei ihrem Sturz in der Höhle auf Santorin hat sie sich die Birne gestoßen.«

»Und neulich haben ihr die Dämpfe die letzten verbliebenen Gehirnwindungen rausgeknallt, als sie durch die stinkende Kanalisation Venedigs gekrochen ist.«

Ethan lachte laut auf. Vom Nebentisch sahen einige Leute herüber, die wegen seiner Selbstgespräche den Kopf schüttelten.

»Schaut nicht so blöd, sonst gibt's was!«, flüsterte Ethan.

»Soll ich sie in die Waden beißen?«, quiekte Charlie.

»Nein, nicht nötig.« Ethan blickte auf den Monitor. Das Programm-Update war durch. Nun würde die Drohne nichts mehr aufhalten. *Good-bye, Darwin.* Er klappte den Laptop zu und wollte dem Kellner winken, um zu zahlen, als sich ihm von hinten eine schwere Hand auf die Schulter legte.

Ethan zuckte zusammen.

Mit einem ängstlichen Quieken stob Charlie von Ethans Schoß hinunter.

Ethan wollte sich umdrehen, als sich ihm eine zweite Pranke auf die Schulter legte.

»Steh unauffällig auf und komm mit.«

41. KAPITEL

Amanda West schaltete ihr Notebook aus, wischte sich eine Träne aus den Augen und setzte die Sonnenbrille auf. Niemand sollte merken, wie aufgewühlt und durcheinander sie war.

Du hättest Terry sagen müssen, wer ihr Vater ist, sagte eine Stimme tief in ihrem Inneren.

Ja, und dann? Terry hätte mich dafür gehasst!

Wenn du es ihr verheimlichst, wird sie dich noch mehr hassen.

Der richtige Zeitpunkt wird kommen, beruhigte sie sich. Aber im Moment brachte sie es einfach noch nicht übers Herz. Sie hatte ja erst vor einer halben Stunde erfahren, dass Terry ihre geheime Unterkunft mit all den Fotos entdeckt hat. *Was für ein taffes Mädchen!* Amanda musste lächeln.

Insgeheim hatte sie sich schon die ganze Zeit gewünscht, Kontakt mit Terry aufzunehmen, aber sie hatte gewusst, dass es am besten für alle war, weiterhin im Verborgenen zu bleiben. Doch jetzt hatte ihr das Schicksal einen gewaltigen Strich durch die Rechnung gemacht. Vielleicht war es ja gut so und alles würde wieder ins Lot kommen.

Ein Mann trat an ihren Tisch. »Haben Sie noch einen Wunsch?«, fragte er auf Italienisch.

»No, grazie«, antwortete Amanda. *»Il conto per favore«*, verlangte sie nach der Rechnung.

»Si.« Der Kellner brachte den Beleg, Amanda zahlte und steckte Geldbeutel, Handy und ihr kleines Notebook in ihre Handtasche. Es wurde Zeit, aufzubrechen.

Das letzte halbe Jahr war wie im Flug vergangen. Eigentlich hatte sie an diesem Nachmittag damit beginnen wollen, einen neuen Wohnsitz zu organisieren. Einen kleinen Container für ihre paar Habseligkeiten buchen, einen Mietvertrag für ein neues Apartment aushandeln, danach sämtliche Spuren im Leuchtturm verwischen und ein kurzes Telefonat mit dem Earl of Huntington führen, um ihm die Adresse eines neuen Postfachs mitzuteilen. In Neuseeland – dort gab es einen Ort, wo niemand sie kannte und sie unauffällig untertauchen konnte –, und von wo aus sie dem Earl eine neue Ansichtskarte schicken würde. Doch das alles war jetzt hinfällig geworden. Zumindest vorerst.

Sie atmete tief durch. *Ein Treffen mit deiner Tochter steht bevor!* Terry war schon fast erwachsen, selbstbewusst, stur, wissbegierig und abenteuerlustig. *Meine Güte, wie die Zeit vergeht* – und wie sie ihre Tochter vermisst hatte!

Amanda erhob sich. Trotz der Hitze trug sie über dem Poloshirt eine Jeansjacke, die sie jetzt zuknöpfte. Niemand sollte merken, dass sie ein Schulterholster trug, in dem sich eine kleine Pistole mit Perlmuttgriff verbarg, die sie stets bei sich trug.

Sie hängte sich die Handtasche um und verließ das Café. Sofort stürzte sich eine Handvoll Touristen wie die Geier auf ihren Platz. Rom war um diese Jahreszeit überfüllt. Vor allem die Cafés rund um den Trevi Brunnen, wo sie die Mittagszeit verbracht hatte.

Amanda drängte sich quer über den Platz zwischen den Menschen hindurch. Von den vielen Skulpturen des Brunnens spritzte kühles Wasser hoch, das der Wind in einer erfrischenden Brise über die Menschen verteilte, die sich am Rand drängten, um zu fotografieren und Münzen ins Becken zu werfen.

Amanda griff in ihre Hosentasche. Da war noch eine Fünfzig-Cent-Münze. Sie schnippte sie in hohem Bogen ins blaue Wasser. *Und jetzt darfst du dir etwas wünschen!*

Dass meine Tochter mich nicht hasst, wenn wir uns treffen. Mehr will ich gar nicht.

Rom war mit dem Auto zwar nur knapp fünf Stunden von den Cinque Terre entfernt, aber ein Treffen an einem weit entfernten und entlegeneren Ort war viel sicherer.

Plötzlich kam die Erinnerung in ihr hoch. Sie spürte das Ziehen in ihrem Bauch und die Schmerzen der Wehen, als wäre Terrys Geburt erst gestern gewesen. Das Schlingern des Schiffes, das während des Sturms durch die Wellentäler des Bermudadreiecks pflügte, um Wreck Island zu erreichen.

Wreck Island!

Ob es die Delfinbecken dort noch gab? Und ob Pi, der kleine freche Delfin, noch regelmäßig zu den Becken kam, um Futter zu erbetteln?

Nachdem Amanda den Platz überquert hatte und in eine schmale menschenleere Seitengasse kam, griff sie zum Handy und wählte eine gespeicherte Nummer.

Augenblicklich meldete sich eine weibliche Stimme. »*Aubora Vacation – Wir buchen all Ihre Reisen* … oh, hallo

Miss Dew, schön, wieder einmal von Ihnen zu hören. Wie kann ich Ihnen helfen?«

»Hallo«, sagte Amanda kurz angebunden. Schon seit zehn Jahren konnte sie sich auf die Diskretion und Verschwiegenheit dieser Agentur verlassen. »Ich brauche für morgen einen Flug von Rom nach Miami, dort ein Hotelzimmer für eine Nacht und für die nächsten Tage ein privates Wasserflugzeug. Eine einfache Propellermaschine reicht, vollgetankt für sechs Flugstunden.«

»In Ordnung«, sagte die Frau und klapperte auf einer Tastatur. »Bezahlung wie üblich?«

»Wie üblich.« Amanda atmete tief durch.

Ja, das ist die richtige Entscheidung. Sie spürte es.

Alles würde eine gute Wendung nehmen.

Und falls nicht … Sie dachte an den kalten weißen Griff der Pistole, der sie frösteln ließ.

»Darf es noch etwas sein?«, fragte die Dame.

»Nein danke, das ist vorerst alles.«

Aber wenn du schon dabei bist, alte Kontakte wiederherzustellen, überlegte sie, *wird es Zeit, auch einem anderen Familienmitglied wieder einmal einen Besuch abzustatten.*

Denn das war in den letzten Jahren viel zu selten passiert.

Dem Admiral.

42. KAPITEL

Ich hörte, wie sich Schritte über die Holztreppe nach oben dem Leuchtturmzimmer näherten. Wer immer das war, sie waren zu dritt oder zu viert, und sie kamen sicher nicht, um mir zu gratulieren, dass ich meine Mutter gefunden hatte.

Fieberhaft überlegte ich, was in welcher Reihenfolge zu tun war. Als Erstes löschte ich den Arbeitsspeicher und fuhr den PC herunter, damit niemand über das Videoprogramm die Spur zu meiner Mutter zurückverfolgen konnte. Danach zerriss ich die Ansichtskarte, die mich zu ihr geführt hatte, und warf sie aus dem Fenster. Der Wind trug die kleinen Schnipsel übers Meer. Nun gab es auch keine Spur zum Earl of Huntington.

Was jetzt? Ein Versteck gab es in diesem Raum nicht. Ich schulterte den Rucksack, nahm das Funkgerät, kletterte auf das Fensterbrett, das sich über den Klippen befand, und blickte hinunter. Meine Fresse, war das hoch! Ein Sprung ins Wasser war unmöglich. Erstens war das Meer viel zu aufgewühlt, und zweitens würde mein Körper auf den Felsen zerschmettert werden.

Aber außen am Turm hinunterklettern war möglicherweise eine Option – allerdings keine gute. Die Ziegel boten nur minimalen Halt und irgendwann würde ich garantiert abrutschen. Also nahm ich das Walkie-Talkie und versuchte einen Hilferuf abzusetzen.

In diesem Moment stürzten bereits einige Männer in das untere Turmzimmer und stürmten über die Treppe nach oben. Kaum eine Sekunde später hörte ich es klicken und sah direkt in die Mündungen mehrerer Pistolen. Keine alte Flinten, wie der Earl of Huntington sie besaß, sondern moderne Schnellfeuerwaffen mit Schalldämpfern, Zielvorrichtungen und fetten Magazinen. Mir wurde schwindlig.

»Kein Wort, Hände hoch und Finger vom Funkgerät!«, bellte einer der Männer mit italienischem Akzent. Ich erkannte ihn wieder. *Massimo!*

Die Gesichter der restlichen Truppe verrieten, dass diese Kerle keinen Spaß verstanden.

Dann traten sie zur Seite und noch jemand kam die Treppe herauf. Mir stockte der Atem. *Mister Finn!* Er trug einen schwarzen Anzug, schwarzes Hemd mit roter Krawatte und glänzende rote Schuhe. Sein Sakko war weit ausgebeult; irgendetwas Langes und Schweres befand sich darunter.

»So sehen wir uns also wieder, kleine Kröte.« Er strich sich über eine frische, lange und tiefe Narbe auf der Wange. »Die habe ich dir zu verdanken.«

»Hätten Sie halt Pierres Flugzeug auf Wreck Island nicht in die Luft gejagt!«, konterte ich ohne jedes Bedauern. Mein Finger lag neben dem Sprechknopf. Ich musste ihn nur drücken. Falls jemand auf meiner Frequenz war, würde er meinen Hilferuf hören.

»Finger weg vom Schalter!«, knurrte Finn. »Wenn sie ihn drückt, erschießt sie.«

Ich schluckte.

»Wo ist dein Onkel? Und wo liegt die Kopernikus?«

Ich blickte nach Süden. »Sie ist entlang der Küste in Richtung Rom unterwegs«, antwortete ich und biss mir zugleich auf die Zunge. Verdammt, ich hätte mir Zeit lassen sollen; die Antwort war viel zu rasch gekommen.

Finn lächelte. »Netter kleiner Trick, die Drohne mit dem Medaillon wegzuschicken. War gar nicht so einfach, was? Hast dich ziemlich tollpatschig angestellt. Aber das war völlig umsonst. Das Medaillon brauchen wir jetzt nicht mehr. Wir haben ja dich.«

»Ich springe aus dem Fenster!«, rief ich verzweifelt.

»Ja, mach nur«, antwortete Finn unbeeindruckt und wedelte mit der Hand, an der zwei Finger fehlten. »Mit deinem Funkgerät können wir jederzeit Kontakt zu deinem Onkel an Bord der Kopernikus aufnehmen. Und wenn wir ihm sagen, dass wir dich haben, wird er uns aufmerksam zu…«

»Uuups!«, entfuhr es mir, als ich das Walkie-Talkie mit einer Drehung aus dem Handgelenk aus dem Fenster warf. »Wie *tollpatschig* von mir.« Im gleichen Moment hörte ich, wie es auf den Klippen zerschellte. Kurz darauf spülte die Brandung bestimmt auch schon die Einzelteile über die Felsen.

Finn verzog das Gesicht zu einem hämischen Grinsen, sein Goldzahn blitzte auf. »Das hilft dir auch nicht weiter. Wir haben dich, und damit haben wir deinen Onkel und sein U-Boot in der Hand.« Er wandte sich zu Massimo und seinen Leuten. »Fesselt sie!«

Ich schwang mich weiter aus dem Fenster, so wie vorhin, als ich das Medaillon an die Drohne gehängt hatte. »Ich springe!«, drohte ich erneut.

»Sei nicht kindisch, diesen Sturz überlebst du nicht!«, sagte Finn.

»Das kann Ihnen doch egal sein. Lieber sterbe ich, als mich von Ihnen gefangen nehmen zu lassen.«

»Wenn du springen wolltest, hättest du das längst getan«, murmelte Finn. Der Wind, der durchs Zimmer blies, ließ sein Sakko aufflattern, und nun erkannte ich, dass ein Gewehr mit kurzem Lauf und kurzem Kolben seitlich am Körper in einem Holster hing.

Ich zögerte. Verflucht, er hatte recht, ich würde nicht springen. Das wäre reiner Selbstmord. Aber ich konnte aus dem Fenster klettern. Vielleicht würden sie ja gar nicht schießen. Ich schob ein Bein ins Freie und tastete nach einer Rille zwischen den Ziegelsteinen.

»Was soll das?«, knurrte Finn. »Du wirst abstürzen und dir alle Knochen brechen. Und meine Leute werden dich unten aufsammeln.«

Ich schob mich weiter raus. Der Wind fuhr mir bereits durchs Haar.

Finn nickte zu einem anderen Fenster. »Schau mal dort rüber!«

Ich drehte den Kopf und sah außen am Turm vorbei zur Küste, wo das Wasser aufschäumte und die Wellen über die Felsen donnerten. Entlang einer betonierten Mole kam Ethan auf den Leuchtturm zu! Mein Herz raste. Ich wollte bereits um Hilfe schreien, als ich erkannte, dass Ethan nicht allein war. Links und rechts von ihm liefen zwei Männer. Einer von ihnen hatte die Hand auf Ethans Schulter gelegt, die andere war unter seinem Sakko verborgen. Was mich aber mindestens genauso schockierte: Der andere Mann hielt einen grauen Jutesack in der Hand, in dem etwas zappelte.

Charlie!

Ich funkelte Finn hasserfüllt an. »Wenn Sie meinem Frettchen etwas antun, bringe ich Sie um!«

»Eben, du willst doch nicht, dass wir deinem Frettchen etwas antun.« Finn lächelte kalt. »Also komm schön rein und folge uns nach unten.«

Bei dem Gedanken, Charlie zu verlieren, wurde mir schlecht. Und bei dem Gedanken, dass Finn mit Charlie – ohne es zu wissen – auch noch genau das in Händen hielt, wonach er eigentlich suchte, wurde mir noch übler.

Verdammt, dabei war gerade jetzt alles so gut gelaufen!

»Komm schon!« Finn kam näher und streckte mir die Hand entgegen.

»Okay, Finger weg!«, fauchte ich.

Während ich die Beine wieder ins Zimmer schob, rammte Massimo seine Waffe ins Holster und holte Kabelbinder und ein durchsichtiges Klebeband hervor.

43. KAPITEL

Massimo bog mir die Arme unsanft auf den Rücken und fesselte mir die Handgelenke mit Kabelbinder.

»Nicht so eng!«, protestierte ich.

»Schnauze!« Massimo riss einen durchsichtigen Streifen von der Rolle ab und klebte ihn mir über den Mund. Der ekelhafte Geruch des Klebebands verursachte mir Übelkeit. Sogleich musste ich schlucken. Ich konnte nur noch flach durch die Nase atmen.

»Nehmt alles mit, was ihr in diesem Zimmer findet«, befahl Finn. »Computer, Papiere, Bücher, Kleidung, einfach alles! Auch die Fotos. Die Bilderrahmen könnt ihr da lassen.«

Im nächsten Moment hörte ich, wie Glas splitterte und die Holzrahmen auseinandergebrochen wurden. Obwohl ich erst seit einer Stunde von diesem Ort wusste und die Sachen nicht mal mir gehörten, kam es mir vor, als durchwühlten diese Berserker meine privatesten Dinge.

Massimo schob mich indessen vor sich her ins untere Stockwerk und danach die Treppe hinunter, indem er ständig *»Presto!«* rief und mir in den Rücken stieß.

Ich wankte vor ihm die Wendeltreppe hinunter, bis ich stolperte und mir das Knie an der Wand aufschürfte. Keuchend lehnte ich mich dagegen.

»Presto!«, rief Massimo ungeduldig.

»Mhm«, stöhnte ich unter dem Klebeband hervor.

Massimo hatte nicht bemerkt, dass ich mich neben den Haufen Glasscherben hatte fallen lassen. Unauffällig ließ ich einen spitzen Splitter in meiner Hand verschwinden, bevor ich wieder aufstand und Massimo und Finn mich nach unten trieben, vorbei an der aufgebrochenen Eingangstür.

Sie gingen mit mir über den Holzsteg zur betonierten Mole, wo die anderen Männer mit Ethan auf mich warteten. Ethan sah fix und alle aus, sein rechtes Auge schillerte rot-blau. *Hast wohl einen dummen Spruch vom Stapel gelassen und eine Klatsche kassiert.*

Er sah mich betroffen an, konnte aber nichts sagen. Auch er hatte ein durchsichtiges Klebeband über dem Mund. Nun ging mir ein Licht auf. Das Klebeband war nur aus der Nähe zu erkennen, und niemand von den Einheimischen oder Touristen würde es bemerken, es sei denn, sie standen direkt vor uns – und das würde Finn zu verhindern wissen.

Bestimmt waren auch Ethans Hände, die er vor dem Körper hielt, gefesselt, denn über seinen Handgelenken hing ein Pullover, sodass nichts von den Fesseln zu sehen war. Sie hatten also vor, uns quer durch den Ort rauszuschaffen.

Im nächsten Moment strömten auch schon die restlichen Männer aus dem Leuchtturm. Jeder von ihnen trug einen großen Sack über der Schulter, in denen sich die Sachen meiner Mutter befanden. Sie mussten alles in Windeseile eingepackt haben.

Finn schnippte mit den Fingern, woraufhin einer seiner Gefolgsleute in einen Sack griff und eine dünne bunte

Weste herauszog, die meiner Mutter gehörte. Finn hängte sie mir über die Schultern. Niemand würde bemerken, dass auch meine Handgelenke gefesselt waren.

Sehr clever, du Mistkerl!

»Gehen wir!«, befahl er.

Die Gruppe setzte sich in Bewegung. Ethan und ich befanden uns in der Mitte, hinter mir ging der Mann mit dem Jutesack, in dem Charlie steckte. Wir marschierten quer durch den Strom von Touristen mitten durch den Ort. Finn führte uns zügig an. Allein sein finsterer Blick genügte, dass die Leute Platz machten.

Aber so leicht gab ich nicht auf. Dank der Weste, die Finn mir über die Schultern gelegt hatte, konnte ich den Glassplitter nun zwischen die Finger nehmen, ohne dass es jemand bemerkte. Ich begann damit am Kabelbinder zu ritzen.

Scheiße, geschnitten!

Als mich der stechende Schmerz durchfuhr, biss ich die Zähne zusammen und versuchte, mir nichts anmerken zu lassen.

Mach weiter!

Unablässig kratzte ich eine immer tiefer werdende Kerbe in das Plastikband, aber bei jeder Bewegung brannte meine Wunde mehr.

Ignorier den Schmerz!

Plötzlich bemerkte ich, dass Ethan versuchte, mir mit aufgerissenen Augen ein Zeichen zu geben. Er blickte ständig zu dem Mann mit dem Jutesack und schüttelte den Kopf, aber ich wusste nicht, was er mir damit sagen wollte.

Von Weitem erkannte ich zwei Carabinieri in Uniform, die uns entgegenkamen. Sie waren nicht zu übersehen, mit dunkler Hose und roten Streifen, blauem Hemd und Mütze.

Außerdem sah ich eine Pistole an ihrem Gürtel. Mit aufmerksamem Blick gingen sie in Richtung Strand.

Das ist unsere Chance!

Ich richtete mich auf, stellte mich auf die Zehenspitzen und versuchte laut zu stöhnen.

Sogleich bohrte mir Massimo den Finger zwischen die Rippen. »Ich drehe deinem Frettchen den Hals um, wenn du nicht sofort aufhörst!«

Doch seine Drohung kam zu spät. Die Carabinieri hatten uns bemerkt und beschleunigten ihre Schritte in unsere Richtung. Finn ging ihnen rasch entgegen und ließ die Hand unter seinem Sakko verschwinden.

O nein!

Für einen Moment hielt ich den Atem an. *Der Verrückte wird sie doch nicht erschießen?*

Aber Finn zückte nicht sein kurzes Gewehr, sondern seinen Reisepass und hielt ihn den Beamten unter die Nase. Danach holte er auch noch ein Dokument hervor, das er mit einer schwungvollen Bewegung auseinanderfaltete. Ich hörte nicht, worüber sie sprachen, aber Finn deutete auf Ethan und mich und zeigte dann wieder auf das Dokument. *Was geht hier vor?* Hatte er so etwas Ähnliches wie einen internationalen Haftbefehl für uns dabei?

Die Beamten gaben Finn Reisepass und Dokument zurück und salutierten jetzt sogar mit der Hand an der Mütze vor ihm. Mir blieb die Spucke weg!

Finn nickte und unsere Gruppe setzte sich wieder in Bewegung. *Verdammt, nein!* Massimo schob mich voran. Flott gingen wir durch den Ort und erreichten eine Geschäftsstraße mit Einkaufsläden, die bergauf führte.

Ich säbelte wie wild an dem Plastikband, spürte, wie es dünner wurde. Endlich riss es! Mein Finger blutete zwar, aber ich hatte die Fesseln gelöst. Eigentlich wollte ich den Kabelbinder in meiner Faust verschwinden lassen, aber er rutschte mir durch die Finger und fiel auf den Boden.

Mist!

Wenn Massimo oder einer von den Leuten, die uns begleiteten, jetzt bemerkten, dass ein blutverschmierter Kabelbinder auf den Pflastersteinen lag, wären meine ganzen Bemühungen umsonst gewesen. Aber zum Glück fiel es keinem auf.

Doch Ethan hatte es bemerkt. Er bedeutete mir mit einem Nicken abzuhauen. *Und zwar jetzt!* Ich musste wieder an Charlie denken und daran, was sie mit ihm anstellen würden. Als ob er meine Gedanken erraten konnte, nickte Ethan wieder zu dem Jutesack und schüttelte den Kopf.

Was zum Teufel soll das bedeuten?

Wir gingen weiter die Straße hinauf, Richtung Ortsende. Vor uns befand sich jetzt nur noch ein Gemüseladen mit großen Schaufenstern. Dahinter führte die Straße in engen Serpentinen den Hügel hinauf, nur noch umrahmt von Bäumen und Büschen. Da kein Autoverkehr im Ort erlaubt war, warteten hinter dem Hügel, wo die Bundesstraße verlief, vermutlich entweder Finns Fahrzeuge oder sein Helikopter.

Jetzt oder nie!

Ich sprintete los, rannte an Finn vorbei und hielt auf den Gemüseladen zu. Im Laufen warf ich die Weste weg und riss mir das Klebeband vom Mund. Hastig schnappte ich nach Luft und schrie auch schon los. »Hilfe! Diese Männer haben mich entführt! Helfen Sie mir!«

Die Leute vor dem Gemüsegeschäft sahen mich fragend an. Verstand hier niemand Englisch?

»Aiuto! Aiuto!«, versuchte ich es auf Italienisch.

Die Leute starrten mich nun verwirrt an. Einige gingen

zur Seite. Ich würde einfach in den Laden laufen und drinnen nochmals um Hilfe rufen. In der Scheibe des Schaufensters sah ich mich selbst und das, was hinter mir passierte. Plötzlich verlangsamte sich alles und ich sah die Szene wie in Zeitlupe.

Keiner von Finns Männern lief mir hinterher. Finn stand seelenruhig da, griff unter das Sakko, holte sein Gewehr heraus und legte den Kolben an die Schulter. Er wartete. Atmete ruhig aus. Zielte.

Mit rasendem Herzen versuchte ich weiterzurennen. Nur noch wenige Meter bis zur automatischen Schiebetür des Ladens.

»*Aiuto!*«, rief ich noch einmal.

Finn drückte ab. Ich hörte den Schuss. Im nächsten Moment war die Zeitlupe vorüber.

Die Leute rannten kreischend in alle Richtungen davon, und ich spürte den Treffer im Rücken. Es presste mir die Luft aus der Lunge und ich fiel der Länge nach auf die Pflastersteine.

Der Mistkerl hat tatsächlich auf mich geschossen, war mein erster Gedanke, als ich dalag und nur noch merkte, dass ich meine Beine nicht mehr bewegen konnte.

Ich hob den Kopf und sah im Schaufenster, wie Finn das Gewehr unter seinem Sakko verstaute und mit schnellen Schritten auf mich zukam. Die wenigen Leute, die noch wie angewurzelt da standen, wichen nun ängstlich zur Seite.

»So helft mir doch«, keuchte ich. *Das muss ein Albtraum sein!* »Dieser Mann will mich töten!« Ich versuchte mich über den Boden zu ziehen.

Dann hörte ich das Knirschen von Schuhen. Finn stand vor mir und beugte sich zu mir herunter. »Mach nicht so ein Theater«, raunte er mir zu. »Steh auf!«

»Sie haben auf mich geschossen!«, presste ich ungläubig hervor.

»Das war ein Plastikgeschoss.« Er reichte mir die Hand und zog mich hoch. »Du wirst ein paar Tage lang einen ziemlich schmerzhaften Bluterguss unter dem Schulterblatt spüren, und beim Atmen wird es wehtun. Mehr nicht.«

»Gott sei Dank nur beim Atmen«, presste ich hervor.

»Heb dir deinen Zynismus für später auf. Wenn du noch mal zu fliehen versuchst, jage ich dir ein *echtes* Projektil ins Bein. Hast du verstanden?«

Ich nickte. Mühsam hielt ich mich auf den Beinen. Mein Rücken fühlte sich an, als hätte mich jemand mit einem Prügel verdroschen. Finn legte die Hand um meine Schulter und schob mich weiter. Seine Gruppe mit Ethan in der Mitte folgte uns.

Keiner der Leute vor dem Laden sagte oder tat irgendetwas. Als wären sie es gewohnt, dass Männer in schwarzen Anzügen Jugendliche aus ihrem Ort verschleppten.

44. KAPITEL

Als wir nach der letzten Serpentine die Anhöhe erreichten, verdunkelte sich der Himmel. Die Sonne war hinter einem Berg dunkler Wolken verschwunden, und es sah aus, als würde es jeden Moment zu regnen beginnen.

Vor uns lagen Vernazza und der schmale Küstenstreifen. Von hier oben sah der vorgelagerte Leuchtturm winzig aus. Ich blickte aufs bewegte Meer. Von der Kopernikus war weit und breit nichts zu sehen. Wie es wohl Simon, Pierre und Johann ergangen war?

Wir marschierten im Gänsemarsch die Hauptstraße entlang und kamen zu einem großen Parkplatz. Dort standen einige Touristenbusse und mehrere Pkw, aber weit und breit keine Menschenseele. Weiter hinten standen zwei Helikopter in einem mit roten Bändern abgesperrten Bereich. Andere als die auf Santorin und vor der Küste Schottlands.

Beim Anblick der zwei schwarz glänzenden Flugmaschinen wurde mir bewusst, wie viel Geld Biosyde besitzen musste und welche Möglichkeiten sie hatten. Wie es schien, war ihnen die Jagd nach uns das alles wert. Und wie man sah, hatten sie letztendlich damit Erfolg gehabt. Ich war ja so naiv! Wer so viel Geld in dieses Projekt butterte wie sie, musste eines Tages als Sieger aus der ganzen Sache hervorgehen – dagegen konnten wir mit unserem U-Boot letztendlich nur verlieren. *Aber bisher haben wir uns nicht so schlecht geschlagen!*

Als wir die Absperrung am Parkplatz erreichten, konnte ich erkennen, dass die Piloten mit je einem Wachmann bei den Helikoptern auf uns warteten. Eine Schiebetür öffnete sich und eine hochgewachsene Frau mit aufgesteckten grauen Haaren im dunklen Businessanzug und hohen Stöckelschuhen trat in die Luke und sah zu uns herunter.

»Terry West, mein Häschen«, sagte sie mit zuckersüßer Stimme. Sie hob zugleich eine Augenbraue, als sie Ethan bemerkte. »Und du musst dann wohl Ethan sein.« Sie blickte zu Finn. »Was ist mit den anderen?«

»Die werden wir noch kriegen.« Finn stieß mich in den Rücken. »Vorwärts!«

Ich stolperte auf den Hubschrauber zu, woraufhin die Frau mir Platz machte, damit ich hineinklettern konnte. Es bestand kein Zweifel. Das musste Valerie De Boes höchstpersönlich sein. Sie sah in Wirklichkeit genauso aus wie auf dem Foto auf der Webseite ihrer Firma. Streng und gebieterisch. Eine Frau, die sich mit vermutlich nicht immer legalen Mitteln hart raufgearbeitet und ihren Konzern zur weltweiten Nummer zwei gemacht hatte. So jemand wie sie ließ sich von niemandem in die Suppe spucken.

Ethan musste ebenfalls in den Helikopter klettern. Meine Hände wurden erneut gefesselt, diesmal vorne, und dann wurden wir auf einen Sitz gestoßen und angegurtet. Um die Schnittverletzung an meinem Finger scherte sich niemand.

Nachdem Finn an Bord gekommen war, folgten auch

Massimo und der Mann, der Charlie im Jutesack hatte, mit ihm allerdings im Frachtraum verschwand. Die anderen stiegen mit den Habseligkeiten meiner Mutter in den anderen Helikopter. Die Schiebetüren krachten zu, die Maschinen wurden gestartet, die Rotoren begannen sich zu drehen und wir hoben ab. Keiner kümmerte sich um die roten Absperrbänder, die durch den Luftzug davonstoben.

Binnen Sekunden stiegen wir an die hundert Meter hoch. Die Maschinen waren erstaunlich leise, sodass man sich in der Kabine auch ohne Headsets einigermaßen verständigen konnte.

Ich hörte, wie Finn dem Piloten den Kurs mitteilte. Wir flogen jedoch nicht die Küste entlang, um die Kopernikus zu suchen, wie ich vermutet hatte, sondern landeinwärts.

Ein mulmiges Gefühl überkam mich, das sich in meinem Magen zu einem festen Knoten zusammenzog. Da sich die Drohne nicht mehr in unserer Nähe befand, konnte uns Simon an Bord der Kopernikus weder suchen, noch über Darwins Kameraauge sehen, was mit Ethan und mir passiert war. Die Chancen, dass er jemals herausfand, wo wir steckten, waren gleich null. Und ich hatte keine Ahnung, wohin sie uns brachten. Ethan sah mich verzweifelt an. Vermutlich gingen ihm gerade ähnliche Gedanken durch den Kopf.

Valerie De Boes saß uns angeschnallt gegenüber, allerdings auf einem bequem gepolsterten Sitz. Nur Finn stand breitbeinig in der Mitte des Helikopters und hielt sich an einem Deckengriff fest.

»Wie willst du die Kopernikus finden?«, fragte Valerie ihn.

Er grinste. »Lass das meine Sorge sein, ich habe einen Plan.«

»Über den ich gern informiert wäre.« Valerie musterte ihn mit einem unerbittlichen Blick.

»Es gibt Neuigkeiten, von denen du noch nichts weißt«, sagte Finn und beugte sich zu Valerie hinunter. »Amanda West ist noch am Leben.«

Mir wurde eiskalt. Ich schluckte, hielt den Atem an und lauschte, während mein Herz wie irre raste.

Valerie kniff die Augenbrauen zusammen und machte einen Gesichtsausdruck, als wollte Finn sie auf den Arm nehmen. »Das kann nicht dein Ernst sein! Ich habe sie sterben sehen. Im Hafen von Miami. Ihr Jet-Ski ist explodiert!«

»Ich habe sie auch sterben sehen, aber es war wohl nur eine perfekte Inszenierung – und zwar für uns.« Finn zog zwei Fotos aus der Sakkotasche. »Diese und weitere Bilder haben wir im Leuchtturm gefunden. Dort war Amanda Wests Unterkunft. Unser Häschen hat uns direkt hingeführt. Jetzt haben wir Amandas Computer und ihre Unterlagen.«

»Das ist … das ist …« Valerie riss die Augen auf. »… großartig! Sie wird uns die Formel verraten. Immerhin haben wir ihre Tochter.«

Bei dem Wort *Formel* musste ich mit einem mulmigen Gefühl an Charlie denken, der das Serum bereits seit zehn Jahren in seinen Blutbahnen hatte. »Wo ist mein Frettchen?«, rief ich nun. Im selben Moment hätte ich mir am liebsten auf die Zunge gebissen.

Finn wandte sich in meine Richtung. »Dein Frettchen?« Er kam auf uns zu und riss Ethan mit einem Ruck das Klebeband vom Mund. Der schnappte gierig nach Luft.

»Mensch, Terry!«, rief Ethan mit hochrotem zornigem Kopf, nachdem er genug Atem geschöpft hatte. »Charlie ist abgehauen! Das wollte ich dir die ganze Zeit klar…«

In diesem Moment kassierte Ethan von Massimo eine Ohrfeige.

»Was? Abgehauen?« Ich sah zu Finn, dann zu Massimo.

»Du hättest es ja sowieso erfahren.« Finn ging in den Frachtraum und kam im nächsten Moment mit dem Jutesack wieder. Er schüttelte ihn so, als befände sich ein kleines zappeliges Lebewesen darin. Dann drehte er den Sack und stülpte ihn um. Und darin befand sich … *Ethans zusammengerollte Jacke*!

Mein Gott! Das alles war nur ein Bluff gewesen, um mich hereinzulegen. Und ich hatte das auch noch geglaubt, mich kampflos ergeben und fesseln lassen.

Andererseits bedeutete es, dass Charlie entkommen und in Sicherheit war. Garantiert würde er den Weg bis zu dem Punkt zurücklaufen, wo Ethan und er an Land gegangen waren.

Finn ließ sich von Massimo ein Funkgerät geben, das wir an Bord verwendeten. Dabei musste es sich um Ethans Gerät handeln.

Ich schielte zu ihm. »Du hast doch sicher die Frequenz verstellt«, zischte ich mit zusammengebissenen Zähnen.

Ethan presste schweigend die Lippen aufeinander.

»Ethan!«, drängte ich.

Er schüttelte den Kopf. »Es ging alles so schnell. Plötzlich standen sie hinter mir.«

Verdammte Kacke!

Grinsend schaltete Finn das Funkgerät ein und führte es zum Mund. »Rufe die Kopernikus«, sagte er. »Käpt'n West, können Sie mich hören?«

Es knackte im Lautsprecher. Ich konnte Simons Stimme hören. Er klang gleichermaßen besorgt wie zornig. »Mit wem verdammt spreche ich?«

»Das spielt keine Rolle«, antwortete Finn betont ruhig. »Hören Sie mir jetzt genau zu, Dr. West. Ich sage das nur einmal und werde es nicht wiederholen. Wir haben Ihre Kinder. Und Sie haben zwei Tage Zeit, sich zu ergeben und uns Ihr U-Boot zu überlassen. Unsere Leute erwarten Sie im Hafen von Venedig. Falls Sie dort nicht auftauchen, werden wir Ethan und die süße kleine Terry leider im offenen Meer ersaufen lassen müssen, ist das klar?« Er machte eine kurze Pause. »Und hier ist ein kleiner Beweis, damit Sie mir glauben.« Er packte meine Hand und drückte auf die Schnittwunde an meinem Finger. Ich schrie laut auf.

Während Finn mich einige Sekunden lang schreien ließ, hielt er mir das Funkgerät direkt vor den Mund, danach schaltete er es ab und warf es achtlos in eine Ecke. Als er meine Hand losließ, hörte der Schmerz endlich auf.

Verzweifelt blickte ich zum Funkgerät. Simon tobte vor Wut, das war sicher.

Aber das Schlimmste war: Er wusste noch gar nicht, dass ich mit meiner Mutter gesprochen hatte. Und in drei Tagen, wenn sie nach Wreck Island kam, würde dort niemand auf sie warten.

EPILOG

Simon stand auf der Brücke der Kopernikus und starrte auf die Funkanlage. Soeben war die Verbindung abgebrochen.

Finn, dieser Scheißkerl!

Mit einem Knopfdruck ließ Simon das Periskop mit der Antenne einfahren. Das Boot befand sich fünf Meter unter Wasser. Mit einem Blick durch das Periskop hatte er auf der Anhöhe von Vernazza zuvor zwei Hubschrauber starten und landeinwärts fliegen sehen.

Das waren sie bestimmt gewesen.

Oder war das ein Bluff?

Nein, bestimmt nicht. Er hatte Terry ganz deutlich schreien hören.

Seit über einer Stunde hatte er weder Terry noch Ethan über Funk erreichen können. Gut, bei Terry war das normal, die hatte ihr Walkie-Talkie nie eingeschaltet, aber Ethan war normalerweise immer erreichbar. Außerdem war Ethan nicht am vereinbarten Treffpunkt erschienen. Dieser Finn musste sie also tatsächlich geschnappt haben. Und die Drohne war ebenfalls außer Reichweite. Keine Ahnung, wo die sich befand.

Simon zerbiss einen Fluch zwischen den Zähnen.

»Was tun wir jetzt?«, fragte Johann, der ebenfalls auf der Brücke stand und das Gespräch mitgehört hatte.

Pierre lehnte neben dem Sonar und blickte auch zu Simon. An seinem Gesichtsausdruck war zu erkennen, dass er Finn am liebsten den Hals umdrehen würde.

»Wir fahren zur Bucht, wo wir Ethan an Land gelassen haben. Dort tauchen wir auf«, entschied Simon.

»Auftauchen?«, fragte Johann besorgt.

»Ja, ich brauche eine Telefonverbindung. Frag nicht weiter nach, Johann.«

»Aye, Käpt'n.«

Während Johann die Maschinen in Gang setzte, ging Simon in seine Kabine und kramte sein Handy aus einer der Schubladen. Danach durchwühlte er seine Unterlagen, bis er einen Zettel fand, auf dem er kürzlich eine Telefonnummer notiert hatte. Damit ging er wieder zur Brücke und wartete, bis Johann das Kommando zum Auftauchen gab.

Sie ankerten an einer Stelle, wo das Meer tief genug war und wo sie neben einem vorspringenden Felsen vom Turm aus an Land gehen konnten. Noch dazu lag die Bucht ein wenig abgeschieden und war von Bäumen umgeben, sodass man das U-Boot von der Straße aus kaum sehen konnte.

Als Simon hörte, wie der Anker auf den Grund rasselte, kletterte er im Turm hoch und öffnete die Luke. Der Himmel war bewölkt. Es roch nach Regen.

Er streckte den Kopf raus, wartete, bis sein Handy drei Balken hatte, dann wählte er schweren Herzens die Nummer auf dem Zettel. Ein Anschluss in London. Ihm blieb nur diese eine Möglichkeit, und die hatte er sich bewusst als letzte Alternative aufgehoben. Am liebsten wäre ihm natürlich gewesen, er hätte gar nicht darauf zurückgreifen müssen, aber ihm fiel kein besserer Weg ein.

Der Feind deines Feindes ist dein Freund, lautete ein altes Sprichwort.

»Genetical Group«, meldete sich schließlich eine freundliche Damenstimme. »Wie kann ich Ihnen helfen?«

»Guten Tag …«, sagte Simon alles andere als gut gelaunt. Er zögerte einen Moment. Er wurde wegen Mordes gesucht, aber er hatte jetzt keine Wahl. »Mein Name ist Simon West, ich würde gern mit Mr. Benedict Thorn sprechen.« Simon sah förmlich, wie die Dame am anderen Ende der Leitung nachsichtig lächelte. Zum Glück schien sie keinen Zusammenhang zwischen seinem Namen und dem Mord in New York herzustellen.

»Es tut mir leid, aber Mr. Thorn ist ein vielbeschäftigter Mann. Ich könnte versuchen, Sie mit seiner Sekretärin …«

»Nein, das ist zwar nett, aber ich muss mit Mr. Thorn persönlich sprechen. Es ist außerordentlich wichtig, glauben Sie mir.«

»Keine Chance!«

»Es geht um Biosyde.«

»Oh …«, sie stockte, »… gut, ich werde es versuchen …«

Simon wurde in die Warteschleife gelegt, und während ein klassisches Musikstück aus einer Oper ertönte, blickte er über die Felsen zum Wald hinauf.

Was zum Kuckuck ist das?

Er reckte den Hals. Dort raste ein rotbraunes Fellbündel über die Klippen und hielt auf die Kopernikus zu.

Ich werd' verrückt! Charlie!

Simon stieß einen Pfiff aus und hob die Hand. Charlie jagte im Höllentempo über die Felsen. Das Frettchen wurde von einem Hund verfolgt, der jedoch winselnd an einer hohen Felskante stehen blieb und sich nicht mehr weiter traute. Charlie sprang über die Klippen, von einem Stein zum nächsten und schließlich vom Ufer auf das U-Boot. Simon reckte den Hals und sah sich um, ob vielleicht auch Ethan irgendwo auftauchte. Aber weit und breit war niemand da. Nur der struppige Schäferhund, der bellend auf den Felsen stand.

In Windeseile kletterte Charlie über die Sprossen der Außenbordleiter zur Luke. Simon fiel ein kleiner Stein vom Herzen. *Wenigstens etwas.* Er streckte die Hand aus, und Charlie rieb sein Köpfchen an ihm.

»Zumindest dir geht es gut …«, sagte er erleichtert, und Charlie gab ein Quieken zur Antwort.

Im gleichen Moment verstummte die Musik in der Leitung.

»Hallo?«, meldete sich eine sonore Männerstimme.

»Sind Sie es, Mr. Thorn?«, fragte Simon. Er holte Luft und sammelte sich. »Mein Name ist Simon West. Ich brauche Ihre Hilfe …«

»Ja, hier Benedict Thorn«, unterbrach ihn der Mann. »Ich habe Ihren Anruf erwartet, Dr. West. Es wird Zeit, dass wir zusammenarbeiten.«

DANKSAGUNG

Viele Jahre habe ich an der Entwicklung der Idee zu diesem Abenteuer-Dreiteiler gearbeitet. Nun liegt der zweite Band vor, und es gibt wieder jede Menge Personen, ohne die dieses Buch nicht möglich gewesen wäre.

Dank gebührt Melanie Korte, die die Innengrafik von der *Kopernikus* so schön umgesetzt hat, Isabelle Hirtz für das wunderbare Coverdesign, mit dem sie Terry und Ethan optisch so gut getroffen hat, meiner Verlegerin Susanne Krebs, meiner Lektorin Tanja Poestges für ihre tollen Anregungen sowie meinem Literaturagenten Roman Hocke und dem ganzen cbj-Team für ihre großartige Arbeit.

Außerdem möchte ich mich bei meinen Testlesern bedanken, die mir mit vielen guten Ideen zur Seite gestanden haben: meine Autorenkollegen Veronika Grager und Roman Schleifer, meine Lieblingsmalerin Gaby Willhalm, meine Nachbarin Johanna Froihofer, die Tochter meines anderen Nachbarn, Maria Riecher, meine Lieblingskrankenpflegerin Barbara Krussig, mein Freund Günter Suda, seine Tochter Simone, mein ehemaliger Arbeitskollege Norbert Hufnagl, seine Kinder Tim und Jane Feyer, meine ehemalige Arbeitskollegin Dagmar Kern und mein ehemaliger Chef Jürgen Pichler, als ich noch in einem Pharmakonzern gearbeitet habe, sowie meine Frau Heidi, die mir so viel Arbeit abnimmt, dass ich Zeit finde, diese Bücher zu schreiben.

Außerdem möchte ich mich bei Gerhard Smetazko bedanken, er ist Flugzeugtechniker bei den Austrian Airlines und hat mir erklärt, wie man einen Helikopter lahmlegt – aber das solltet ihr bitte nicht nachmachen.

Das Reisebüro *Aubora Vacation* gibt es übrigens wirklich – es bucht meine Lesereisen. Und wie ihr wisst, gibt es auch Charlie wirklich. Allerdings ist er in Wahrheit kein Frettchen, sondern mein kleiner roter Kater, der aber genauso verfressen und neugierig ist wie Terrys Charlie. Sie könnten in der Tat Brüder sein.

Während ich das schreibe, sitzt er gerade neben mir und zerknackt so laut sein Trockenfutter, dass ich gar nicht das Klappern der Tastatur höre.

Gemeinsam werden wir uns überlegen, wie es mit Terry West weitergeht und welches abschließende Abenteuer sie noch mit Ethan, Johann, Onkel Simon, Charlie, Pierre, Amanda … und Benedict Thorn bestreiten muss.

Jedenfalls liegt schon mal die Karte vom Schwarzen Meer vor uns …

CODE
SIE WERDEN DICH VERRATEN
(BAND 3)
GENESIS

1. KAPITEL

Ich schreckte aus einem Albtraum hoch, der langsam verblasste. Mein Herz raste, ich schnappte nach Luft.

Auf den Boden war ein harter Metallstuhl geschraubt, auf dem ich saß, meine Hände waren hinter meinem Rücken gefesselt. Mit je einer Handschelle an die Rückenlehne. Genauso wie meine Fußgelenke an die Stuhlbeine.

So hatte ich die Nacht verbracht. Als wäre ich eine Schwerverbrecherin in einem Hochsicherheitstrakt. Wer sich daraus befreien wollte, musste schon ein Entfesselungskünstler oder zumindest David Copperfield sein.

Finn und Valerie De Boes hatten Ethan und mich entführt und hierher gebracht – wo immer dieses *hierher* auch war. Ich schätzte, dass der Helikopterflug etwa fünf Stunden gedauert hatte, die letzten vier davon hatte ich mit einem kratzenden Jutesack über dem Kopf verbracht. Da ich nicht wusste, in welche Richtung wir geflogen waren, hatte ich auch keine Ahnung, wo ich mich befand … oder theoretisch hätte befinden können. Jedenfalls waren wir verdammt schnell unterwegs gewesen.

Lange hatte ich immer wieder in Gedanken herumgerechnet – und dabei kamen mir endlich einmal Johanns Mathematik- und Geografieunterricht zugute. Vier bis fünf Stunden Flug bedeuteten eine Strecke von etwa tausend bis tausendzweihundert Kilometern. Wenn man von den Cinque Terre aus einen Kreis mit diesem Radius zog, konnte man sowohl Hamburg als auch London, Madrid, Tunesien oder Rumänien erreichen. Praktisch fast ganz Europa. Und je mehr ich darüber nachdachte und meine Berechnungen überprüfte, umso größere Panik machte sich in mir breit.

Ethan und ich – falls er sich überhaupt in meiner Nähe befand – waren irgendwo, und Simon, Johann und Pierre würden uns niemals finden.

Der Raum, in dem ich gefangen gehalten wurde, war auch nicht gerade aufschlussreich. Ein kaltes, dunkles Zimmer mit Metallwänden, Metalldecke und grauem Metallboden. Eisentraversen verstärkten den Raum und überall sah ich rostige Nieten. Bloß ein rundes Bullauge gab den Blick auf einen hellblauen, etwas bewölkten Himmel frei. Manchmal hörte ich das Pfeifen eines Sturms. Anscheinend zog ein Gewitter auf.

Der Raum erinnerte mich an die Vorratskammer eines alten rostigen U-Boots, doch nichts deutete darauf hin, dass wir uns im Wasser befanden, kein Schaukeln, kein Wellenrauschen. Demnach befand ich mich weder auf einem U-Boot noch auf einem Schiff. Auch in keinem Flugzeug. Es war zum Verrücktwerden.

Denk nach. Was weißt du noch?

Ich sah mich um. Es stank nach Maschinenöl. Und ich hörte das Wummern einer Maschine. Es klang wie das Stampfen von Kolben. Aber dieser Ort bewegte sich nicht. Weder im Wasser noch in der Luft oder zu Lande.

Ich versuchte, Kopf und Oberkörper so weit wie möglich

zu drehen, um zu sehen, was es noch in diesem Raum gab, als ich einen schweren Riegel hörte. Die Metalltür wurde aufgezogen und Finn trat ein. Ein Funkgerät hing an seinem Gürtel.

Sein elegantes Äußeres wirkte deplatziert in dieser miesen Gegend – schwarze Anzughose, blütenweißes Hemd, blank polierte Lackschuhe. Sein schäbiger Charakter passte allerdings durchaus in dieses Drecksloch hier.

»Ich muss aufs Klo.«

»Später.« Er kam auf mich zu. Ich merkte gleich, dass er übel gelaunt war.

»Wo ist Ethan? Was haben Sie mit ihm gemacht?«, fragte ich.

Er gab keine Antwort.

»Wo bin ich?«, fragte ich weiter. Eine Ohrfeige klatschte mir ins Gesicht. Meine Wange brannte.

»Ich habe keine Zeit für lange Erklärungen«, murrte Finn. »Wir haben die Fotos im Leuchtturm gefunden. Deine Mutter lebt also noch. Wo ist sie?«, fragte er.

»Ich bezweifle, dass sie von Ihnen gefunden werden möchte.«

»Wo. Ist. Sie?«, wiederholte er.

»Leck mich«, entfuhr es mir, woraufhin ich die nächste Ohrfeige kassierte. Diesmal spürte ich Blut im Mund, offenbar hatte ich mir auf die Zunge gebissen. Ich musste mir abgewöhnen, freche Antworten zu geben, sonst würde ich diesen Tag nicht überstehen.

Finn sah mich an, ich schluckte, presste die Lippen aufeinander. Die aufkommenden Tränen blinzelte ich weg und schwieg.

»Wie du willst.« Er griff in seine Hosentasche und holte ein Gerät hervor, das ich bereits kannte. *Elektroschocker!*

»Es liegt ganz bei dir, ob ich dieses Ding verwende oder nicht.«

Jetzt wird es lustig. Dieser Mistkerl will mich tatsächlich fertigmachen. Ich biss die Zähne zusammen.

Finn drückte auf einen Knopf. Funken flogen, es zischte. Automatisch stellten sich mir die Nackenhaare auf. »Du bist ein tapferes Mädchen, darum gebe ich dir eine Chance.« Er zog einen Stuhl heran und setzte sich vor mich hin. Lässig wedelte er mit dem Elektroschocker vor meinem Gesicht herum und grinste dabei schäbig.

Wären meine Beine nicht gefesselt gewesen, hätte ich ihn jetzt gegen das Schienbein getreten.

»Ich werde es zunächst mal auf die nette Tour versuchen … den heben wir uns noch ein bisschen auf.« Er wedelte mit dem Schocker. »Weißt du, ich habe immer schon vermutet, dass deine Mutter noch am Leben sein könnte. Dieses zähe Luder gibt nicht so einfach den Löffel ab. Darum haben wir ihr Haus in Miami beobachtet. Und als uns damals die Meldung erreichte, dass die Kopernikus im Hafen von Miami angelegt hat und die Kameras im Garten auch noch *dich* zeigten, du kleine Kröte, wie du munter auf das Grundstück zugingst, mussten wir rasch handeln. Zum Glück musstest du deine Nase ja überall reinstecken und hast das geheime Labor deiner Mutter entdeckt.« Seine Stimme wurde wieder ernst. »Wo ist sie?«

Von mir erfährst du nichts, Arschloch! Und wenn es mich meine letzten Kraftreserven kostet. Da kannst du noch so viel drohen und zynische Sprüche klopfen.

Er sah mich mitleidig an. »Du solltest aufhören, einen auf hart zu machen. Wo ist deine Mutter?«

Ich schwieg.

Er stand auf, trat den Stuhl hinter sich weg, sodass er an

die Wand flog, und drückte vor meiner Nase auf den Knopf des Elektroschockers.

Ich starrte auf seine Hand mit der langen Narbe, an der zwei Finger fehlten.

Anscheinend bemerkte er meinen Blick. »Das habe ich deiner Mutter zu verdanken.« Er knirschte mit den Zähnen. »Und das hier kommt von ihrem Jet-Ski, als er im Hafen vom Miami explodiert ist.« Er deutete auf sein Kinn.

Wenn man genau hinsah, konnte man unter dem Spitzbart eine Narbe erkennen. Als er lächelte, sah ich auch kurz das Blitzen seines Goldzahns. Anscheinend hatte er dabei auch noch einen Zahn verloren. Ich konnte mir vorstellen, was er mit meiner Mutter anstellen würde, wenn er sie in die Finger kriegte. *Ein Grund mehr, den Mund zu halten!*

Schließlich deutete er auf seine Wange. »Und diese Narbe habe ich dir zu verdanken.«

Natürlich. Wreck Island! »Offenbar haben Sie sich mit den Falschen angelegt.«

»Mag sein. Aber lass uns doch mal sehen, *wie* gut du wirklich bist.« Er drücke auf den Knopf und presste mir den Elektroschocker an die Schulter.

Ein elektrischer Schlag fuhr mir durch Mark und Bein. Ich hörte mich selbst schreien und spürte die Schmerzen von den Zehenspitzen bis zum Scheitel. Mit Mühe und Not konnte ich verhindern, dass ich mich anpinkelte.

Dieses Monstrum!

Als Finn den Schocker wegnahm, atmete ich erleichtert auf. Mein Herz raste. Beim nächsten Kontakt würde ich entweder ohnmächtig werden oder mir in die Hosen machen.

In diesem Moment knackte das Funkgerät an seinem Gürtel. Er riss es herunter. »Ja?«

»Mister Finn?«, drang eine Frauenstimme aus dem Lautsprecher. »Valerie De Boes hat jetzt Zeit für Sie.«

»Ich komme.« Er beendete das Gespräch, klemmte das Funkgerät an den Gürtel und ließ den Elektroschocker in seiner Tasche verschwinden. »Was für ein verdammtes Glück du hast! Wir sprechen uns in wenigen Minuten wieder!« Knurrend verließ er die Kammer.

Kaum war ich allein, rasten die Ereignisse der letzten Tage durch meinen Kopf. Ich musste an Signor Flavio, Milo Pakalidis und den Earl of Huntington denken. Der Earl würde mindestens hundertfünfzig Jahre alt werden. Deshalb war es so wichtig, dass weder Mutter noch ihre Formel in die falschen Hände fiel. Doch wie lange würde ich wohl noch verheimlichen können, wann und wo ich mich mit ihr treffen wollte? Außerdem saß ich hier, gefesselt, und hatte nicht die geringste Chance, mich zu befreien.

Nicht die geringste?

Moment mal!

Da schoss mir eine Idee durch den Kopf.

Der Earl of Huntington!

Natürlich! Ich hatte die Tür zu seiner Bibliothek mit einer Stopfnadel und einer kleinen Metallnadel aus einer alten Nähmaschine geöffnet und dort schließlich den Geheimgang zu seinem Turmzimmer entdeckt.

Die Stopfnadel mit dem Blut des Earls hatte Simon an Bord der Kopernikus – aber die Nähnadel besaß ich immer noch! Und zwar in der Seitentasche meiner Hose. Mir wurde augenblicklich heiß.

Ich musste jede Sekunde nutzen, solange Finn noch weg war.

Ich versuchte mich auf dem Stuhl zu verbiegen, so weit es ging, um mit den Fingern seitlich an meine Tasche zu gelangen. Mein Rücken schmerzte, die Handschellen schnitten mir ins Fleisch, aber ich bog mich weiter durch.

»Houdini ist mein zweiter Vorname«, presste ich zwischen zusammengebissenen Zähnen hervor.

Endlich. Unter äußerster Anstrengung und indem ich mein Becken zurückschob, gelang es mir, mit den Fingerspitzen in die Hosentasche zu schlüpfen und die Innenseite des Stoffs abzutasten.

Keine Nadel!

Verdammt! Der Schock packte mich. Hatte Finn mich während meines Schlafs durchsucht? Falls ja, wie hätte er je diese kleine Nadel finden können? Der hatte doch keine Röntgenaugen!

Mensch, Terry, du Idiotin!

Am liebsten hätte ich mich geohrfeigt. Die Nadel befand sich in der anderen Seitentasche. Also alles noch mal, nur seitenverkehrt. Weil ich links nicht so geschickt war wie rechts, dauerte es länger, doch nach einer Minute hielt ich die Nadel ruhmreich in der Hand.

Vom Herumstochern im Türschloss zur Bibliothek des Earls war sie bereits etwas verbogen. Dennoch gelang es mir, das Handgelenk so zu drehen, dass ich die Nadel in die Öffnung der Handschelle stecken konnte.

Jetzt sachte! Das Ding durfte mir bloß nicht aus den Fingern rutschen.

Ich erinnerte mich, was Johann mir über Schlösser beigebracht hatte. Im Prinzip funktionierte eine Handschelle wie ein Miniaturschloss. Ich schob die Nadel an der Schablone für den Schlüsselbart vorbei, bis sie griff, dann drückte ich den Riegel zur Seite.

Klick!

Die Fessel war offen und meine Hand frei. Ich nahm die

Nadel zwischen die Zähne, schüttelte das Gelenk aus und wischte mir die schweißnasse Handfläche an der Hose ab. *Nur keine Panik jetzt!* Die zweite Handschelle ging schon deutlich schneller auf, und bei den beiden Fußfesseln war ich schon Meister. Hätte Johann mich jetzt sehen können, er wäre stolz auf mich gewesen.

Als ich die Nadel aus dem letzten Schloss herauszog, brach sie jedoch ab. Das war zu viel für sie gewesen. *Aber egal!* Ich war frei, sprang auf und schüttelte meine tauben Gliedmaßen aus, damit das Blut wieder normal zirkulieren konnte.

Jetzt zur Tür. Ich drückte die schwere Klinke nieder, doch nichts rührte sich. Ich suchte nach einem Schloss, aber es gab keines. Mit einer abgebrochenen Nadel hätte ich es sowieso nicht aufbekommen.

Verdammt!

Anscheinend gab es auf der anderen Seite einen Riegel, der die Tür fest verschlossen hielt.

Dann eben durchs Bullauge! Ich stürzte zu der runden Fensteröffnung. Mittlerweile hatte sich der blaue Himmel deutlich verfinstert. Dunkle Wolken zogen am Horizont auf. Ein prächtiges Gewitter war im Anmarsch.

Ich suchte den Metallrahmen des Bullauges nach einem Schließmechanismus ab. *Nichts.* Um das dicke Glas herum befanden sich nur Nieten und Schweißnähte.

Wie seltsam!

Dann fiel mein Blick durchs Fenster. Und da begriff ich, wo ich mich befand. Mir wurde schwindelig.

Ich musste mich an der Wand abstützen und presste die Nase ans Glas. Dreißig Meter oder noch tiefer unter mir tobte das weite Meer. Rings herum gab es bis zum Horizont nur Wasser. Kein einziger Landstrich in Sicht.

Verzweifelt drückte ich mein Gesicht noch fester ans Glas, um hinunter zu spähen. Der Anblick ließ mir das Blut in den Adern gefrieren. Da waren nur Metallstreben, Eisenrohre, Leitern, Plattformen … und ein riesiger Kolben, der auf und ab stampfte.

Ich befand mich mitten auf dem offenen Meer auf einer einsamen Ölbohrplattform.

Leseprobe aus
CODE GENESIS – Sie werden dich verraten (Band 3)
von Andreas Gruber
ISBN 978-3-570-16537-9
Erscheint voraussichtlich Juli 2020 im cbj Verlag

Andreas Gruber

Code Genesis – Sie werden dich finden

336 Seiten, ISBN 978-3-570-16535-5

Eine gnadenlose Jagd rund um den Globus

Terry West (14) ist auf den Weltmeeren aufgewachsen, an Bord des Forschungs-U-Boots Kopernikus. Die Crew: Frettchen Charlie, Terrys Onkel Simon, ihr nerdiger Cousin Ethan sowie Simons treuer Assistent, Ex-Sträfling Johann. Ein Zwischenstopp in Miami, bei dem Terry das Haus ihrer Kindheit aufsucht, in dem sie seit dem mysteriösen Tod ihrer Mutter nicht mehr war, endet böse: Plötzlich wird Terry polizeilich gesucht und ihr Onkel des Mordes bezichtigt. Auf der Flucht über New York und die Niagara-Fälle bis ins Bermuda-Dreieck wird ihnen klar, dass sie es mit einem mächtigen Gegner zu tun haben. Jemandem, der sie überall aufspürt – wo immer sie sind ...

20295

www.cbj-verlag.de